U0028780

喜妃傳

第二部

六

解語　著

熹妃傳
目錄

第八百零八章　七月

這日，凌若早早起來，刷牙洗臉過後，看著朝陽從雲層中探出頭來，灑落蓬勃燦爛的同時亦令人感覺炎熱的陽光。

已經忙了一早上的莫兒拭著汗，有些埋怨地道：「每日都是這麼熱，也不知何時才能涼下來。」

凌若回頭一笑道：「如今不過七月初，少不得還有一個多月，再說秋時還有秋老虎呢。」

聽得這話，莫兒頓時洩了口氣，有氣無力地道：「被主子這麼一說，奴婢覺著更熱了，而且是一點兒希望都沒有的熱。」

「妳這丫頭。」凌若笑罵一句，轉身進了屋裡。

水秀她們已經擺好了早膳，凌若剛起筷，便見弘曆走進來，奇道：「怎麼這麼早就起來了？」隨即將目光轉向跟在弘曆後面的小鄭子。「可是你忘了本宮的吩咐，將四阿哥叫了起來？」

「奴才沒有。」小鄭子連忙搖頭。「是四阿哥自己起來的。」

弘曆亦跟著道：「額娘，不關小鄭子的事，待會兒還要去上書房聽朱師傅講課，兒臣怎好晚起。」

凌若心疼地道：「可是你已經兩日兩夜沒有闔過眼了，瞧瞧，眼睛底下都黑了，臉色也不好。聽額娘的話，今日不要去上課了，朱師傅知道這些日子的事，他不會怪你的。再不行，額娘讓水秀去說一聲。」

弘曆態度堅決地道：「不，兒臣想去上課，否則……」他黯然低下頭道：「待在宮中無所事事，只會讓兒臣想到三哥。」

看到弘曆難過，凌若亦是頗為難受，將他摟在懷中，安慰道：「過去的事不要再想了，額娘相信弘晟在天上也不願看到你們這個樣子。」

「額娘，兒臣真的好想三哥，昨夜睡著的時候，夢見三哥帶著兒臣與弘晝騎馬。」說到傷心處，弘曆忍不住落下淚來。這是弘晟曾經答應過他們的事，原說等秋獮的時候一道騎馬打獵，如今卻成了一句永遠不會實現的話。

「唉……」凌若嘆了口氣，將他摟得更緊。「你是男子漢，不可以輕易流淚，雖然弘晟不在了，但額娘相信他也不希望看到你哭。」見弘曆還是一副難過的樣子，又道：「弘曆，你若真想弘晟，就將他那份一併活下去，不論遇到什麼困難，都好好地活著。」

過了許久，弘曆終於點頭，哽咽道：「兒臣知道了，兒臣會將三哥那份一併活下去。」

凌若笑著放開他，將有些揉皺的衣服撫平道：「那就聽話，用膳吧，否則去晚了，朱師傅罰你可別哭哭啼啼。」

凌若的開解，令弘曆心裡舒服了許多，也有心思開玩笑了。「額娘胡說，兒臣才沒那麼愛哭呢。」

凌若指著肩上被弘曆弄溼的地方，故意道：「啊，不知道剛才是誰在本宮肩上哭呢。四阿哥，你知道嗎？」

「兒臣哪裡會知道。」弘曆有些臉紅地打著哈哈，不等凌若再問，他連忙撫著肚子道：「好餓啊，水秀姑姑，妳趕緊替我盛碗粥。」

見弘曆轉移話題，凌若搖頭輕笑。弘曆是個堅強的孩子，雖然弘晟的死對他是一個極大的打擊，但相信假以時日，他一定可以將這份打擊化為前進的動力，一步步踏實地走下去。

而自己所要做的，就是在他成長到足夠強大前，盡全力保護他，不讓他受到傷害。

因為要去上課，弘曆匆匆吃了幾口便走了，剩下凌若一人。在喝完一碗粥後，凌若拒絕了水秀要替她再盛一碗的舉動，而是道：「都收拾乾淨了？」

水秀夾了塊綠豆糕放到凌若面前的小碟中，道：「依主子的吩咐都弄乾淨了。」

奴婢把針沉到了臨淵池中，那雙鞋拆了面子後放到灶中燒了；至於拆下來的面子，也已經讓安兒接到另一雙鞋底上，按著原有的針腳縫好，保證瞧不出任何破綻來。奴婢現在反而擔心，那藥萬一沒效果該怎麼辦？」

凌若拭一拭唇角，頷首道：「徐太醫說有效，就必然有效。即便真無效，本宮也有的是法子對付這個卑鄙小人。」她掃了桌上還剩下許多的早膳道：「撤下去你們吃吧，本宮想出去走走，讓莫兒陪著就是了。」

待凌若走後，楊海一臉奇怪地道：「水秀，妳與主子剛才打什麼啞謎，怎的我一句都聽不懂？」

水秀將一碟點心放到楊海懷裡，神祕兮兮地道：「天機不可洩漏，楊公公還是好生吃糕點吧，晚些再看一場好戲。」

沒問出結果來，楊海心裡就像是有隻貓在抓一樣，說不出的難受，不過水秀不肯說他也沒辦法，只得悶悶地吃著點心。

昨日整個後宮都在為弘晟的出殯忙碌，並沒有人注意到安兒曾討要過出宮的腰牌；更不知道，她出宮是為了去找容遠，而目的，僅僅是為了討要一味藥。

七月，櫻花樹間看不到粉嫩的花瓣，只有碧綠的樹葉，還有停在樹上不停鳴叫的夏蟬。

聽著鬧心的蟬叫，莫兒道：「前幾日才黏過蟬，如今又這麼多了，看來得再捕才行，否則由著牠們叫，主子午時可要睡不著了。」

凌若聞言，饒有興趣地道：「那妳去把黏竿拿來，本宮看著你們捕蟬。」

此時雖然開始有些熱了，不過站在陰影處還是頗為涼爽。莫兒離去後沒多久，便與兩個宮人拿著捕蟬的黏竿還有網兜來了。三人分工倒也明確，兩個人黏，一個人裝兜。

莫兒見其中一個宮人動作生疏，常常讓就要捕到的蟬逃走，遂主動取過黏竿，她動作既輕又快，與剛才的宮人截然相反，有時候一竿能捕上兩隻。

等他們捕完之後，樹上的蟬鳴果然輕了許多，不再那麼刺耳。彼時水秀吃完了早膳，過來道：「莫兒，你們幾個下去吃吧，主子這裡有我伺候著。」

莫兒剛一轉身，忽的看到敞開的宮門外站了一個人，驚奇地叫了一聲：「咦，劉常在？」

第八百零九章　劉常在

「莫兒，去請劉常在進來。」凌若吩咐了一句，自己則在櫻花樹下的石凳中坐下來。

劉氏施施然跟著莫兒進來，欠身行禮。「臣妾見過熹妃娘娘，娘娘金安。」

「起來吧，坐。」這般說著，凌若又示意莫兒等人退下，只留水秀在身邊；劉氏那廂也只帶了一個宮人。

待劉氏小心翼翼地坐下後，她笑道：「劉常在今日怎麼這麼好，來看本宮？」

劉氏低頭一笑，眼睛因為笑意而彎成好看的形狀。「娘娘此話可是在怪臣妾平日沒有多來給娘娘請安？」

凌若沒有就她這句話說下去，而是打量著她身後的宮人道：「宮裡規矩，宮女年滿二十五歲便可放任出宮，除非自願留下，又有其主做保。本宮觀妳年紀應在三十開外，為何沒有出宮？」

不等宮女說話，劉氏已經道：「娘娘誤會了，金姑是臣妾帶進宮的，也是臣妾的奶娘。」

「金姑。」

凌若剛唸了一聲，那宮人已經跪下，滿面惶恐地道：「奴婢卑賤，怎敢當娘娘如此稱呼。奴婢賤名一個桃字，娘娘喚奴婢金桃就是。」

「無妨，不過是一個稱呼罷了，不必過於計較。」這般說著，凌若搖著手裡的六角宮扇，似笑非笑地道：「宮裡何時允許將以前家中的奴婢帶入宮了，本宮怎麼不知道？」

劉氏粉面一紅，趕緊跪下請罪。「都是臣妾不好，臣妾打小就是金姑帶大的，從未離開過，入了宮一直思念金姑，茶飯難嚥，皇上知道後體念臣妾，所以在查了金姑身世，確定其清白後，許其入宮，還請娘娘恕罪。」

凌若將宮扇往石桌上一放，扶起劉氏道：「劉常在言重了，既是皇上同意的，又何須本宮恕罪；再說，本宮也不過是隨口一問罷了。」遂擺一擺手道：「好了，妳也別跪著了，否則可是要讓妳家主子心疼，埋怨本宮了。」

她這句雖是玩笑話，還是令劉氏有些窘迫，好一會兒才藉著打量櫻花樹轉過話題：「春時，臣妾曾路過娘娘這裡，遠遠隔著宮牆看到風拂花飛的美景，很想進來一觀，又怕擾了娘娘清淨，引娘娘責怪。」

「本宮是這樣不近人情的嗎？可惜現在已經無花了，再想看，只能等明年春時。」凌若盈盈一笑道：「往後妳得空儘管過來，陪著本宮聊聊也好。唉，看著妳們一個個青春年少，真當是羨慕不已。」

劉氏聞言急道：「娘娘千萬不要這麼說，娘娘風姿絕代，傾國傾城，臣妾們才該羨慕娘娘呢。」

凌若拿起扇子掩了掩唇，隔著薄薄的扇面道：「劉常在真會說話，不過……劉常在專程過來，不會僅僅是為了說這些吧？」

「娘娘不只風姿絕代，更是聰慧絕倫。不瞞娘娘說，臣妾此來，是替靳太醫謝謝娘娘！」

饒是凌若早有猜測，劉氏後面這句話還是令她暗自吃驚，面上卻道：「本宮不明白劉常在的意思。」

劉氏咬了咬嘴唇道：「昨日娘娘掉了明珠耳璫，臣妾替娘娘撿起的時候，發現耳璫並沒有壞，接口也是好的，按理來說，這樣的耳璫是絕對不會掉的……」

「可本宮的偏偏就掉了。」她輕睨了一眼道：「劉常在是想說這句話嗎？」

劉氏猶豫了一下方道：「是，所以臣妾斗膽以為娘娘是故意掉的，為的就是給靳太醫機會，可以奪到柳一刀手裡的刀，得以自盡。不瞞娘娘說，其實臣妾始終覺得靳太醫害三阿哥一事有疑點，尤其是昨日在翊坤宮中，若真是做了心虛之事，理應害怕才是，怎可能像靳太醫那樣？」

「靳太醫怎樣？」凌若漫然問著，眉眼淡漠，看不出她在想些什麼。

看著她，劉氏彷彿下了很大的決心，一字一句道：「從始至終，靳太醫都帶著一股怨氣。臣妾雖年輕，卻能看出，他心中有怨，一個心虛的人不可能有這樣深切的怨意。且昨日他對柳太醫表露出來的恨意也相當真切，所以臣妾私心以為，三阿哥……並不是靳太醫所害。」

「可是這一切與本宮何干，本宮與那靳太醫又不熟。」凌若不動聲色地說道。

劉氏感到有些意外，她沒想到自己說了這麼許久，凌若還是不肯承認，當下道：「娘娘可是覺得臣妾別有所圖？」

「本宮從不做此想。」凌若嫣然一笑，指尖夾著一片從頭頂落下的綠葉，徐徐道：「千萬不要誤會，本宮是真的……不太明白，還請劉常在說清楚。」

劉氏沒想到凌若這般謹慎，明明已經將話說到這分上，她卻依然揣著明白裝糊塗，看來不和盤托出，她是不會承認的。想到此處，劉氏沉眉道：「是，臣妾斗膽一說，若有不對的地方，還請娘娘指教。」

金姑胳膊微微動了一下，似在拉扯劉氏，不過這樣的舉動在劉氏回頭瞥了她一眼後便停止了。

「臣妾記得，柳一刀是娘娘進言請皇上傳他進來的，而靳太醫之所以可以奪刀自盡，也是因娘娘耳璫掉地之故；靳太醫死時，娘娘流露出了不忍之色，臣妾斗膽揣測，娘娘應是知道靳太醫是被人冤枉的，有心要助他擺脫凌遲之刑。臣妾雖只是一個小小常在，卻也知道深宮中人心險惡，能如娘娘這樣宅心仁厚的，不說萬中無一，卻也差不多了。」說罷，她起身朝凌若再施大禮，神色懇切地道：「臣妾佩服娘娘這番仁心，更佩服娘娘精巧的心思，希望能有機會向娘娘請教。」

隱藏在此話中的另一層意思，就是依附，她想要依附凌若，這在後宮中並不是什麼罕見的事。一些新入宮的嬪妃，為了能在後宮中站穩腳跟，或者盡快往上爬，便會想方設法地依附位高權重的妃子；而那些妃子，為了鞏固自己在宮中的地位及勢力，也會允許她們依附。

然不等劉氏俯下身去，一隻好看的玉手已經橫在面前，她抬頭，對上一雙深邃得似望不見底的眼眸。

「不知劉常在想向本宮請教什麼，是妳口中的仁心還是心思？」

第八百一十章 拒絕

劉氏只道凌若被自己說動，忙答：「不論哪一點，都值得臣妾學習請教。」

凌若輕輕一笑，收回了手，然在劉氏準備再次俯身時，她卻道：「看來，劉常在是真的誤會了。對於妳說的事，本宮是一點兒都不知道。柳一刀入殿雖是本宮進言皇上的，但本宮絕對沒有想到靳太醫會這麼大膽。至於耳璫，也確確實實是意外，本宮沒想到，這樣的巧合會讓劉常在誤會。」

看著劉氏漸漸發白的臉色，她不疾不徐地道：「再說靳太醫的罪是皇上定的，劉常在這會兒說靳太醫可能是冤枉的，那豈非是在質疑皇上，說皇上錯了？」

「臣妾不敢！臣妾只是——」

不等劉氏把話說完，凌若已經打斷道：「還有最後一點，劉常在說本宮面露不忍，那也是極正常的事。畢竟靳太醫是一條活生生的人命，看著他死在跟前，終歸有些難過。」

劉氏咬著脣道：「娘娘可是信不過臣妾，所以不願說實話？」

「本宮說的一直都是實話。」凌若微微一笑，起身道：「劉常在能想到來看本宮，本宮很高興，只是那話，還請劉常在以後都不要再說了。好了，看這陽光很快就要熱起來了，趕緊回去吧，否則等到日正當空，路上可就不好走了。」

「對了。」走了幾步，凌若忽地回過頭來，對重新燃起一絲希望的劉氏道：「昨日劉常在幫本宮拾了耳璫，本宮很感激。」

「娘娘客氣了。」劉氏失望地擠出一絲笑容，在凌若進殿後，無奈地離開了承乾宮，並不曾聽到水秀問凌若的話。

「主子，劉常在分明是有心依附於您，您為何不答應她？如此在宮中也好多一份助力。」

凌若低頭看了一眼手中的櫻花樹葉，道：「妳覺著劉常在是一個怎樣的人？」

水秀思量了一下道：「劉常在只憑些許蛛絲馬跡，便看出靳太醫是冤枉的，並由此推斷出主子有心助靳太醫自盡，想必是一個細心足智之人。」

「細心足智……」凌若細喃了一遍道：「那也就是說，她是一個不簡單的人了？」

「應該是吧。」水秀不確定地回答著，下一刻，凌若的聲音再次響起。

「那麼妳覺得這樣的一個人，是輕易可以相信的嗎？」

水秀語塞，支吾著說不出話來。凌若輕睨了她一眼道：「怎麼，答不出來了？」

水秀知道她後面肯定還有話要說，當下垂目道：「請主子明示。」

果然，凌若撫著領襟上的繡花道：「本宮何嘗不知劉氏是想依附本宮，但是本宮助靳太醫一事是祕密，輕易不可讓人知道，一旦本宮收下她，那就是承認此事。這樣一來，本宮便有把柄落在她手上。若是她有二心，本宮豈非很麻煩。另外，劉常在嘴上說是皇上體念她思金姑心切，所以讓金姑進宮，可誰又曉得這是否是她所使的計呢？這樣一個心思多端的人，本宮可不敢輕用。」

這一層顧忌，是水秀所沒想到的，不過心中仍然有疑問：「主子認為劉常在並非真心依附？」

「也許現在是真的，但往後卻不一定。」凌若鬆開手掌，看著碧綠的樹葉輕飄飄落在地上，拍一拍手，意味深長地道：「劉潤玉，這個女人可不是表面上看到的那麼簡單。」

其實不簡單的何止是劉潤玉一人，去年入宮的那幾個秀女，皆不是易與之輩，包括溫如傾！

這個念頭還沒落下，便有宮人進來恭謹地施禮道：「主子，惠妃娘娘派人來通傳，說是請主子過去一趟。」

「惠妃？有說是什麼事嗎？」面對凌若的問題，宮人一臉茫然，凌若揮揮手道：「行了，下去準備肩輿吧。」

水秀扶著凌若進去更衣，有些憂心地道：「主子，惠妃會不會還氣您昨日對溫貴人的懷疑？」

「不會的，姊姊說不計較就一定不會計較。」

在一切收拾停當後，凌若上了肩輿往延禧宮行去，在將要到時，意外遇見了瓜爾佳氏，一問之下，卻也是溫如言請她過來的。

這下凌若可是真覺得奇怪了。若溫如言僅是為了與她們說話，大可去她們那處，何以要眼巴巴地讓她們過來。

兩人一道下了肩輿進去，只見溫如言正坐在殿中與溫如傾說話，不時笑上幾聲，心情似乎頗為不錯。看到她們進來，溫如言含笑道：「瞧瞧，剛說曹操，曹操就到了，兩人還一道過來，跟事先商量好了似的。」

瓜爾佳氏笑笑道：「沒呢，不過是湊巧在門口撞見了。倒是姊姊，何事這般開心，還沒進來呢，便已經聽到妳笑聲了。」

溫如言笑指著站起來的溫如傾，道：「這個妳們可得問如傾了。」

「如傾給熹妃娘娘請安，給謹嬪娘娘請安。」溫如傾乖巧地行禮。今日的她穿了一襲鵝黃色繪長枝玉蘭的旗裝，明亮鮮豔的顏色以及精緻的繡花，看起來越發俏麗可愛，也越發襯得溫如言暮氣沉沉。不論容顏怎麼精緻未老，那抹青春都是不可複製的。

瓜爾佳氏接過宮人遞來的茶，似笑非笑地道：「如傾，快與本宮說說，到底是怎麼逗得姊姊這般開心。自涵煙遠嫁後，姊姊可是許久不曾這樣暢快地笑過了。」

「姊姊！」

凌若的聲音令瓜爾佳氏驟然意識到自己話中的錯誤，連忙對神色微黯的溫如言道：「對不起啊，姊姊，是我不好，提了妳的傷心事。」

溫如言勉強一笑道：「這都是事實，即便妳不提，我心中也時時牽掛著，哪裡能怨妳。好了，不說這個了，如傾，妳快將事情與她們說說，讓她們也一道高興高興。」

「嗯。」溫如傾抿著嘴，說出令凌若與瓜爾佳氏面面相覷的話來。「不瞞二位娘娘，昨夜裡，臣妾已經去過坤寧宮了，也向皇后透露出想依附她的心思。」

凌若目光一閃，道：「皇后相信妳嗎？」

溫如傾食指點著飽滿嬌豔如玫瑰花瓣的嘴脣，道：「起先臣妾說了許多，可皇后一直都不相信，她當真是一個疑心很重的人呢。後來臣妾萬般無奈之下，就告訴她，是與娘娘們合計後，去她這裡假投靠的，為的就是騙取她的信任。」

第八百一十一章　難辨

凌若心下一寒，盯著溫如傾半晌沒說話。她不明白，溫如傾明明是去皇后那裡做內應，為何要把實際打算也告訴皇后，難道真是明修棧道，暗渡陳倉？

可這也不對，她若要出賣她們幾人以取信皇后，這些話就不應該告訴她們，否則這延禧宮可再沒有她的容身之地了。

那廂，瓜爾佳氏也是一般的心思，不過在瞥見溫如言始終面帶笑容，未露半分不悅時，她隱約明白什麼，指甲輕輕一彈青花瓷盞，發出「叮」的一聲輕響。「看來還有事是咱們不知道的，否則依姊姊的性子，還不得跳起來啊。」

「胡說什麼。」溫如言想板下臉，但笑意卻怎麼也止不住，只得道：「罷了、罷了，讓如傾繼續給妳們說下去。」

溫如傾聞言，嘻嘻一笑道：「皇后見臣妾將這種隱祕的事都說了出來，終於相信臣妾是真心實意想要依附她，放下了戒心。」

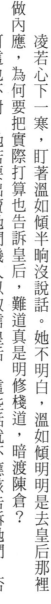

瓜爾佳氏先是一驚，復又喜道：「這麼說來，妳已經贏得了皇后的信任？」

溫如傾如實點頭道：「應該是的，皇后與臣妾說了很多，雖沒有太過深入的話，但看樣子，無疑親近了許多。臣妾相信，只要假以時日，一定可以徹底贏得皇后的信任，到時候就可以幫姊姊與二位娘娘對付她了。」

「要妳這麼做，可真是委屈了。」溫如言雖已經知道了這件事，但再聽說，還是覺得有些對不起溫如傾。

溫如傾連連擺手道：「姊姊千萬不要這麼說，能幫上姊姊與兩位娘娘，是如傾一直以來的心願。」

凌若不動聲色地注意著溫如傾臉上任何一個細微的表情，卻始終沒有發現疑點，只得徐徐道：「皇后是個睚眥必報的人，若讓她發現妳在欺騙她，只怕她不會放過妳。」

溫如傾感念於她的關心，赧然道：「娘娘放心，臣妾一定會很小心的；再說，即便不去欺騙她，她也不會放過咱們。與其這麼被動，倒不如賭一把，若是贏了，那不是皆大歡喜嗎？」

凌若頷首道：「事已至此，確實也沒更好的辦法了。」

溫如傾待要答應，忽的想起一事來。「啊，對了，臣妾昨日去的時候，看到柳太醫從皇后宮中出來，而且神祕兮兮的，臣妾猜測他與皇后之間肯定有什麼不可告人的事。」

柳太醫去見過皇后的事，凌若是最清楚的，她還摔碎了皇后賞的那柄玉如意。見溫如傾將這事毫無隱瞞地說出來，凌若心下不禁有些犯喃咕。難道真是自己多疑了，溫如傾並沒有那些心機，只是真的想幫她們？

瓜爾佳氏抿了脣道：「我說姊姊今日怎麼這麼高興，原來是為著這個啊。」

溫如言看著溫如傾的眼中帶著幾分驕傲。「不瞞妳們說，我昨日雖答應了如傾，卻不認為皇后真的會相信她，想著讓她碰個壁也就算了，沒想到她竟然做到了。說到面對事情時的急智，我這個做姊姊的不及她許多。」

「哪有，都是姊姊教的呢。」溫如傾親暱地拉著溫如言的胳膊，兩隻眼睛笑得猶如天邊的月牙，極是可愛。

瓜爾佳氏笑著搖頭道：「瞧妳們兩個姊妹情深的樣子，可是讓我羨慕呢。」

笑過後，溫如言將目光轉向凌若，凝眸道：「妹妹不說話，可是還有什麼疑問？」

凌若明白，她這是在指自己對溫如傾的疑心，稍稍一想，浮起一抹笑容。「沒有了，若能就此扳倒皇后，如傾可是立了一大功呢。」

溫如傾還是小孩心性，嬌笑著道：「那臣妾到時候可要問娘娘討賞，娘娘莫要不給。」

看著那張明媚的笑顏，凌若意有所指地道：「本宮豈是小氣之人，到時候，妳就是要整座承乾宮，本宮也給得，只要妳能做到今日的話便可。」

這句話令得溫如傾笑容一斂，走到凌若跟前，慎重地道：「娘娘放心，臣妾一定會盡力去做。」

「如此就好。」凌若溫柔地拉著她坐下，然清亮的眼眸中卻始終無笑意。

一道從延禧宮出來後，瓜爾佳氏叫住意欲離去的凌若，斟酌地道：「妹妹，昨日之事是否是咱們多疑了，我看如傾並沒有什麼壞心思，且她將與皇后所見所言，皆一五一十告訴了咱們，甚至於柳太醫的事也說了。」

凌若舉袖遮一遮耀眼的陽光，道：「也許吧，但也許這依然只是一個謊言，畢竟她與皇后究竟說了什麼，咱們並不知道。至於柳太醫的事，也有可能，她是怕柳太醫會反過來將她的事告訴咱們，這才急著說出來。」

「這麼說來，妳還是對她存有疑心？」瓜爾佳氏皺了細眉，有些為難地道：「唉，這各說各有理，我也不知道該信哪個了。」

「且瞧下去吧，真假總會清楚的。只是在此之前，咱們不能太過相信如傾，始終……」

「始終還有疑點嗎？」瓜爾佳氏沒好氣地接了一句，說畢又不禁笑道：「罷了，暫且就這樣吧。」

回到承乾宮後，凌若隨意用了點兒午膳便去內殿小憩了，睡醒後又親自做了點心送去給胤禛。

這一回四喜沒有阻攔，而是笑吟吟地打了個千兒。「皇上吩咐過，娘娘來了直接進去便可。」

凌若頷首，重新踏進了闊別半年之久的養心殿。

胤禛聽見腳步聲，抬起頭來，待看清是凌若時，冷峻的面色一緩，召手隨意地道：「到朕身邊來。」待其上前後，關切地問：「昨日的事可有嚇到妳？夜間睡得還好嗎？」

「多謝皇上關心，臣妾無事。倒是皇上日夜辛勤，當保重龍體。」說話的時候，她目光無意間掃過胤禛攤開在案上的摺子，發現是彈劾年羹堯的，上頭列了年羹堯的大小罪行，粗略一看少說也有十來條，包括結黨營私、聚斂財富等罪。

胤禛目光一沉，冷冷道：「若人人都能如妳這般想，朕就算辛勤一些也是值得的，只可惜……」他指著御案上厚厚的一疊摺子道：「妳知道這些摺子都是說什麼的嗎？」

第八百一十二章　祥瑞

「臣妾又不曾看過，哪能知曉。」凌若這樣說著，但心裡隱隱已經猜到些許。

果然胤禛重重一拍摺子，怒容滿面地道：「都是彈劾年羹堯的，若不是看了摺子，朕還不知道年羹堯這些年在西北做下這麼多好事。」說到後面，胤禛的聲音因為生氣而有些緊繃，將摺子往凌若前面一扔道：「瞧瞧，他都做了些什麼好事，難怪他不滿意朕封他為輔國公，敢情在西北，他就是皇帝，甚至說話比朕這個真皇帝管用。」

凌若隨手翻閱了幾份，果然發現裡面列了許多年羹堯的罪行，一條條、一件件簡直可說是怵目驚心，與這些相比，剛才那份摺子實在算不得什麼。

其中既有說年羹堯視同官為下屬的，發給總督、將軍的文書本是平行公文，他卻擅稱諭令；賜給官員、下屬物件，令其「北向磕頭謝恩」；連蒙古扎薩克郡王額駙要見他，也要行跪拜禮。也有指胤禛兩次恩詔到西北，年羹堯身為地方官員，竟然不迎詔，不行三跪九叩大禮，跪請聖安。

年羹堯的囂張無禮早在凌若意料之中，面上卻連連嘆息道：「輔國公能有今日，全是皇上提攜重用之故，他竟這般不知感恩，實在枉負聖恩。皇上準備如何處置他？」

胤禛冷哼一聲未語，顯然還沒有想好。年羹堯這顆毒瘤肯定是要拔除的，只是他如今雖被解了兵權，親手所帶的兩萬精兵也背棄了他，但在西北還有一定的影響力，尤其西北的官員都是他親自任用，許多人唯他馬首是瞻。所以在動手之前，必須先徹底穩定好西北，以免再生什麼變故。

他不說，凌若自然知趣地沒有多問。朝堂之事本就不是她一個嬪妃所能過問的，只靜靜地安立在一旁，不時替胤禛磨墨、端茶。

待得黃昏時分，四喜忽的在外面叩門，聲音裡透著幾分急切。在進來後，他滿面激動地道：「啟稟皇上，外面突然日月同現，而且當中還有五顆星星連成一線，奴才活了這麼些年，還是頭一次看到如此奇景呢！」

夏日天長，黃昏時分，日月同現並不是沒有的事，但星星卻不會這麼早出現，還連成一線。

被四喜這麼一說，胤禛不由得起了幾分興起，示意凌若隨他一道去外面。彼時，除了被夕陽餘暉染得通紅的西邊外，餘下的都已經暗了下來。抬頭望去，果見日月同現，一東一西，互相輝映；而在日月之間，有五顆異常明亮的星辰排成直線，閃耀著星輝。

凌若看了一會兒，忽的面露喜色，對胤禛道：「皇上，日月合璧，五星連珠，這是上天降下的祥瑞，必是皇上登基之後，夙興夜寐，勵精圖治，感動了上天，故降祥瑞於皇上。」

胤禛聽著大為歡喜，沒有什麼比肯定他的勤政之心更值得高興的了，當下喚過四喜道：「去，讓欽天監推算一下這次的天象，究竟是怎麼一回事。」

四喜快步離去，可他竟然不到一刻鐘便折回了。待得近了，方看清在四喜身後還跟著一個人，正是欽天監監正。

四喜打了個千兒道：「啟稟皇上，奴才走到一半正好遇上東方監正，他是特來求見皇上的。」

東方閔跪倒在地，帶著難以遏制的激動道：「微臣恭喜皇上，賀喜皇上。」

胤禛心下明白，卻仍問：「何喜之有？」

「回皇上的話，日月同現天空，且當中五星連珠，乃是百年一見的吉兆；微臣更發現原本在日間不明顯的紫微星大亮，足見是大大的吉兆啊！」

「果真如此嗎？」胤禛往正北方看了一眼，果見紫微星大亮，即便是在黃昏時分也肉眼可見。

東方閔肅容道：「微臣萬萬不敢欺騙皇上！」

不等胤禛再問，凌若已經盈盈拜倒。「天降祥瑞於皇上，足見皇上勤政愛民之心，連上蒼亦為之感動。」

「好！」胤禛微微點頭，神色中是有少見的激動還有……決絕。連上天都站在他這一邊，年羹堯註定是死路一條。說不定上天就是感念到他除年羹堯之心，所以才降下祥瑞。

第二日，群臣紛紛上奏稱賀，如今尚且擔著總理大臣名頭的年羹堯亦在其中，他知道自己如今大不如前，是以絞盡腦汁想要寫好這篇賀祥瑞的摺子。

他在奏摺中稱頌胤禛夙興夜寐、勵精圖治，引得上天降下祥瑞，這本沒什麼問題，豈料他將摺子改來改去，又連夜書寫，疲累之下，一時疏忽把「朝乾夕惕」誤寫為「夕惕朝乾」。

胤禛本就對他不滿，自然抓住這個把柄借題發揮，在朝堂上當著百官的面說「年羹堯不欲以『朝乾夕惕』四個字歸之於朕耳」，乃是自恃己功，不敬皇帝。一番批駁讓年羹堯在養心殿上抬不起頭來，只得百般認錯。可是胤禛卻不想就此放過，於朝堂上下旨，解除年羹堯總理大臣一職，任其為西藏將軍。

這一消息對於年羹堯乃至整個年家來說，不啻於晴天霹靂。

原本能重掌兵權是好事，哪怕西藏的駐防軍隊遠遠不能與西北相比，但總歸是好事；可是這兩年來，前前後後任命了三個西藏將軍，最終結果是一死一瘋一辭官，每一個在任上都沒有待得超過三個月，如今這兵權是由副將掌管。

此事邪門至極，且沒一個人說得出原因。私底下皆在流傳，說西藏將軍這個位置不知受了什麼詛咒，才會鬧得這樣凶。

如今胤禛調年羹堯去那裡，分明是不懷好意，想置年羹堯於死地；而最讓年羹堯絕望的是，胤禛說是許他西藏將軍一職，可是命他赴任的聖旨上，卻沒有提一句讓副將交出兵權的話，也就是說，他這個所謂的西藏將軍，只是一個擺設，一個等著被詛咒纏身的擺設。

第八百一十三章 養心殿

年羹堯的父兄得知後，想要為年羹堯求情，然連胤禛的面都未見著便被打發回去了，無奈之下，只得寫信託宮人帶給年氏。

雖年氏因弘晟的死而心情低落、難以展顏，但畢竟關乎親哥哥的生死，當即稍稍收拾了一下，趁著夜色去了養心殿。

她睨了四喜一眼道：「進去通稟皇上，就說本宮求見。」

「這個……」四喜為難地搓了搓手。「回娘娘的話，慧貴人正在裡頭呢。」

年氏冷冷一笑，低頭盯著四喜道：「怎麼了？慧貴人在裡頭，本宮就連求見的資格都沒有了嗎？還是說喜公公覺得本宮連慧貴人也不如？」

四喜聽出年氏話中的不善，惶恐地道：「奴才不敢。」

不等他再說下去，年氏已經語氣冰冷地道：「那就趕緊進去通稟。」

「嗻！」四喜無奈地答應一聲，叩門進去後，硬著頭皮道：「啟稟皇上，年貴妃在殿外求見。」

胤禛眸光一沉，他很清楚年氏這個時候過來是為了什麼，待要回絕，舒穆祿氏在一旁道：「皇上，既然貴妃娘娘來了，臣妾就先告退。」

胤禛搖頭道：「不好，朕都已經讓敬事房記了妳的名字。至於貴妃，讓她明日再過來就是了。」

舒穆祿氏嘴角蘊著一縷輕淺的微笑。「可是貴妃娘娘剛剛沒了三阿哥，更需要皇上的安慰。皇上若真覺得不好，明日再翻臣妾牌子就是了。」

見舒穆祿氏這般明白事理，胤禛讚許地點頭。「也罷，朕讓四喜送妳回去。」「是，臣妾告退。」舒穆祿氏轉身往外走去，四喜趕緊小跑幾步，開了殿門。

在經過年氏身邊時，舒穆祿氏屈一屈膝，溫順地道：「臣妾給貴妃娘娘請安，娘娘萬福金安。」

年氏看也不看她，逕自走了進去，令舒穆祿氏頗為尷尬。四喜在旁邊小聲勸了句：「貴妃娘娘就是這性子，再加上三阿哥剛剛沒有，心情就更不好了，貴人千萬別往心裡去。」

舒穆祿氏回過神來，柔柔一笑道：「喜公公放心吧，我沒事。」見四喜要去拿宮燈，她忙道：「有如柳陪我回去就行了，喜公公不必再送一趟，沒得累了腿腳。」

舒穆祿氏雖頗得恩寵，卻從不倚仗自己寵妃的身分，對宮人呼來喝去，這一點讓四喜對她很有好感，笑著道：「皇上吩咐下來的事，奴才可不敢不遵；再說奴才這腿腳都跑慣了，閒著反而難受，貴人請。」

「那好吧。」舒穆祿氏不再勉強，由著四喜在前面引路，她則扶著如柳的手慢慢往景仁宮走去。

與此同時，養心殿內，年氏在行禮過後，迫不及待地問：「臣妾聽聞皇上要將臣妾的哥哥調往西藏任守備將軍，不知是否屬實？」

胤禛坐在御案後，拿起一枝細長的狼毫筆沾著松煙墨在紙上徐徐寫著字，涼薄如水的聲音緩緩響起：「貴妃久居深宮，為何會對朝堂的事這般清楚？」

「這……」年氏心知不妙。胤禛最不喜後宮干涉朝堂之事，即便是皇后也要繞著圈子才能提上一二，自己這樣貿然問出口，實在有些不妥。只是話已出口，再後悔是來不及，她只得如實道：「是臣妾的父親寫信給臣妾。」

「年遐齡？」胤禛手腕一提，一個「年」字在紙上成形。他眼眸微瞇道：「他也是兩朝元老了，該知道後宮不得干政的規矩，卻還寫信給妳，當真是老糊塗。」

見胤禛當著自己的面訓斥父親，年氏心中不喜，卻不好發作，只能低眉道：「父親並非不懂，只是擔心兄長安危，皇上又不肯見，實在迫於無奈，這才寫信告知臣妾。」

胤禛頭也不抬地道：「規矩就是規矩，豈是隨口一句迫於無奈便可以壞的，要是人人都這樣，那還要規矩做什麼？」

年氏沒想到胤禛說話這樣不留餘地，且對自己態度冷淡疏離，全無昔日溫言和悅的樣子，就像是變了個人似的，讓她不知所措，好半晌才定了神道：「皇上教訓得是，但臣妾私以為這並非全是朝堂之事，畢竟他也是臣妾的親哥哥。臣妾過問一下，算不得太過不妥。」

「年羹堯犯錯，朕降他為西藏守備將軍，這有何不對？」他問，始終神色平靜，沒有一絲波瀾起伏。

「可是西藏乃苦寒之地，除卻原地住民之外，其他人去了都難以適應，而且民風慓悍，隨時都有可能挑起事端；再加上這兩年來，前後三任將軍都出事，皇上讓臣妾兄長去上任，豈不是將他往火坑裡推嗎？」

「放肆！」一直淡然無波的胤禛驟然發難，將狼毫筆往案上重重一擱，道：「誰教妳說這些大逆不道的話？年羹堯是朕臣子，朕豈會害他。至於說西藏苦寒之地，那麼依貴妃的意思，那裡就不要派人去了？」

年氏神色一滯，想了一會兒，方才道：「臣妾並非那個意思，只是為何要是臣妾兄長？皇上就算要降他的職，也沒必要貶到西藏這種地方。」

「那該貶去哪裡，貴妃倒是給朕說個章程？」胤禛語氣越發不善，陰冷逼人。

年氏不敢再與他頂撞，垂目盯著自己腳尖道：「臣妾不敢，臣妾只希望皇上看在臣妾兄長屢次平定戰亂，為皇上立下不少汗馬功勞的分上，放他一條生路。」

「朕從未要絕過年羹堯的生路，前幾任西藏將軍出事，朕已經派人查過，不過是湊巧罷了。要說民風慓悍，西北不也一樣嗎？既然年羹堯可以將西北管治得這麼好，那麼區區一個西藏，自然也不在話下。貴妃與其在這裡跟朕說這些，倒不若修書一封告訴年羹堯，讓他在西藏好生當差，將功贖罪，只要做得好，將來未必沒有機會回京城。」

胤禛的意思很清楚，不論年羹堯曾立下多少功勞，錯就是錯，必須受罰，沒有任何轉圜的餘地。

第八百一十四章　密探

「真有可能回來嗎？」年氏心下絕望，不由得露出淒然之色。「皇上，臣妾已經沒有了兒子，不想再失去兄長，求您開開恩吧。」說著，她愴然跪了下來，哀哀地乞求著。

見她提起弘晟，胤禛眼眸一黯，但旋即又平靜地道：「弘晟的死，朕也很難過，可是弘晟是弘晟，年羹堯是年羹堯，妳不要將他們兩個混為一談。起來吧，回妳的翊坤宮去。」

年氏驟然抬頭，一縷白髮從髮髻中落下，遮住她近乎絕望的眼眸。「皇上！臣妾與您夫妻二十餘載，難道您就不能看在臣妾的面上，放臣妾兄長一次嗎？」

「貴妃錯了。」胤禛起身走到年氏面前，居高臨下地看著她滿頭白髮，有痛惜、有怒意。「從來就不是朕不放過年羹堯，而是他自己不放過自己。」

「皇上……」

年氏還待再求，胤禛已抬手道：「妳不必再說，因為朕絕對不會答應。」

夜風猛然從半敞的窗子吹進來，拂起那一縷白髮，而那縷白髮也勾起了胤禛對年氏為數不多的情意，緩一緩聲道：「回去好好調養身子，弘晟的事已經這樣了，妳再怎麼難過也回不到從前了，還是想開一些得好。」

「是，臣妾知道了。」年氏並不是個不懂得察言觀色的人，只是以前的她不屑於這些，左右她都是最得寵的那個，哪怕是被降為常在，也可以重歸貴妃之位；可現在一切都變了，弘晟離去，年家風雨飄搖，兄長被貶斥，而胤禛亦冷酷得像是個陌生人。

在這樣的形勢下，她不得不收斂傲氣，撿起原本不屑的本事，以換取在這個後宮繼續生存的權力。只是，這樣的日子什麼時候才到頭？又或者永遠沒有到頭的那一日……

看著年氏黯然離去，胤禛仰頭深吸一口氣。人非草木，孰能無情。人生又能有幾個二十年，即便只是一隻貓、一條狗，也有感情了。

只可惜，不論年羹堯還是年氏，都錯得太多、太離譜，不除他們，如何向天下臣民交代，又如何向凌若交代。

年氏派人在宮外對凌若的迫害，還有下毒害弘時，他從未忘記過。當初迫於年羹堯，復年氏貴妃之位，令他屈辱至極；如今年羹堯手無兵權，弘晟又已經走了，該是讓他們償還的時候了。

他回到案桌前，只見上面的紙上寫著「年」與「誅」字，這兩個字代表了他此刻的決心。

燈罩中的燭焰忽的跳了一下，令本就不甚明亮的養心殿光線為之一暗。

在燭焰亮起後，胤禛身後不知何時多了一個全身籠罩在黑暗中的人影，單膝跪下，啞聲道：「參見皇上。」

胤禛頭也不回，似早料到此人會出現，冷令道：「查得怎麼樣了？」

人影躬身道：「啟稟皇上，奴才翻查過靳明澤在宮中的住處，也去過他家，並未發現什麼異常或有什麼值錢的物件。在其家附近五百里範圍內的錢莊、銀號，奴才也全搜查過，並沒有以靳家任何人名字存入的銀兩。」

「這麼說來，靳明澤並沒有因害三阿哥而得到任何財物了？」在得到肯定的答覆後，胤禛陷入了沉默。沒有人會無緣無故去害人，肯定有等價的交換，或是為權或是為財。靳明澤都死了，權勢自然不可能，那麼就只剩下財了，可是密探已經將所有可能的地方都搜查過了，一無所獲。

原本，他認定靳明澤是毒害弘晟的凶手，可是弘晟出殯那一日，靳明澤的表現令他升起一絲疑問。一個心虛害怕的人，絕不可能有這樣無畏的表現，甚至於奪刀自盡。還有靳明澤在臨死前執意追殺柳太醫的表現，也令他心中生疑，難道這當中真隱藏著他不知道的事？

胤禛正自思索之際，密探又道：「皇上，奴才還查到一事。」

「講。」

隨著胤禛這個字，密探嘶啞難聽的聲音再次在養心殿響起：「奴才們查知，靳明澤被關入慎刑司後，除去柳太醫之外，熹妃娘娘也去過，之後還送了慎刑司總管洪公公兩罈九醞春酒。」

胤禛眼皮一跳，驟然回身，死死盯著密探頭頂，冷聲道：「知道熹妃為什麼去嗎？」

感覺到胤禛話語間的慎重，密探不敢隱瞞，如實道：「奴才曾遣太監探洪公公口風，他說熹妃進去後便將他遣了出來，具體談什麼並不知道；但熹妃當時向他要求了一間暗室，探聽柳太醫與靳明澤說話。」

胤禛手下掌著自建朝以來，皇家祕密籌建的密探組織，用以掌握天下人的一舉一動。世人皆以為密探只遍布於宮外，殊不知，宮內同樣有著密探存在，這件事只有身為嫡妻的那拉氏略知一二，但具體哪些人是密探，她同樣不清楚。

這些密探就像是幽靈一樣，不引人注意地活在陰暗處，除了胤禛手裡的那份名冊外，沒有人知道他們除了明面上的身分之外，還是朝廷的密探。

不過宮裡畢竟不同於宮外，沒有胤禛的命令，他們是不會隨意去刺探宮闈之祕的。因為宮裡有著太多的祕密，也許一個不小心，就會扯出一長串人來，甚至引起宮闈之變。這個結果，即便是他這個密探頭子也承受不起。

見胤禛一直沒說話，密探試探地道：「皇上，可要奴才們盯著熹妃那邊？」

胤禛猶豫一會兒，情緒略有些複雜地道：「暫且不用，等需要時，朕自會吩咐你們。」頓了一下又問：「另外，柳太醫那邊查過嗎？」

密探低頭道：「回皇上的話，查過了。柳太醫以前有一個妹妹，剛出生就被送人了，直到年前才在煙花巷找到她，那老鴇開價一千兩才肯讓其小妹脫離青樓。」說到這裡，他看了胤禛一眼，方才繼續道：「半月後，有人拿著一千兩銀子換取了柳家小妹的賣身契，並將她送回柳家一家團聚。」

第八百一十五章　子嗣

「查到那人的身分了嗎？」胤禛沉聲問著，眸中盡是懷疑之色。

「雖時日已久，但經奴才仔細追查，還是打聽到了身分。老鴇說那人面生且聲音尖細，奴才猜測應該是位公公，去柳家打聽後也證實了，柳家人說他姓楊，是……」後面的話，密探似有些不知如何開口，只是不住地打量著胤禛。

胤禛不耐煩地道：「繼續說下去。」

密探答應一聲，沉沉道：「去贖銀的公公姓楊，而且自稱是熹妃所遣。」

凌若？胤禛愕然不已，沒想到此事又與凌若扯上關係，難道弘晟的死與她有關？這個念頭剛出現便被胤禛強自抹去，雖然凌若曾不只一次觸怒過他，但他相信，凌若絕不會是個心狠手辣之人。

而且若這一切是凌若主使柳太醫所為，她就不會替靳明澤家人求情，也不會在暗室中偷聽柳太醫與靳明澤說話。

總覺得，在這些已經浮於表面的事情背後，還隱藏著許多不為人知的事。按下這些心思，他又問：「還有什麼？」

「還有柳太醫這段時間家中頗為寬裕，近日在看新宅子，看來有重新置宅的打算，並且以柳太醫弟弟的名字，在銀號中存銀一千三百五十兩，相當於柳太醫不吃不喝九年的俸祿。」

若柳太醫在場，聽得密探這些話，非要嚇得魂飛魄散不可，連存銀都被打聽得一清二楚，簡直沒有一點兒祕密。

胤禛回身走上臺階，手指輕叩著案桌道：「如此看來，柳太醫才是那個真正可疑的人？」

「是。」在說這個字時，密探目光一閃。其實他不只懷疑柳華，還懷疑熹妃，只是皇上已經說了讓他不必盯著熹妃那邊，所以後面那句話也不好再說。

「繼續給朕盯著柳太醫，他去過哪裡，做過什麼，都給朕一五一十地記清楚，朕倒要看看，他到底是個什麼樣的人！」

「奴才領命！」

胤禛揮手道：「退下吧。」

「是。」隨著這個字，燭火再次為之一暗，待恢復正常時，殿中已經沒有了密探的身影，只剩下胤禛一人。

感受著重新籠罩下來的靜寂，胤禛漫步走到窗前，透過窗子可以看到夜空中皓月當空，繁星點點。往日裡，只要看到夜空星辰，他的心就會靜下來，可現在，總是有那麼一絲不靜。

若兒，朕願意相信妳，只盼妳千萬不要負了朕的信任，也千萬不要與弘晟的死扯上關係，否則就是親手毀了朕與妳的將來。

舒穆祿氏回到水意軒後更衣睡下，一覺醒來，天邊已經泛起了魚肚白。她沒想到自己會睡得這麼沉，中途一次都沒醒過，撫一撫臉，她喚道：「如柳，如柳。」

待她喚到第二聲的時候，如柳捧著銅盆自外面走進來，先將銅盆擱到架子上，隨後才扶了舒穆祿氏起身。在將繡鞋套在舒穆祿氏纖細修長的腳上後，她道：「主子請先淨臉。」

舒穆祿氏點了點頭，扶著她的手走到銅盆前，盛水的銅盆中漂浮著嫣紅的玫瑰花瓣，花香馥郁，令人精神為之一振。

待得淨過臉後，移步坐到銅鏡前，自銅鏡中，舒穆祿氏看到正替她梳頭的如柳露出一副欲言又止的模樣，遂道：「可是有話要與我說？」

如柳手裡的象牙梳子一頓，輕聲道：「主子，惜春姑姑來了，正等著主子呢。」隨著她這句話，舒穆祿氏臉上的輕快緩緩消失，低頭，自妝匣中撿了一支珍珠簪子道：「妳沒有告訴她，我昨夜沒有侍寢嗎？」

「奴婢說了，可看惜春姑姑的樣子，似乎不太相信。」說完這句，如柳忽的蹲在舒穆祿氏跟前，神色哀切地道：「主子，是否以後都要這樣？」
舒穆祿氏面色一白，隨即將手裡的珍珠簪子插在如柳髮髻上，打量了一眼道：「這支簪子很襯妳呢，賞給妳吧。」
如柳搖頭，取下簪子放回到舒穆祿氏手中。「奴婢不要什麼簪子，只要主子開開心心的。」
「傻丫頭，我現在不開心嗎？皇上對我恩寵有加，晉我為貴人；皇后又待我極好，隔三差五便有賞賜下來。」她笑，然不論怎樣掩飾，都透著蒼白無力。
「不好！」如柳頭搖得跟波浪鼓一樣。「皇上也許是真心疼主子，可是皇后娘娘卻不是，否則她不會在主子每日侍寢後讓惜春姑姑送藥來，皇后娘娘不許主子有自己的子嗣。」
「可是若沒有皇后，我至今仍被繪秋那幾個下人欺負。有得必有失，人不能夠太過貪心。」這般說著，舒穆祿氏重新將珍珠簪子插在如柳髮間。「我賞妳的，妳就好好收著，等將來出宮嫁人，沒有一點兒體面的嫁妝，會被人看輕的。」
如柳猶豫了一下道：「奴婢以後都陪著主子好嗎？」
「陪我在宮裡孤老嗎？」舒穆祿氏心疼地撫著如柳的臉，道：「我知道妳不喜歡宮裡的生活，勉強留在這裡，只會不開心。妳是個好姑娘，該有好報的。」
「可是奴婢走了，主子身邊就沒一個貼心的使喚人了。」儘管相處的日子不久，如柳與舒穆祿氏卻異常投緣。

「真是傻丫頭，妳又不是明日就走，還有好些年呢，足夠我慢慢選人代替妳。」舒穆祿氏輕嘆一聲，又道：「在宮裡，妳與我就像是親人一樣，我只盼妳後半輩子兒女成群，能有好日子。」

如柳無聲地伏在舒穆祿氏膝間。她是真的心疼這個主子，可她只是一個卑微的奴婢，除了伺候好主子之外，就再也幫不了什麼忙了。

這個時候，外頭響起叩門聲，隨後雨姍的聲音傳了進來，像她的名字一樣輕輕柔柔：「主子。」

舒穆祿氏閉目平復了一下心情，方揚聲道：「什麼事？」

雨姍忙道：「啟稟主子，惜春姑姑問您好了沒有，她趕著去向皇后娘娘覆命。」

始終，是逃不開……

舒穆祿氏忍著心裡的不甘與無奈道：「知道了，妳去告訴惜春姑姑，說我立刻就來。」

第八百一十六章　餵魚

舒穆祿氏無聲地閉上雙眼，她很清楚自己是皇后手裡的一顆棋子，沒有皇后的允許，她這一輩子都休想有自己的孩子。

可是，一日沒有孩子，她在宮裡的地位就一日風雨飄搖。今朝，胤禛因為她除夕時的那一場舞而寵眷她；明朝；胤禛也可以因為一支舞、一首歌而寵眷別人。在這深宮中，唯有孩子才是後半輩子的倚靠與保障。

不知過了多久，如柳低低說了聲：「主子，好了。」

舒穆祿氏睜開眼，果然見到銅鏡中的自己妝容精緻、髮髻整齊，墨綠色的流蘇垂落在鬢邊。

她妝匣中有皇后賞的一支步搖，名貴奪目，可是步搖只有主位娘娘才能戴，她一個小小貴人若敢戴出去，便是犯了大不敬的罪。

她一直不明白皇后為何要賜她根本戴不著的步搖，究竟是警告還是許諾，她又不敢問，只能自己在心裡琢磨。

待如柳替自己換上一襲如柳葉般翠綠明亮的衣裳後，舒穆祿氏方才出去。到了外屋，果見惜春正坐在那裡飲茶，而小几上，除了茶盞之外，還放著一碗褐色的東西，散發著淡淡的藥味。

見到她出來，惜春笑吟吟地起身。「奴婢給慧貴人請安，恭喜慧貴人又得皇上召寢，聖眷日隆。」

「姑姑誤會了，我昨日並未侍寢於皇上。」舒穆祿氏鼓起勇氣道：「昨日皇上召見之後，適逢年貴妃求見，所以我便先回來了。」

惜春早已從雨姍口中知道這件事，更明白舒穆祿氏之所以這麼說，是想不喝小几上的藥，只是喝不喝藥，豈由得她說了算。

「慧貴人與皇上之間的事，奴婢可不清楚，更不敢打聽。奴婢只知敬事房記了慧貴人的名字，而皇后娘娘又命奴婢送藥來給慧貴人補氣血，餘下的一概不知。」言下之意很明白，就是不管昨夜怎樣，既然敬事房記了名字，那藥就一定得喝。

舒穆祿氏臉色發白，惜春端起藥碗，盯著她的雙眼，恭敬卻冰冷地道：「藥放了許久，已經有些涼了，還請慧貴人趕緊喝了，以免辜負皇后娘娘一番心意。」

「是。」舒穆祿氏勉強衝她一笑，接過那碗如有千斤重的藥，當著惜春的面喝盡，還得忍著翻湧在胸口的噁心道：「請惜春姑姑替我謝皇后娘娘的體恤關切。」

「奴婢一定會轉達。」惜春將藥碗放進隨身的小籃中。她知道慧貴人不甘心，但不甘心又怎樣，這三個字在宮裡從來就行不通。慧貴人既然依附主子得到了現在的一切，那麼就定然要付出相應的代價，世上從來沒有吃白食這種事。

在惜春走後，一滴清淚自舒穆祿氏頰邊落下。如柳心疼地上前替她拭著淚，道：「主子別難過了。」

雨姍也曉得那碗藥不是什麼好東西，當下恨恨地道：「皇后這般狠心，不讓主子受孕，改明兒讓皇上看見了，看皇后怎麼解釋。」

「皇后是永遠不會讓皇上知道的。」舒穆祿氏幽幽地看著不解的雨姍。「妳知道為何每次惜春都挑這個時辰來送藥嗎？不早也不晚。因為這個時辰是皇上上朝的時候，皇上只可能在養心殿中。」

「主子……」雨珊想要安慰，卻發現不知該說什麼好，如柳亦是一般模樣。

還是舒穆祿氏反過來安慰她們：「好了，我都沒事，妳們一個個擺出這副模樣做什麼。趁著天色尚早，如柳，妳陪我去外面走走。」

「是。」如柳知趣地沒有再說什麼，扶著手仍在輕輕顫抖的舒穆祿氏往外走去。不論陽光如何晴好，她臂上的那隻手都冰涼如初雪。

走了一會兒，如柳忽地道：「主子，不如奴婢陪您去看蓮花？」

舒穆祿氏搖搖頭道：「傻丫頭，七月的天就算還有蓮花，也早已殘敗不堪了，還有什麼好看的。」

「那要不去餵魚？聽說新放了許多錦鯉在臨淵池中呢。」如柳變著法子想討舒穆祿氏歡心。

舒穆祿氏明白她的心意，雖沒什麼心情，但為免如柳太過擔心，便答應了她的話，一路往重華宮方向行去。臨淵池與結網林，皆在重華宮附近，聽聞先帝在時，常喜歡去那邊走走。

「咦，已經有人在了？好早呢！」在穿過結網林後，如柳有些意外地道。仔細辨認其中一個側著臉的宮人後，她道：「好像是熹妃娘娘身邊的水秀姑姑。」

像是水秀的宮人也看到她們，朝旁邊的華服女子說了句什麼，女子訝然回過頭來，果真是凌若。她笑道：「咦，慧貴人也來餵魚嗎？」

舒穆祿氏連忙快步上前，盈盈拜倒。「臣妾參見熹妃娘娘，娘娘吉祥。」

「快請起。」凌若客氣地說了一句，待看到那雙與納蘭湄兒相似的眼睛時，一絲陰霾浮上心間，令她臉上的笑意褪去了幾分。

舒穆祿氏並不知道這些，只是恭謹地道：「臣妾的侍女適才說臨淵池裡新放了許多錦鯉，臣妾便想來看看，沒想到這麼巧遇上娘娘。」

凌若意味深長地看了她一眼。「是啊，真是很巧呢，本宮也剛來不久，不如慧貴人與本宮一道餵魚吧。」

「臣妾遵命。」隨著舒穆祿氏的答應，水秀將一小袋魚食遞給如柳。

當魚食落到水面時，無數或紅或金或彩的錦鯉從四面八方游來，聚集在底下搶食，那樣子煞是好看，舒穆祿氏瞧得目不轉睛。直至一小袋魚食盡皆餵完，錦鯉才各自散去，拖著猶如扇子一般的魚尾游曳在池水中。

「娘娘常來這裡嗎？」舒穆祿氏好奇地問著。

「也不經常，就是偶爾想到了過來走走。」凌若微微一笑，接過水秀手裡剩下的魚食，全部扔在池中，頓時，剛剛散開的魚兒又重新游了過來，爭搶著那些食物。

「據說，鯉魚是永遠都吃不飽的。」

第八百一十七章　替身

舒穆祿氏好奇地問：「可是因牠們一直在游動，耗費了太多體力？」

凌若搖頭道：「不是，是因為牠們不知何為飽，只要有食物，就會一直吃下去，直至肚子撐破為止。」

舒穆祿氏面露不忍，道：「啊，那也太可憐了。」

凌若不以為然地道：「咱們覺得可憐，也許魚並不認為，牠們覺得可以一直吃下去便是幸福。人非魚，永遠不能理解魚的快樂與悲傷。其實有時候，連人自己都分不清何為快樂，何為悲傷，慧貴人妳說是嗎？」

舒穆祿氏被她勾動了剛才的難過，感覺到腹中喝下去的藥又在蠢蠢欲動，像是要嘔出來一樣，不由得撫了撫胸口。

「慧貴人哪裡不舒服嗎？」凌若關切地問了一句。

舒穆祿氏忙道：「臣妾沒事，想是剛才早膳用的多了些，所以覺得有些反胃。」

「那就好。」凌若頷首後又道：「說起來，自慧貴人入宮後，這還是本宮與妳第一次聊天，實在是難得得很。」

「娘娘身分尊貴，又要照顧四阿哥，臣妾不敢打擾。」事實上，若不是今次意外巧遇，舒穆祿氏絕對不會單獨與凌若在一起。皇后素來不喜歡這位熹妃娘娘，她是皇后一手提拔起來的人，又怎好與熹妃走得太近。

凌若怎會不知道她那些心思，卻不揭破，只是道：「四阿哥已經大了，許多道理都明白了，不再需要本宮事事過問。至於說身分尊貴，咱們同樣都是伺候皇上的，哪有什麼高低貴賤之分。」

舒穆祿氏笑而未語，又站了一會兒，在她準備託辭離去時，凌若忽地道：「看著慧貴人，本宮常想到妳除夕時所跳的那支舞，舞姿之美，構思之巧，實在是令本宮嘆為觀止。」

舒穆祿氏謙卑地道：「娘娘說笑了，臣妾粗鄙的舞技如何能入娘娘法眼。」

「慧貴人不必客氣，再者，妳能得皇后娘娘看重，給妳獻舞的機會，從而入了皇上的眼，也是妳的福氣。」凌若菱脣微勾，又道：「不過皇后娘娘有沒有告訴過妳，妳的眼睛很像一個人？」

眼睛像某個人？舒穆祿氏還是頭一次聽說這話，搖頭道：「皇后娘娘未曾與臣妾說過這些，還請娘娘明示。」

「嗯。」凌若打量著略有些緊張的她，道：「是皇上很鍾意的一位女子，有時候看著妳，本宮總會以為是她，想來，皇上也會有這樣的錯覺。」

此話令舒穆祿氏俏臉一白，下意識地想去碰觸自己的眼睛。這雙眼……難道皇上是因為這雙相似的眼才寵幸於她？

如柳見主子面色不對，開口：「熹妃娘娘，敢問皇上鍾意的女子是哪一位？」

凌若自不會說出納蘭湄兒的名字，只是道：「這個本宮不便說，妳們知道了也沒什麼好處。不過能夠像她，也是妳家主子的福氣，一雙眼，換一個貴人之位，有何不好呢？且依著皇上對慧貴人的寵愛，若慧貴人能誕下一兒半女，嬪位也不是不可能的事。」

如柳為之語塞，雖心裡不這麼認為，但一時又想不出反駁的話來，只能無措地看著舒穆祿氏，唯恐她心裡難過。

舒穆祿氏擠出一絲難看的笑容。「承娘娘吉言，只怕臣妾沒那個福分。」

「慧貴人莫要妄自菲薄，不到最後，誰又知道有沒有福分呢。」凌若意味深長地看了她一眼，又道：「好了，本宮該回去了，慧貴人要不要隨本宮一道去承乾宮坐坐？」

舒穆祿氏垂首道：「臣妾還有事，就不打擾娘娘了。」

「好吧，何時得空了就過來，本宮隨時歡迎。」

凌若離去後，舒穆祿氏身子晃了一下，如柳趕緊扶住她到池邊的石凳坐下。

「主子，您別想太多，也許熹妃娘娘只是隨口胡謅的。若皇上真有鍾意的女子，那奴婢在宮中怎麼就沒看到眼睛與主子相似的嬪妃呢？」

舒穆祿氏並未因她的開解而釋然，聲音低落地道：「雖然我不知道熹妃為何要與我說這些，但直覺她說的都是事實；也就是說，皇上看到我時，想的、念的並不是舒穆祿佳慧這個名字，而是另一個咱們都不知曉的人。」說到這裡，她忽的露出一個令人心疼的笑容。「如柳，我剛才還與妳說皇上待我恩寵有加，原來也不是呢，他只是將我當成一個替身。」

如柳緊緊握著舒穆祿氏冰涼的手，道：「主子，別想了，沒得讓心裡難過。」

「替身……棋子……」舒穆祿氏臉上的笑容不斷擴大，然悲傷之意亦越發明顯。「唯獨沒有一個身分是名為舒穆祿佳慧的。如柳，妳覺得我像不像一個笑話，一個被人隨意揶揄的笑話。」

如柳忙不迭地搖頭。「不是的，您是慧貴人，是皇上寵愛的妃子，不是什麼笑話。哪怕……」她咬了咬脣，低聲道：「哪怕皇上現在將主子當成替身，有朝一日，也會明白主子的好，真正喜歡上主子。」

「呵。」舒穆祿氏嗤然一笑，顯然對如柳的話並不相信。宮中女子無數，且每三年就有一批新秀女入選，她相貌在眾女之中並不算出色，又怎有這樣的自信與期待。也許，她這一輩子都只能當一個替身。

如柳怕她胡思亂想，趕緊道：「主子，咱們回去吧。」

舒穆祿氏正要點頭，忽的想起一事來，改了話道：「我想去坤寧宮。」

如柳被她嚇了一跳，脫口道：「主子，您莫不是想去質問皇后娘娘隱瞞替身一事？千萬不要，您連那藥都忍了，又何必再計較這些，萬一惹皇后娘娘生氣，那就麻煩了。」

「我知道，但是正因為我連藥都忍了，所以才想問問她，為何不事先告訴我這些，即便是當一個替身，至少也要讓我當得清楚明白，而不是像現在一樣，什麼都不知道，要等別人來告訴我。」

熹妃告訴她這些，很可能沒懷什麼好意，可是她顧不得許多。她忍受著沒有子嗣的痛苦，甘心成為皇后手中的棋子，卻不願意到最後，連自我也失去。

第八百一十八章　傷口

「主子剛才與慧貴人說那些，可是想讓她去質問皇后？」忍了半天，水秀終於還是沒忍住。

「妳說呢？」凌若笑著反問，同時自身後楊海的手裡取過繪有雲霞的絹傘撐在頭頂，擋住漸趨灼人的烈日。

水秀接過傘道：「奴婢只怕慧貴人沒那個膽子。」

凌若隨手扯過一根柳條，莫看柳條細不過小指，卻極是堅韌，怎麼拉都不斷。「即便她沒膽去質問皇后，這心裡都會有根刺在，只要她對皇后有了二心，本宮便沒有枉費今日這番口舌。」

說到這裡，她腳步一頓，側頭對楊海道：「你去一趟太醫院，請柳太醫過來，就說本宮頭有些疼，請他過來診治。」

「柳太醫？」楊海一怔，小心地道：「主子，要不要換個太醫？」他知道主子與柳太醫已撕破了臉，請柳太醫診治，萬一對方暗地裡使壞可怎麼辦。「不，就要柳太醫。」見楊海還在猶豫，凌若笑道：「儘管去吧，本宮心裡自有分寸。」

在楊海依言離去後，凌若想了想道：「水秀，明日本宮修書一封，妳讓安兒出宮帶給徐太醫，讓他看看靳太醫的弟弟資質如何，若過得去的話，得空時不妨授他幾分醫術。」

回到承乾宮不久，楊海亦帶著柳太醫到了。柳太醫膚色並不白，相反的有些黝黑，但今日面色卻異常的白，甚至可以看到皮膚下面的青筋。

「微臣叩請熹妃娘娘金安。」柳太醫並不願來，但熹妃專程召見，他不好直接回絕，只能勉為其難跟著楊海來一趟。

凌若撫著額頭道：「要柳太醫大老遠走一趟，實在是本宮的不是，只是本宮今日一早起來就覺得頭暈目眩，怕得了什麼病，所以只能勞煩柳太醫，柳太醫不會怪本宮吧？」

「能為娘娘診病乃是微臣的分內之事，娘娘若說見怪，就當真是折殺微臣了。」柳太醫勉強擠出一個笑容，起身後，自醫箱中取出軟墊擱在小几上。「請娘娘將手放在上面，以便微臣診脈。」

凌若依言將手放在墊上，任由柳太醫將手指搭在她脈間。柳太醫掌上纏著紗布，明明紗布底下已經墊了厚厚的棉布，但還是可以看到一縷殷紅滲透紗布。

凌若故作關心地問：「柳太醫手怎麼了，受傷了嗎？」

柳太醫的臉抽搐了一下，氣不打一處來，又不好當面發作，只能悶悶道：「娘娘忘了那日踩過微臣一腳嗎？微臣的手便是那時候弄傷的。」

「原來是這樣嗎？」凌若恍然之餘，又有些不解地道：「可是本宮記著已經有兩日了，怎的柳太醫的手還在滲血，沒有止住嗎？」

說到這個，柳太醫面色怪異地瞥著自己紗布下的傷口。「微臣也不知道，金創藥還有其他止血的藥都用了，就是止不住血。」

看到柳太醫一無所知的愚蠢樣子，水秀「噗哧」一聲笑了出來，隨即又覺得有些不妥，忙止了笑道：「止不住血豈不是要一直流下去，這樣一來，柳太醫身上有多少血也不夠流啊。」

柳太醫面色一白，想笑又笑不出來。雖然傷口只有一個小小的針眼，看起來不打眼，可是這兩日已經換了好幾塊棉布了，每一塊都被血滲得溼透。

倒是一旁的凌若輕斥：「住嘴，柳太醫醫術高超，區區一個小傷口又怎麼難得倒他，要妳操什麼心。柳太醫你說是嗎？」

「應該……應該不礙事。」柳太醫勉強答了一句，凌若的目光令他如坐針氈，恨不能立刻離去。

在這樣近乎煎熬的情況下，柳太醫診完了脈，收拾好東西道：「娘娘身子安好，並沒有什麼病，至於頭痛想必是這幾日辛勞的緣故，多注意休息就好。若娘娘還不放心，微臣再開幾副補氣養血的方子給娘娘，按方服藥，有益於身子。」

「那就麻煩柳太醫了。」凌若放下袖子，在命宮人拿來文房四寶時，又有些不放心地道：「柳太醫不會在藥裡下毒吧？」

柳太醫面色一下子變得極為難看，抬眼道：「娘娘這話是什麼意思？」

「沒什麼意思。」凌若漫不經心地撫著臉道：「本宮知道柳太醫這麼多事，柳太醫難道不想殺了本宮滅口？左右殺人對柳太醫來說也不是什麼難事。」

柳太醫算是明白了，她根本不打算讓他來看病，當下合起醫箱，硬邦邦地道：「既然娘娘信不過微臣，又何必再叫微臣來，微臣告退。」

看著柳太醫離去，凌若笑意清淺，不疾不徐地道：「柳太醫就這麼走了嗎？不再多坐一會兒？本宮可是還有事要與你說呢，譬如……你手上那個傷口。」

最後那句話令柳太醫如遭雷擊，腳步怎麼也邁不開，最後更是轉過身來，不敢置信地道：「妳……妳是不是動手腳了？」

他話音剛落，眼前人影一閃，緊接著左頰上就重重挨了一巴掌，卻是楊海動的手。隨後楊海更冷冰冰地道：「什麼妳妳妳的，該叫娘娘，柳太醫不會連這點兒規矩都不懂吧。」

柳太醫回過神來氣得渾身發抖，他不過是激動之下，一時忘了該有的稱呼，卻被楊海藉機打了一巴掌。該死，他可是堂堂副院正，楊海不過是一個奴才，居然敢打他！偏他還挑不了錯，畢竟那是自己口誤。

對於柳太醫鐵青的臉色，凌若不以為然，舀了一勺剛端上來的銀耳紅棗粥，輕笑道：「柳太醫怎麼了，莫不是要跟個奴才生氣吧？」

柳太醫努力抑住心中的努氣，冷硬地道：「微臣自然不會，微臣只想問娘娘一句，微臣手上的傷是不是娘娘動的手腳？」

第八百一十九章　要你死

「如果本宮告訴你，是本宮動的手腳，那又怎樣？找本宮報仇嗎？柳太醫，你有這個資格與能力嗎？還是說去請你背後的主子出面？呵，不可能，皇后不可能為了一枚棋子來與本宮交涉。於她而言，棋子就是棋子，沒用了，扔掉就是，根本不會為此費半天心。虧得你還一心一意忠於她，為她害那麼多人。」

「妳……娘娘不要血口噴人，冤枉微臣！」柳華剛說了一個「妳」字，看到旁邊楊海作勢揚起的手，臉頰又感覺傳來陣陣痛楚，連忙改口，唯恐晚一點兒便會再挨上一巴掌。

「本宮冤枉你？」隨著這句話，凌若倏然笑了起來，彷彿那是多麼可笑的事，一直笑了許久方才漸漸止住，漠然盯著他道：「柳太醫，這話本宮都替你覺得可笑，宮裡那麼多人，誰都有資格說一聲冤枉，唯獨你沒有！」

「娘娘不必說這些，微臣只想問一句，為何微臣手上的傷口一直不能癒合？」

這才是柳太醫關心的事。水秀剛才說的不是玩笑話，若真由著這血流下去，他確實有可能會死，而且是那種最可怕的死法，全身沒有一滴血液。

「害怕了嗎？」看到柳太醫那張壓抑不住驚惶的臉，凌若覺得無比暢快，一字一句道：「你也有害怕的一日？本宮不妨實話告訴你，你的傷口被本宮下了藥，永遠都不會癒合，你會親眼看著自己的血一點點流盡，直至斷氣的那一天。」

柳太醫像是看鬼一樣看著凌若，半晌說不出話來，待回過神來後，整個人就跟發瘋一樣，一把扯掉纏在手上的紗布。隨著滲透鮮血的棉布與紗布落地，一個小小的傷口露了出來，只有針眼那麼大，卻彷彿剛弄傷一般，正不斷往外面冒著鮮血，一會兒工夫便凝聚成滴流下。

看著散發著淡淡腥味的血，凌若腦袋有些發暈。她其實並不喜歡看到鮮血，但這一刻，卻努力讓自己看著，親眼看著這個害死弘晟與靳太醫的惡人流出血來。真可笑呢，這樣一個為了目的不擇手段的人，流出來的血依然是紅的，她還以為會是黑的。

「不會的！不可能會止不住！一定是騙人的！」凌若的話令柳太醫害怕到了極點，他用手按住那針孔，想要止住血，可是不論他按得怎麼緊，血依然不住往外流，染紅了他另一隻手，也讓他整顆心都涼了下來。

過度的害怕令他失去了所有的冷靜與虛偽，發狂一樣地盯著凌若大叫：「告訴我，這到底是什麼鬼東西，為什麼會讓我血流不止？說啊！」

看著他睜目欲裂的模樣，凌若沒有感到一絲可憐，有的只是暢快，無盡的暢快。她再次上前，鼻子幾乎要碰到柳太醫那張猙獰的臉。「弘晟因中毒而呼救的時候，你饒他了嗎？靳太醫要被皇上千刀萬剮時，你饒他了嗎？惠妃毫不知情，你又饒她了嗎？你一個都沒有饒，本宮又為什麼要饒你？」

「我……我……」柳太醫被她逼得說不出話來，眼珠子四處轉著，忽的「撲通」跪在凌若面前，痛哭哀求道：「娘娘，微臣錯了，微臣不該幫著皇后娘娘害人也不該瞞您，可是微臣也是迫不得已，若不幫皇后，她便要微臣的命。您向來慈悲為懷，求您看在微臣上有老、下有小的分上，饒微臣一命吧！微臣以後一定唯您之命是從，您讓往東，微臣絕不敢往西。」

柳太醫變臉之快，讓水秀驚嘆之餘又覺得好滑稽。這個人當真是沒臉沒皮到了極點，為了性命，什麼噁心的話都能說得出口。

「柳太醫現在知道害怕了嗎？」凌若低頭，眼中的漠然並沒有因柳太醫的哀求而有所動搖。「可惜太晚了，而且本宮也尋不出饒過你的理由。」

「不，有，微臣會誓死效忠娘娘！」柳太醫連忙說著，唯恐晚一些便會失去性命。

凌若看著被柳太醫牢牢抓在手中的裙襬，冷冷笑道：「本宮若現在饒了你，你不只不會感恩，還會變本加厲地恨本宮。你說……本宮怎麼能放虎歸山呢？」

「不會的，娘娘，您相信微臣，微臣這一次是真的悔改了，絕對不會再背叛您！」說著，柳太醫又道：「若您不信，微臣可以起誓！」

「起誓？」凌若目光一轉，瞧著似乎被說動了心思。

柳太醫趕緊趁熱打鐵地道：「是，微臣願以性命起誓，一輩子效忠娘娘，甚至可以幫娘娘扳倒皇后娘娘，這不是娘娘一直希望的事嗎？」

凌若不置可否地點點頭，彎腰仔仔細細地打量著柳太醫。「你可真會說話，也很懂得抓住人心的弱點，本宮差一點就被你說動了心。不過很可惜，還是差了那麼一點。」

在柳太醫猶如死人一樣的臉色中，她後退，生生將裙襬從他掌中扯出來，任由他絕望地跪在那裡。「本宮不會救你，相反的，本宮會親眼看著你流盡鮮血而死，以慰三阿哥與靳太醫在天之靈！」

柳太醫還不肯放棄，膝行幾步，苦苦哀求道：「微臣是被迫的，一切都是皇后娘娘的主意，其實他們死後，微臣也一直於心難安。」

水秀忍不住道：「柳太醫，那日主子去太醫院找你的時候，你可不是這樣說的。」

「我……」柳太醫被她指責得啞口無言，低頭盯著手背上的傷口一眼，狠下心，雙手開弓地狠狠打著自己臉頰，道：「是微臣鬼迷心竅，辜負了娘娘的厚望，也辜負了娘娘救下小妹的恩情。微臣知錯了，求娘娘開恩！求娘娘開恩！」

他不斷重複著那五個字，每重複一次，臉上就傳來「啪」的一聲重響。

第八百二十章　百計求醫

臉頰從開始的劇痛到後來的麻木，柳太醫已經不記得自己打了多少下，直至凌若淡淡地說了一句：「好了。」

驚喜在柳太醫眼底升起，迫不及待盯著凌若道：「娘娘願意原諒微臣了？」

凌若似乎很為難地道：「本宮本不願饒你，不過看在你誠心改過的分上，就姑且再信你一次吧。」

「主子！」水秀頓時急了眼，她可不相信柳太醫會改過，肯定是為了性命，才在這裡施苦肉計的。主子那麼精明的人，怎麼會看不出來呢！

柳太醫激動地垂下淚來，用力磕頭道：「多謝娘娘！多謝娘娘！」沒有人看到，他深藏在陰影裡的那雙眼中有著化不開的怨毒。

凌若彷彿一無所覺，唯有笑意不斷在眼底擴散，把水秀與楊海急得不得了。望著柳太醫那張難看的臉，凌若嘖嘖道：「唉，真是可惜了。」

柳太醫長了幾分膽子，小聲問：「敢問娘娘，可惜什麼？」

「可惜……」凌若再度俯下身，用一種貓戲老鼠的神色看著柳太醫，說出令他絕望的話來：「可惜本宮並沒有解藥，所以要讓柳太醫失望了。」

「妳！」柳華既恨又怒，剛才還恭謹小心的目光一下子變得猙獰可怕，猶如惡鬼一般。「妳耍我！」

凌若嘖嘖道：「柳太醫這話說得未免太難聽了一些，本宮何時耍過你？本宮看你剛才求得那麼可憐，好心想給你一條生路，只可惜本宮一時忘了，戳在你手背的東西，根本不是毒，自然也就無藥可解。」

她直起身，冷冰冰地盯著絕望無助的柳太醫。「所以，柳太醫還是趕緊回去好好準備你的後事吧，萬一等到血流盡了，一切可就來不及了。」

「妳不能這麼做！」死亡的恐懼令柳太醫失去了理智。

別人的生死他可以不在乎，哪怕是皇子、阿哥，只要對自己有利，誰死都無所謂；可現在關係著自己的性命啊，再冷靜的人也不可能保持平常心。

「為什麼不可以？難道本宮還要聽你的話不成？」凌若嗤笑一聲，此時的柳太醫對她已經完全沒有威脅。

見凌若根本不給自己活路，柳太醫也發了狠心，搖搖晃晃地站起身。

「妳若不幫我止血，我便將妳的事全部都抖出來，大家來個魚死網破，誰也別想討到好！」

「是嗎？本宮好怕啊。」嘴上這樣說著，可凌若眼中根本沒有一絲害怕的痕跡，有的只是令柳太醫無比厭惡的嘲諷。「你要抖出去便儘管去，順便說出本宮為什麼要害你，說出靳太醫死前為什麼要追殺你，本宮相信，到時候那場面一定會很精采。」

柳太醫恨聲道：「妳不必嚇我，我雖難逃一死，可妳熹妃娘娘也不會有好果子吃。與妳相比，我乃賤命，能換娘娘一條命，也算值得了。」

「換本宮的命？」隨著這句話，凌若再度笑了起來，這一次更是笑得連眼淚都流出來，好半晌才平靜下來，不過嘴角仍帶著深深的笑意。「柳太醫未免太看得起自己了，本宮在皇后眼皮子底下活了二十多年，憑你便想要本宮的命，簡直就是痴人說夢！」

「娘娘既然不信，那咱們就走著瞧！」柳太醫用狠厲掩飾著內心的慌張無助，朝地上恨恨地吐了口唾沫後，轉身離去，剛走了幾步，便聽得凌若聲音傳來。

「柳太醫回去後記得多訂幾副棺材，以免到時候不夠用。謀害皇子可是誅九族的大罪。靳太醫家人可以免罪，是因為本宮替他求情，可你呢？皇后會替你求情嗎？」

柳太醫很想再撂幾句狠話，可打從心底一波波湧上來的害怕卻令他失去了勇氣，只能灰溜溜地離開承乾宮。

「主子，您當真不怕他將今日的事說出去嗎？」在其走後，水秀忍不住問道。

凌若撫著指上的五彩碧璽戒指，冷笑道：「他有膽子就儘管說去，本宮既然敢做就不怕他說；再者，第一個不允他亂說的就是皇后，他卻還妄想皇后會替他做主，真是可笑。」

楊海此時已經明白了水秀之前所說的「好戲」是何意思，對於忘恩負義、心思歹毒的柳太醫有此下場，覺得甚是解氣，不過他也有與水秀一樣的擔心。

「主子，柳太醫雖說只是皇后手裡的一個棋子，可是失了柳太醫，皇后在太醫院中便沒人了，奴才擔心她不會善罷干休。」

「不干休？正好，本宮就等著這三個字呢。」凌若冷然笑著。

當初皇后能用竹筆，將自己的嫌疑推得一乾二淨，她同樣可以故技重施；甚至於她這次故意露了一個破綻給皇后，就不知道皇后是否會如她所想的那樣做了。

柳太醫離開承乾宮後，疾步回了太醫院。彼時，好幾位太醫都在，看到柳太醫一身狼狽地進來都嚇了一大跳。

其中一個太醫玩笑道：「副院正不是去給熹妃看病嗎？怎的倒像是進了狼窩虎穴一樣，弄得一身傷？」

柳太醫哪有心思理會他，直接走到正在飲茶的齊太醫面前，也不提臉上的傷，只是將一直在流血的手遞給他道：「院正，您能看得出這傷口被動了什麼手腳嗎？」

齊太醫感到奇怪地瞥了他一眼，命小太監拿來軟巾拭去他手上的血後，仔細端詳傷口。

其他太醫也都圍了過來，瞥了幾眼道：「副院正，不就一個小針孔嗎？既沒發黑也沒潰爛，能有什麼問題，直接止了血不就行了？」

柳太醫沒好氣地道：「若能止血，我還要找院正嗎？如何，看出端倪了嗎？」

他將所有希望都放在齊太醫身上，畢竟後者閱歷豐富，也許會有發現。

第八百二十一章　屈服

止不了血？眾太醫面面相覷，沒想到柳太醫的問題是這個。不過也有人想起來，從前兩日起，柳太醫的手背上就一直包著紗布，當時問他，說是不小心弄傷了手，如今卻是明白過來，應該是從那個時候起就一直在流血。

齊太醫撫著白鬚，看了許久方道：「光從傷口上看不出任何問題，就像之前所說的，沒發黑、沒潰爛，證明刺破你傷口的那個東西並不曾帶毒。不過，老夫以前聽說過一種藥，用塗了這種藥的東西扎破傷口，那麼傷口就永遠不會癒合，會一直流血，直至流乾體內的最後一滴鮮血。」

齊太醫的話令柳太醫精神一振，趕緊問：「不知這種藥有沒有解救的法子？」

「這個……」齊太醫搖搖頭道：「很可惜，老夫只知道有這種藥，其他的就不清楚了，甚至連藥名都不知道。」

柳太醫的心情一下子跌到谷底，失魂落魄地坐在那裡。連齊太醫都沒有法子，難道真是老天要亡他嗎？

齊太醫明白這傷口若不能及時處理，一定會要了他的命，當下道：「柳太醫，你是在哪裡刺破了手，倒不如把那東西拿過來，老夫研究一下，說不定可以想出法子來。」

柳太醫苦澀地搖頭道：「我……拿不出來！」

「唉，那就沒辦法了。」齊太醫沒有再追問下去，從身後的抽屜中取出止血散撒在柳太醫手上，然後再重新用紗布纏好。他知道這樣是徒勞的，可是除此之外，便什麼都做不了了。

柳太醫怔怔地看著隱約在紗布下擴散的殷紅，心裡猛然升起一抹不甘心來。不！哪怕要死，他也要拉著熹妃一道死，絕不能讓害了自己的人好過！

在這個想法的驅使下，柳太醫快步離開太醫院。他要去找皇后，此時此刻，只有皇后才可以幫到自己。

柳太醫並不知道，此時的坤寧宮並不平靜。舒穆祿氏正跪在地上，在她面前是一臉陰沉的那拉氏，如柳戰戰兢兢地站在一旁，連大氣也不敢出。

在一陣令人心寒的寂靜後，那拉氏緩緩道：「剛才那話是誰和妳說的？」

舒穆祿氏咬著脣道：「臣妾今日在臨淵池邊遇到熹妃娘娘——」

不等舒穆祿氏說完，那拉氏已經打斷她的話，道：「這麼說來，是熹妃與妳說的了？」

「是。」隨著這個字，舒穆祿氏抬起頭道：「臣妾想知道，娘娘是否早知道皇上只是將臣妾當成一個替身看待？」

「知道如何，不知道又如何？」那拉氏靜靜地看著她。不知為何，明明外面陽光晴好，可總是很難照到殿內，令得殿中的光線帶著些許幽暗。

「若娘娘知道，為何不事先告訴臣妾？」舒穆祿氏知道自己不該問這些，可是她忍不住。

為了在宮中出人頭地，她已經失去許多，甚至日日服下那些苦藥，可結果呢？卻發現連保有最後一絲尊嚴都成了奢望。

那拉氏緩緩站起來，踩著花盆底鞋來到舒穆祿氏面前。「慧貴人這話可是在指責本宮？」

面對她不怒而威的目光，舒穆祿氏下意識地想要閃避，卻在中途生生忍住，帶著一絲少有的倔強道：「臣妾不敢，臣妾只是不想做一個糊裡糊塗的人。」

「糊塗有何不好？多少人想要求糊塗而不得。」那拉氏繞著她走了一圈道：「替身又有何不好？至少妳現在是皇上寵妃，是貴人，勝過許多人無數。」

舒穆祿氏無法認同她的話，憤然道：「可皇上眼中看到的根本不是臣妾。」

「這麼說來，妳是想回到以前的日子？好啊，妳把這雙眼剜出來，妳就不是任何人的替身了。」那拉氏的話不帶任何感情，彷彿只是在說一件無關緊要的事。

舒穆祿氏頓時嚇得面色蒼白。

「既想擁有眼前的一切，又不甘心做替身，世間哪有這麼容易的事，何況……」那拉氏帶著一絲輕蔑的笑意道：「慧貴人覺得自己的容貌在宮中算出色嗎？」

舒穆祿氏啞口無言。她很清楚，自己的臉勉強可以稱一聲清秀，但若放在美人如雲的後宮中，根本不值得一提，想要得到胤禛的垂憐更是痴人說夢。

那拉氏注意著她的臉色，冷然道：「明白了嗎？妳唯一的出路，便是安安分分地當一個替身，否則如今擁有的一切都會化為虛影。」

那拉氏的話令舒穆祿氏無比屈辱，可是又不敢再出言頂撞。

那拉氏等了一會兒後，道：「怎麼樣，想明白自己究竟想要什麼了嗎？」

舒穆祿氏強忍了淚意與難過，磕頭道：「是，臣妾明白了，臣妾多謝皇后娘娘提攜臣妾，從今往後，臣妾必然聽從娘娘的吩咐。」

「這便懂事了。只要妳好生聽本宮的話，本宮定不會虧待妳，也不會只許妳一個貴人便了事。」那拉氏微微一笑，揚眸對如柳道：「還不快扶妳家主子起來。」

「是。」如柳忙不迭地答應一聲，小心地扶了舒穆祿氏起身。

不等舒穆祿氏站穩，那拉氏又徐徐道：「熹妃這人詭計多端，最是會挑撥是非，妳不要中了她的計，好生將心思用在皇上身上。」

「是，臣妾謹遵娘娘吩咐。」舒穆祿氏無奈地說著。

她明白，自己此生都不可能擺脫另一人的影子了，最可笑的是，她甚至不知道自己是何人的替身。

此時，孫墨進來打了個千兒道：「主子，柳太醫在外求見。」

他這個時候過來做什麼？

那拉氏輕輕皺起雙眉，吩咐過柳太醫，非召見不許他來坤寧宮，以免被人發現過往太密。她猶豫了一下道：「讓他進來吧。」

第八百二十二章　救不了

「娘娘，那臣妾先行告退了。」舒穆祿氏欠身告辭，她隱約知道一些那拉氏與柳太醫之間的事，也曉得這潭水很深，並不願太過涉足其中。

那拉氏瞥了她一眼，和藹地道：「慧貴人別急著走，待會兒本宮還有些話要與妳說。」

「是。」舒穆祿氏就是再不情願也只得留下來，低頭扶著如柳的手，走到那拉氏身邊。

饒是以那拉氏的城府，看到柳太醫腫得跟個豬頭一般的臉時，也不禁愣了一下，更不要說舒穆祿氏了，當真是目瞪口呆。

柳太醫一進來便伏在地上哭號不已。「娘娘，您這次一定要救救微臣，微臣不想死！」

那拉氏輕喝一聲道：「胡鬧！你是太醫院的副院正，哪個會無緣無故要你的命。趕緊起來好好說話，莫讓本宮與慧貴人看你笑話。」

經那拉氏這麼一提醒，柳太醫才發現舒穆祿氏也在，哭喪著臉見了一禮，隨即又眼巴巴地盯著那拉氏。那拉氏明白他的意思，道：「但說無妨。」

柳太醫自然再無顧忌，咬牙道：「是熹妃，她想要微臣的命！」

聽聞又是與凌若有關，那拉氏眼皮不由得跳了一下，盯著他緩聲道：「究竟是怎麼一回事，你仔細說清楚。」

柳太醫當即細細說了一遍。不過鑑於舒穆祿氏在場，有些話自然略去不提，臨了，他再次哭號：「娘娘，熹妃擺明要置微臣於死地，您一定要救救微臣啊！」

那拉氏沒想到凌若會不動聲色地給柳太醫下藥，一時間倒覺得甚是棘手；連齊太醫都束手無策，就意味著，除非下藥者願意解除，否則柳太醫只能死。

「娘娘，微臣所做的一切都是為了您，您可千萬要救救微臣，微臣上有老、下有小，實在不想死啊！」

柳太醫在那裡痛哭流涕，惹得那拉氏一陣心煩，不悅地道：「行了，本宮這不是正想辦法嗎？你有那時間哭，倒不若好好想想該怎麼救自己，沒用的東西。」

在罵得柳太醫不敢吱聲後，那拉氏輕叩著扶手，秀眉深鎖，想了許久，在冰塊融化時的滴水聲中，她道：「慧貴人，妳以為此事該怎麼辦？」

「啊？」舒穆祿氏沒想到那拉氏會問自己，一時有些反應不過來，待得定了定神後，方才道：「臣妾不敢妄言。」

柳太醫的話，令舒穆祿氏更加確定他與三阿哥的死有關，而柳太醫又是皇后的人……她恨不得自己今日沒有來過，也不至於陷入這樣被動為難的境況。

「本宮讓妳說就說，有什麼好不敢的。」那拉氏如何不知道舒穆祿氏那點兒心思，不過恰恰是她想要的。

想要牢牢控制一個人，不只要許以其利，更要令其深陷泥沼之中，無法自拔。三阿哥的死，無疑就是一個最深、最好的泥沼，一旦陷進去了，就休想再出來。

舒穆祿氏見避不過，只能深吸一口氣，努力讓自己平靜下來。「依臣妾愚見，不如將這件事告訴皇上，皇上向來公正，只要柳太醫可以證實熹妃加害於他，那麼皇上一定會懲治熹妃，並且命她交出解藥。」

「不行！」那拉氏立刻否決，至於原因，彼此心知肚明，不過沒一個人敢說出口，各有各的顧忌。

「主子，您可不能看著微臣死啊！」柳太醫也知道那拉氏不是個善茬，怕她會放棄自己，連忙又號了一嗓子。

翡翠聞言，在一旁喝道：「柳太醫，你這樣左一句活、右一句死的，還讓主子怎麼想法子。」

柳太醫不敢回嘴，唯唯諾諾地答應著，然心裡的希望卻在一點一滴冷卻。

三阿哥的死是皇后心裡的忌諱，她是無論如何都不會承認的，可這樣一來就等於進入了一條死胡同，要想保住這一切祕密，自己就只有死路一條。

在一陣長久的靜默後，那拉氏終於開口喚道：「柳華。」

柳太醫身子一震，趕緊爬上前幾步道：「微臣在。」

「這一次，本宮怕是救不了你了。」當那拉氏這句話在正殿響起時，柳太醫渾身的血液都變得冰涼無比，如墜冰窖。下一刻，他再也止不住打從心底升起的恐懼，不住搖頭道：「不！娘娘，微臣做的一切都是為了您，哪怕您讓微臣下毒害三阿哥，微臣也依言照辦，微臣自問對娘娘盡心盡力、忠心耿耿，娘娘……」

聽得柳太醫越說越不像話，那拉氏倏然一拍小几，怒喝道：「休得在這裡胡說八道！本宮何時讓你害過三阿哥，又何時叫你下過毒？你若再在這裡危言聳聽，本宮現在就處置了你！」

被她這麼一喝，柳太醫亦醒過神來，那拉氏是自己唯一的救命稻草，萬萬不能得罪，哪怕她已明明白白說出放棄自己的話，也不可魯莽。想到這裡，他趕緊忍著痛又打了自己兩巴掌。「微臣一時昏了頭，胡言亂語，請皇后娘娘恕罪。」

那拉氏臉色稍霽，但仍板著臉道：「本宮問你，三阿哥是何人所害，毒又是何人所下？」

柳太醫目光一陣閃爍，用力磕了個頭道：「是靳太醫所害。」

「很好。」那拉氏對柳太醫的回答很滿意，頷首道：「本宮雖不能救你，卻可以好好照顧你的家人，讓他們一生衣食無憂。」

「多謝……皇后娘娘！」柳太醫心中痛苦、害怕得不行，卻還要磕頭謝恩。於他而言，哪個家人都沒有自己的命重要，可是皇后已經將話說到這分上，擺明不會因為自己而將事情暴露在陽光下，除了謝恩，他什麼都做不了，否則不只自己要死，柳家上上下下都要死。

他相信皇后絕對不會有任何心軟、憐憫，否則當時三阿哥就不會在逃過一劫後又死在自己手上。

那拉氏瞥了面色蒼白的柳太醫一眼，輕嘆道：「你也別太難過了，其實人終歸都有一死，不過是早晚的事。本宮雖然救不了你，卻可以替你報仇，治一治熹妃，如何？」

第八百二十三章　沒有退路

柳太醫驟然抬頭，眼裡露出深切狂烈的恨意，咬牙道：「若娘娘能替微臣報仇，微臣縱死也瞑目了。」

原本，他前途無量，不過三句就已經是副院正，將來院正之位唾手可得，可是現在卻什麼都沒了，連命也要沒了，這一切都是拜熹妃所賜。他恨之入骨，巴不得看熹妃死。

那拉氏微一點頭道：「那好，你從現在開始就牢牢記著，三阿哥的死與你半點關係也沒有，不管別人怎樣問你，你都絕對不可以承認，其他的事，待本宮安排妥當後，自然會另行交代你。」

在柳太醫退下後，那拉氏看著面色有些發白的舒穆祿氏，道：「慧貴人覺得本宮做的是對是錯？」

剛才那麼一會兒，已經足夠舒穆祿氏領教那拉氏的手段了，哪還敢說半個

「不」字，連忙垂首道：「娘娘所做的自然都是對的。」

這樣的恭維並不能令那拉氏滿意，搖頭道：「本宮要聽實話。」

實話……這兩個字看似簡單，但真做起來、說起來，實在是千難萬難，尤其是在這種情況下。舒穆祿氏想了許久，方才艱難地道：「不論對錯，臣妾與娘娘都是一條心。」

「妳終於想明白了。」那拉氏頗為欣慰地拉著舒穆祿氏的手，語重心長地道：「妳記著，在這宮裡，唯有本宮才可以護妳、扶妳，讓妳成為這宮裡最得寵的那一個。」

「臣妾記下了。」舒穆祿氏略有些麻木地應著，她能說的就只有這五個字了。

那拉氏輕「嗯」一聲，忽的抬起戴著護甲的另一隻手，撫過舒穆祿氏的眉眼，嘖嘖道：「瞧瞧這雙眼睛，多好看、多動人，記著要好好利用，千萬不要浪費。」

「是。」舒穆祿氏忍著心裡的反感，答應下來。「娘娘若沒有旁的吩咐，臣妾先行告退了。」

這一次那拉氏沒有再挽留，放開手道：「去吧，只是要時刻記著本宮的話，不要聽信他人的胡言亂語，否則一旦被慫恿著做了不該做的事，可是連本宮都護不了妳了。到時候莫說後宮，就是冷宮也沒有妳的立足之地。」

舒穆祿氏明白，她這是在警告自己，若敢生出背叛之心，等待自己的將會是沒有活路的下場。

當夏日的陽光重新照落在身上時，舒穆祿氏竟有一種重見天日的感覺。待得她緩過來後，整個人已出了一身冷汗，貼身小衣緊緊黏在皮膚上，說不出的難受，然心裡比身上還要難受百倍。

那拉氏……她能坐上皇后之位，當真沒一點僥倖，這樣的心機、手段，實在是令人嘆為觀止，也令人害怕不已。

她想要抽身而退，可是不論身前還是身後，都已經沒有退路，她被牢牢縛在皇后那條看似富麗堂皇的船上。

如柳見舒穆祿氏自坤寧宮出來後一直沒說過話，知道她心裡不舒服，便有心想引她開心。「主子，您剛才不是說那些魚很好看嗎，奴婢扶您再去賞魚好不好？不然去御花園走走也……」

「夠了！」舒穆祿氏驟然停下腳步，用一種令如柳感到無比陌生的目光盯著她。「妳嫌鬧出來的事還不夠多嗎？若不是妳說什麼去看魚，我怎麼會遇到熹妃，又怎麼會知道替身的事？如果我什麼都不知道，就不會來坤寧宮，也不會知道皇后與柳太醫的事。好了，妳現在高興了，我被皇后死死拴住了，以後哪怕她要我去害人我也得照辦，因為我知道她太多祕密了。一旦我不肯，她就會毫不猶豫地殺了我！」

如柳被她從未有過的疾厲之色嚇得不知所措，好一會兒才結結巴巴地道：「奴婢不……不知道會這樣，要是事先知道會這樣，奴婢……奴婢絕對不會讓主子去臨淵池。」

「不知道、不知道，妳除了這三個字還會說別的嗎？」舒穆祿氏將憋在肚中的害怕與惶恐盡皆化作怒氣，劈頭蓋臉地向如柳撒去。

「奴婢該死！」如柳委屈地跪在地上。「求主子不要再生氣了。」

「我生不生氣與妳無關。」舒穆祿氏扔下這麼一句話，不再看如柳一眼，快步離去。在如柳準備跟上去時，她回過頭來恨恨地道：「不要跟著我，以後都不要再跟著我，我不想再看到妳。」

如柳委屈地道：「主子，您不要奴婢了嗎？」

「是，妳從哪裡來就回哪裡去，我這裡再不需要妳伺候。」扔下這句狠話，舒穆祿氏快步離去，彷彿後面有無數惡狼在追一樣。

如柳孤零零地站在烈日下，猶如一隻被人拋棄的小狗，找不到可以棲身的地方。

舒穆祿氏在外面漫無目的地走了許久，直至雙腿因疲累而抬不起來，才往水意軒走去。此刻的她心情已經平復許多，沒有了剛才的尖銳，同時也有些後悔之前對如柳說的話。如柳待她一直很好，今日之事只能說是湊巧，根本不能怨如柳，可她卻將不敢對皇后撒的怒氣全撒到如柳身上，這對如柳太過不公平。

不過這樣也好，以後她跟著皇后還不知會怎麼樣，如柳眼下離開，至少之後不會受到牽連。最多待如柳離宮時，她再送些銀子，也算是盡了主僕一場的情分。

這樣想著，她不知不覺進到水意軒，雨姍迎上來道：「主子說出去走走，怎麼去了這麼久才回來，還是一個人。」

她的話讓舒穆祿氏心中一動。「如柳……回來了嗎？她都與妳說什麼了？」

「沒有什麼啊，不過如柳姊回來的時候，眼睛紅紅的，奴婢問她怎麼了，她只說是不小心沙子進了眼。」雨姍不以為意地說著，隨後又道：「主子您坐一會兒，奴婢給您將燉好的燕窩拿來。」

舒穆祿氏無力地點點頭，在雨姍離去後，一個人坐在椅中看著雕梁畫棟的屋頂。宮裡真是處處精緻奢華，連屋頂都是泥金描彩，榮華環繞，令無數人羨慕。凡有資格選秀的，都會想盡辦法成為皇帝的女人，自己當初也是這個想法。

第八百二十四章　主僕

真正身處後宮，才會知道，榮華背後伴隨著無數血腥算計，一朝踏入，便處處身不由己，不是站在最高處，便是被人踐踏在最賤處。

不想被人踩在頭頂上，就要不擇手段，哪怕違背本心也要熬下去，直至成為人上人的那一天。

她舒穆祿佳慧既然已經走到這一步，就絕對不能半途而廢，替身也好，被利用也罷，既擺脫不了，那就不去想，終歸這一切於自己都是有利的。即便胤禛看到她時，想的並不是舒穆祿佳慧也不要緊，只要她自己牢牢記在心裡就行。

等有朝一日，自己不再需要依靠任何人時，她將告訴全天下的人，她叫舒穆祿佳慧，不是任何人的棋子，也不是任何人的替身。

這一刻，她在心裡下了前所未有的決心，不管是否有可能做到，至少她有決心與目標，不再如以前一樣渾渾噩噩，今夕不知明朝事。

令她意外的是，端燕窩進來的人是如柳。藉著天光，可以看到如柳雙眼又紅又腫，明顯是哭過了，也只有雨姍才會聽信她沙子進了眼的謊話。

在將燕窩放好後，如柳又將一道拿來的紫雲英蜜澆在燕窩上，頓時有誘人的香氣飄出。只是此時，再香的東西對舒穆祿氏來說都沒有什麼意義，她望著看起來一如往常的如柳，輕聲道：「東西都收拾好了嗎？」

如柳越發垂低了頭，同樣輕聲回道：「沒有。」

「那妳別在這裡伺候了，趕緊下去收拾，仔細一些，別落了什麼，銀子夠不夠用？要是不夠的話，從我這裡拿。回去以後，好好在鐘粹宮做事，等二十五歲以後妳就自由了，想去哪裡就去哪裡。」舒穆祿氏的話中不自覺透出一絲羨慕，但很快便被她自己扼住了。如今的她，沒有羨慕的權力。

「主子真的不要奴婢了嗎？」如柳哽咽著問道，淚欲落未落。

她這副模樣，看得舒穆祿氏一陣傷懷，忍不住道：「我哪裡是不要妳，只是剛才我罵得妳那麼凶，又說了那樣難聽的話，我怕妳心裡不舒服，不願再留下。」

如柳忙不迭地道：「奴婢不怪主子！主子說得沒錯，確實都是奴婢不好，若不是奴婢就不會碰到熹妃，也不會有那麼多事，是奴婢害了主子，嗚……」

舒穆祿氏眼圈一紅，忙攬了她在懷中道：「別哭了，妳這一哭，我心裡更難受了。妳都看到、聽到了，皇后對我不懷好意，皇上又只將我當成替身，還有熹妃等人，皆各存心思。現在離開我，對妳而言未必不是一件好事，也省得將來被牽連。」

見她這樣替自己考慮，如柳大為感動，懇切地道：「不，奴婢哪裡都不想去，只想跟著主子。主子，求求您別不要奴婢好嗎？」

她的話令舒穆祿氏感慨萬分，撫著如柳哀然哭泣的臉，道：「我何德何能，有妳這樣忠心耿耿的奴才。如柳，妳要留下我自是喜歡，只是我希望妳能考慮清楚，因為以後咱們要面臨的日子，會比現在要艱難許多。」

如柳認真地道：「嗯，奴婢想得很清楚，不管多麼艱難，都不會後悔。」

「好！」舒穆祿氏含淚撫著如柳的背，道：「妳以忠心待我，我以情義相許，如柳，待我榮華之日，我必百倍報妳今日不離不棄之義。」

她正熱淚盈眶之時，耳邊忽的響起一個不合時宜的聲音——

「唷，妹妹這唱的是哪一齣啊，可是讓人瞧不明白呢！」

舒穆祿氏抬起頭來，卻見武氏正一臉譏笑地站在門邊，而雨姍無措地站在一旁，想必是要攔沒攔住。她連忙起身，以平禮相見，同時客氣地喚了一聲「姊姊」。武氏輕哼一聲，逕自走進來，且毫不客氣地在椅中坐下。

「姊姊今日怎麼得空過來了，可是有事？」舒穆祿氏知道武氏向來看不起自己，對自己晉這個貴人之位也頗多意見，平常見了面總是冷嘲熱諷的，沒好臉色。

「沒事就不能來妳這裡走走嗎？」武氏彈著指甲，似笑非笑地道：「不過我倒沒想到，一進來便看到妹妹與一個奴才在那裡抱頭痛哭。我知道妹妹出身小戶，可是如今怎麼說也是貴人了，該注意著些自己的身分，妹妹妳說是嗎？」

「姊姊教訓得是。」舒穆祿氏沒有與武氏爭辯，言多必失，倒不若不說得好。何況武氏明擺著就是不懷好意，自己怎麼解釋她都能挑出錯。隨後，舒穆祿氏又將自己沒動過的那盞燕窩遞給武氏。「這燕窩剛燉好，蜜也是才澆下去不久，正新鮮著呢，姊姊嘗嘗味道如何。」

武氏依言嘗了一口後發現口感極佳，得知澆的是紫雲英蜜，燕窩亦是上等白燕時，頓時有些陰陽怪氣地道：「果然是皇上心尖上的人啊，吃的、用的都比咱們要好，什麼紫雲英蜜啊，上等白燕啊，流水一樣地往妹妹宮裡送。像咱們這樣的，只能吃些普通白燕澆槐樹蜜。唉，妳說同樣是貴人，差距怎麼就那麼大呢！」

這一番話說得舒穆祿氏窘困不已，強撐了笑臉道：「姊姊若是喜歡，我待會兒讓人送些去姊姊那裡——」

「不必了！」武氏打斷她的話，皮笑肉不笑地道：「這是皇上給妹妹滋補身子用的，我怎麼好奪人所愛？而且萬一妹妹去皇上或是皇后那裡一提，那我豈非自找麻煩。」

「只是一些小東西罷了，姊姊想多了。」舒穆祿氏臉上的笑容越發勉強。

武氏冷然一笑，拂袖起身道：「不知為何，坐在妹妹屋裡，我總覺得渾身都不自在，妹妹，妳知道是為什麼嗎？」

「寧貴人若是覺得不舒服，那莫要過來坐就是了，又何必非得自找不痛快呢？」如柳搶在舒穆祿氏之前說道。

第八百二十五章　好戲開場

「大膽！」武氏從來不將舒穆祿氏看在眼中，哪怕她現在聖眷加身，亦打從心底看不起，認為她狐媚惑主，眼下如柳竟敢當面頂撞自己，自然橫眉怒對。「好妳個不分尊卑的奴才，居然敢這樣與我說話！既然妳主子不會教下人，那今日我就替她好好教一教！」說罷，側目對跟隨她來的小太監道：「去，給我好好掌她的嘴，讓她知道何謂主子，何謂奴才！」

「嗻！」小太監垂首答應，然他剛走了一步，便被舒穆祿氏伸手攔住。

「不勞姊姊的人動手，如柳有何不是的地方，妹妹自會好生訓斥，不讓她再犯同樣的錯誤。」

武氏哪肯就此放過，冷笑道：「這麼說來，妹妹是準備袒護下人了？虧得皇上這樣寵愛妹妹，想不到妹妹竟然如此不知是非對錯，只知一味護短。」

舒穆祿氏不言，但是人卻沒有絲毫讓開的意思，瞧得武氏又氣又怒。「看來妹妹是執意要維護這個不懂分寸的下人了？」

「如柳再不懂分寸，都是妹妹的下人，她有不是的地方，妹妹向姊姊賠不是，但教訓之事，還是不勞煩姊姊了。」

「妳！」武氏沒想到舒穆祿氏今日竟然這麼強硬，一點兒沒有往日委曲求全的樣子，實在是讓人意外。雖說如柳只是一個小角色，教訓也只是為了給舒穆祿氏好看，讓她時刻記著身分，莫以為爬上了龍床就了不得了。

可眼下這個樣子，卻是讓武氏有些進退不得了。不教訓如柳，今後她的臉要往哪裡放，而且在舒穆祿氏面前也休想再抬起頭來。

想到這裡，武氏越發不肯甘休，柳眉倒豎地對站在那裡的小太監道：「別管慧貴人，儘管給我上去打！」

眼見那小太監繞開自己要動手，舒穆祿氏厲喝道：「我看誰敢在水意軒放肆！」

誰也想不到平日溫溫婉婉、說話也從不大聲的舒穆祿氏竟然會這樣凌厲，一時間莫說那個小太監，就是武氏也被嚇得愣住了，好一會兒才回過神來。

武氏意識到自己竟被舒穆祿氏嚇住了，臉色鐵青，顫著手指著舒穆祿氏道：「好！很好！看來妳眼中根本就沒我這個姊姊，竟敢這般放肆無禮！」

舒穆祿氏深吸一口氣，斂袖欠身。「妹妹素來敬重姊姊，只是姊姊當著妹妹的面教訓妹妹的宮人，讓妹妹如何自處？還請姊姊給妹妹幾分薄面，不要讓妹妹太過為難。否則再鬧下去，於姊姊面上也不好看，姊姊妳說對嗎？」

武氏被說得一陣語塞，不過她也曉得再鬧下去對自己沒好處。舒穆祿氏比自己得寵不說，還有個皇后護著，權衡利弊，終還是忍著怒意拂袖而去。

在她離去後，如柳內疚地道：「主子，對不起，奴婢讓您為難了。」

「別傻了。」舒穆祿氏笑笑道：「寧貴人早就看我不順眼，說是教訓妳，其實根本就是想給我難堪。以前的我總以為多一事不如少一事，可事實上，有些事根本避不開。不斷地往後退，最終只能令自己摔入萬丈深淵。還有啊……」說到這裡，她眸光越發柔和。「在這種時候，妳都決定繼續跟著我，我這個做主子的，又怎麼可以讓妳受委屈。」

「主子……」如柳眼眶一熱，不由自主地落下淚來。

舒穆祿氏抬手替她拭去淚。「好端端哭什麼，寧貴人在我這裡受了氣，以她的性子，怕是不會就此甘休，往後，妳與雨姍都小心一些，別被她抓了把柄。」

「嗯，奴婢會的。」如柳也有些後悔逞一時口快，雖說是替主子抱不平，卻不該這樣直言衝撞。

這日，晨起無事，凌若拿了花灑在宮院中澆水，剛澆了一半，便見楊海領了個年長的宮女進來。凌若認得她，是太后身邊的姑姑晚月，當即放下花灑，客氣地道：「姑姑今日怎麼得空過來？」

「奴婢給熹妃娘娘請安。」晚月欠一欠身，恭謹地道：「太后娘娘命奴婢來請娘娘去一趟慈寧宮。」

烏雅氏身子一直不怎麼好，在慈寧宮養病，甚少有精力過問後宮之事，也不常見人，今日怎麼有閒暇召見自己？

凌若心中感到奇怪，卻沒問出來，能跟著烏雅氏一路從德妃到太后的，哪一個不是嘴緊之人，即便是知道，也絕不會事先透露半個字。她想一想道：「有勞姑姑了，本宮一會兒就過去。」隨即又對水秀道：「送姑姑出去。」

「是。」水秀會意地答應一聲，在送晚月離去時，悄悄在她手中塞了一錠十兩重的銀錠子，小聲道：「姑姑，娘娘這邊要更衣後再過去，可能會稍晚一些，若太后問起，還請姑姑代為解釋一二。」

晚月捏一捏手裡的銀子，頷首道：「好吧，不過妳轉告熹妃娘娘，讓她不要太晚了，皇后還有貴妃娘娘她們都在慈寧宮，就等著熹妃娘娘呢。」

水秀心中一動，面上卻是一如剛才的謙卑。「奴婢省得了，姑姑放心吧。」

當水秀回去將這話告訴凌若時，凌若心中隱約明白了幾分，想必她盼的那場戲馬上就要開場了。

在臨出門時，原本晴好的天空不知為何突然暗了下來，舉目望去，只見一大片烏雲正從遠處飄來，擋住了炎炎烈日，看樣子今日會有一場大雨。

凌若收回目光，問：「水秀，妳說這場雨後，是更熱還是稍稍涼快一些？」

水秀微微一笑，語帶雙關地道：「奴婢相信一切都會遂主子所願。」

「妳這丫頭。」凌若笑語一句，扶著水秀的手登上肩輿，一路往慈寧宮行去。

待進到慈寧宮裡面時，果見那拉氏與年氏都在，不，應該說，宮中凡嬪位以上的妃子都在，包括瓜爾佳氏與溫如言。

在殿中還跪著一個人，看那服飾，應該是太醫，不過具體是哪一個，光看背影可是推斷不出來。

第八百二十六章　問罪

對於投注到自己身上的目光，凌若視而不見，穩穩上前，越過跪地之人，朝端坐在上首的烏雅氏行禮。「兒臣叩見皇額娘，祝皇額娘福壽安康。」

「起來吧。」烏雅氏抬一抬手，她的聲音聽著有些中氣不足。

凌若飛快地抬了一下眼，發現烏雅氏臉色很黃，即便敷了厚厚的脂粉也掩飾不住，襯著那襲鐵鏽紅挑淺金色壽字紋的錦衣，越發顯出臉色的暗黃灰敗。

凌若依言起身，隨後又恭謹地道：「不知皇額娘召兒臣來所為何事？」

烏雅氏沒有回答她的話，反而沉聲道：「熹妃，妳可知罪？」

見烏雅氏問罪，凌若連忙跪下，隨她一道進來的水秀亦跪伏於地。凌若道：「請皇額娘恕兒臣愚昧，兒臣近日一直待在承乾宮中，並不知犯了什麼罪，還請皇額娘明示。」

烏雅氏轉眸看著安靜坐於椅中的那拉氏道：「皇后，此事是妳發現的，就由妳告訴熹妃，她究竟犯了何罪。」

「是。」那拉氏在椅中欠了欠身。

聽得她要說，殿中眾人皆露出好奇之色。她們雖比凌若早來一步，但並不知道發生了什麼事，只知是太后傳召，命她們來慈寧宮共同議事。

那拉氏一臉嚴肅地道：「熹妃，本宮問妳，妳可認得跪在殿中的人？」

凌若回頭，接觸到一雙恨毒含怨的眼睛，除了柳太醫還會有誰？不過此時的柳太醫臉色比幾日前更白了，且毫無血色，人亦消瘦了許多。彼時殿中四角置冰，冰涼無比，偏他額頭汗水密布，凌若曉得，這些汗乃是身子虛弱所致。

她帶著一絲微不可見的笑意道：「回皇后娘娘的話，臣妾認得，是副院正柳太醫，昔日曾與靳太醫一道留在翊坤宮照顧三阿哥。」

「三日前，妳傳柳太醫前去診脈，卻不知為何，在其行跪禮時，踩了他手背一腳，導致其手背上有一個類似被針扎的傷口，並且自此後流血不止，可有此事？」

那拉氏此言一出，聞者莫不驚詫。傷口止不住血並非沒有的事，但那都是大傷，或是血管爆裂，片刻便要了人命。區區一個針眼，哪怕是不去管它，片刻之後也會自己止血，怎會一直流血呢？有心思靈慧的，已經想到柳太醫的傷口必是被動了手腳，導致血液無法凝固。

凌若靜靜地聽著。皇后果然不敢說出柳太醫真正受傷的日子，那一日正好是三阿哥出殯，靳太醫奪刀殺柳太醫未遂。她若和盤托出，解釋起來太過麻煩，且很容易惹火燒身，反害了她自己。

在溫如言與瓜爾佳氏擔憂的目光中，淩若一臉茫然地道：「啟稟皇后，臣妾確實因為頭痛而召見過柳太醫，但一直都是以禮相待，之後柳太醫便離開了，臣妾何時踩過他？再者，臣妾與柳太醫無怨無仇，又為何要踩他？」

「這個該問熹妃自己才是，本宮如何知曉。」那拉氏沒有就著淩若的話接下去，而是轉過臉道：「皇額娘，您可還記得弘晟？」

烏雅氏本就灰敗的臉色因為這句話而更不堪了，她看著身子明顯顫了一下的年氏，帶著些許憐憫道：「哀家自然記得這個苦命的孩子。」

那拉氏目光一閃，徐徐道：「三阿哥被靳太醫害死，可是靳太醫背後的主謀卻一直沒有露過面，這事一直梗在皇上與兒臣心中，難以釋懷。」

「皇后娘娘，難道柳太醫這次的傷與弘晟有關？」年氏從中聽出了端倪，激動地握著扶手問著。

「本宮也是剛剛才知道的。」那拉氏沉沉嘆了口氣，對烏雅氏道：「皇額娘，今兒個一早，柳太醫來見兒臣，說是知道靳太醫的幕後主使者是誰，兒臣一問之下，竟得知是熹妃。」

「不可能！」第一個出聲的是溫如言，她神色激動地起身道：「皇后娘娘豈能憑柳太醫一面之詞就認定是熹妃。再說，柳太醫若早知道，為何當日在皇上面前他不說？這根本與情理不合。」

「惠妃，妳暫時不要說話，聽皇后繼續說下去，哀家相信皇后既然當著這麼多人的面說出來，就必然考量過柳太醫的話。」烏雅氏這話，既是讓那拉氏說下去，也是警告那拉氏後面所說的每一個字都輕率不得，必得有憑有據。

「皇額娘說得是。」那拉氏自然知道自己這些話要說得天衣無縫不容易，但她既來了，便一定要借柳太醫好好演一場戲。

溫如言雖然不說話，卻沒有坐下去，直直盯著那拉氏，想看她後面怎麼說。瓜爾佳氏雖沒溫如言那麼激動，卻也面色陰沉。

「就在三阿哥出殯的前一日，熹妃曾去過地牢對嗎？」見凌若沒有否認，那拉氏又道：「不過想必熹妃作夢也沒有想到，就在妳入地牢後沒多久，柳太醫也去了。他念著與靳太醫同僚一場，欲勸其供出主使，以免身受凌遲之刑，豈料進去後，竟然意外聽到熹妃與靳太醫的話，亦知道了熹妃幕後主使。」

「若柳太醫早知道這些，當日皇上面前，他為何不說出來？」面對那拉氏的一意誣陷，瓜爾佳氏亦有些沉不住氣了。

「柳太醫本想說的，可又怕熹妃報復，再後來靳太醫發瘋一樣的要殺柳太醫，一時驚慌之下，哪裡還記得住許多。待緩過神來後，靳太醫已經死了。柳太醫怕最終落得與靳太醫一樣的下場，不敢多言，可隨後幾日一直受著良心的譴責，難以安枕。豈料最終熹妃還是不肯放過他，在他手上動了手腳，想讓他流血而死。」說到後面，那拉氏連連嘆息。「妹妹，妳怎麼可以這般狠心啊！」

「太后！太后娘娘！」這個時候，一直跪伏不動的柳太醫發出一聲慘烈的號叫，並且撕開手上的紗布，果然見到細小的傷口處一直在冒血。「是微臣軟弱無用，不敢揭露熹妃的惡行，以至於著了她的當，求您替微臣做主啊！」

烏雅氏不理會柳太醫，只是盯著從頭至尾都沉靜如昔的凌若，道：「熹妃，妳有什麼話說？」

第八百二十七章　驗鞋

凌若低頭道：「兒臣從未起過害三阿哥之心，更不曾指使靳太醫害人，請皇額娘明鑑！」

此事關係重大，烏雅氏也不好妄下定論，皺一皺眉道：「照妳這麼說，都是柳太醫在冤枉妳了？」

「是，柳太醫不知在何處弄傷了手，卻故意栽在兒臣頭上，兒臣委實冤枉。」

凌若話音剛落，便聽那拉氏道：「這麼說來，熹妃是不承認去過慎刑司了？」

凌若睨了她一眼，對烏雅氏道：「不敢隱瞞皇額娘，兒臣確實去過慎刑司，卻是在柳太醫之後。若皇額娘不信，大可召慎刑司的洪公公一問。」

「去，把洪全給哀家傳來。」隨著烏雅氏的話，宮人疾步離去。

不一會兒，宮人獨自回來，躬身道：「啟稟太后，洪公公昨日以年老體衰為由，奏請離宮，皇上已經准奏。」

不料會是這麼一個結果，烏雅氏思忖了一會兒道：「可知洪全離宮後去了哪裡？」

「奴才問過與洪公公親近的宮人，均答說不知道。」宮人的回答等於是告訴眾人，洪全這條線索斷了。

那拉氏搖頭道：「熹妃好快的動作，知道洪公公會說出真相，便事先安排他離宮，只是妳做了這麼多錯事，豈是這樣就能夠遮掩住的。」

一聽到宮人的話，凌若便曉得定是那拉氏做的手腳，所以面對她的惡人先告狀，冷笑道：「當日，娘娘因為派三福去竹林而惹來懷疑，可最終不也證明是清白的嗎？為何輪到臣妾時，娘娘就一口咬定，連半絲懷疑也沒有？而且……洪公公離宮，究竟是誰動的手腳，尚且不知。」

溫如言知機地接上來：「不錯，娘娘既身為皇后，便當秉持公正，豈可聽柳太醫一面之詞，還是說這一切根本就是娘娘與柳太醫合謀為之？」

「放肆！」坐在上首的烏雅氏緩緩說出這兩個字，隱約有些發黃的眼眸流露出一絲凌厲之色。「惠妃，注意自己身分，再有不敬皇后之言，哀家第一個問妳的罪。」

「兒臣不敢。」溫如言不敢違逆烏雅氏的話，但同樣也不甘心由著那拉氏在那裡歪曲事實。「兒臣只是覺得，既然在事情沒弄清楚之前什麼都可疑，熹妃並非唯一該被疑心的那一個。」

瓜爾佳氏適時站起道：「是，皇額娘，兒臣也有話想說。」

「妳說，哀家聽著。」雖然對凌若不甚喜歡，但茲事體大，烏雅氏不得不慎重對待。

「若熹妃真想除掉柳太醫，大可以用其他辦法，哪怕是下毒讓柳太醫暴斃也好過現在這樣。照如今這個形勢，兒臣倒覺得熹妃像是有意在等柳太醫揭露自己，這……怎麼瞧都覺得不對。」

不得不說，瓜爾佳氏對形勢的分析十分準確，而這也是那拉氏此番布局當中，最顯而易見且無法避免的錯漏。

那拉氏一早便是知道的，只是一而再、再而三地讓凌若全身而退，已經令得她頗為不耐煩，更不要說此次還損失了柳太醫這枚棋子。雖說棋子可以再擇，但柳太醫還是頗為好用的，驟然失去，無疑打亂了她後面的算盤與步伐。

所以，這次她決定試上一試，左右柳太醫亦不敢亂說，哪怕最終失敗了，也不過損失一個原本就救不回來的太醫罷了，沒有什麼損失。

成嬪不以為然地道：「也許熹妃不想讓柳太醫死得太痛快呢？畢竟眼看著自己的血流光，那感覺可是比一下子就死可怕多了。」

烏雅氏一時也有些猶豫不決，望著那拉氏道：「皇后，洪全已不能作證，那麼除了柳太醫手上的傷之外，還有其他的證據嗎？」

「皇額娘。」那拉氏自然不會打沒把握的仗，她既是敢來，便是做足了準備，只聽她不疾不徐地道：「柳太醫說熹妃踩了他一腳，使得手上多了個針孔，那麼兒臣以為若熹妃想證實自己清白，只須將當日踩柳太醫的鞋拿來一驗就是。」

「娘娘這是懷疑臣妾在鞋裡藏毒針？」凌若面沉如水，令人看不出內心的真實想法。「可是娘娘現在才驗，就不怕臣妾早已將毒針扔掉了嗎？」

「若是驗不出什麼，那不是正好可以還熹妃一個清白嗎？」那拉氏微微笑著，她要找的，從來不是那根毒針，而是藏過針的痕跡。哪怕熹妃把那雙鞋扔了也沒用，尋不見那雙鞋，更加證明熹妃心虛。

見凌若不說話，那拉氏轉頭對半閉著眼睛的烏雅氏道：「皇額娘，您以為如何？」

烏雅氏睜一睜目，旋即又半閉半開，緩緩道：「既有辦法，那就試一試吧。」

既是太后答應了，那麼其他人自然無話可說。那拉氏當即命人將凌若所有的鞋子都取過來，另一邊又讓內務府取冊子來，凡送給各宮各院的東西或者賞賜都有紀錄，一對便知，少一雙都可以查得出來。

看那拉氏在那裡差遣宮人，溫如言低聲對旁側的瓜爾佳氏道：「瞧皇后這架勢，倒像是事先計算好的。妳說柳太醫那事，究竟是不是若兒做的？」

瓜爾佳氏認真打量了柳太醫手背上的傷口一眼。「這個我也說不準，但若真是若兒做的，只怕這一次麻煩了，皇后明擺著是想要借皇額娘的手對付若兒。」

「唉，若兒也太魯莽了，明知道皇后一直盯著咱們，偏還要往虎口上撞，做什麼不等如傾……」剛說了一半，她趕緊收住話。如傾的事是祕密，此處人多口雜，萬一被有心人聽在耳中，去向皇后告密，那就得不償失了。

瓜爾佳氏搖頭嘆道：「唉，興許是被那日靳太醫死時的慘樣給觸動了吧，現在說這些已經晚了，總之咱們見機行事吧，說什麼也不能讓皇后稱心如意。」

在她們說話的時候，那拉氏派出去的宮人已經先後回來了，並且帶來了凌若所有的鞋子，共計一十二雙，且花色、繡紋、用料，皆無一絲差錯。

第八百二十八章　出人意料

見凌若的鞋子沒有短缺，那拉氏略有些吃驚，不過也未太過往心裡去。既是鞋子在，那麼查起來就更簡便了。

在命人將一應花盆底鞋放在殿中後，那拉氏對柳太醫道：「柳太醫，熹妃所有鞋子皆在這裡了，你好好認認，哪雙曾踩過你。」

「是。」其實早在鞋子拿上來的時候，柳太醫就已經鎖定，如今見那拉氏問起，連忙指著一雙紫藍繡葡萄紋的花盆底鞋，道：「啟稟皇后娘娘，就是那雙。」

「去將那雙鞋拿過來。」那拉氏吩咐身邊的翡翠，然未等翡翠應聲，一直默不作聲的凌若忽的開口：「慢著，臣妾有話要說。」

「哦，熹妃還有什麼話？」那拉氏好整以暇地道，凌若的阻止在她看來，無疑是心虛，那雙鞋定然有問題。

她倒要看看，鈕祜祿氏還能耍出什麼花樣來！

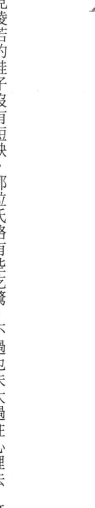

凌若忽的面朝烏雅氏跪下磕頭，言詞懇切地道：「皇額娘，兒臣身為皇上的妃子，一衣一物皆應是隱私，更無須說女子最私密的鞋。兒臣之所以答應拿出來，是為了證明兒臣不曾害過柳太醫。眼下，皇后娘娘相信柳太醫所言，要驗兒臣的鞋，兒臣想問皇額娘一句，若鞋驗出來並沒有問題，又該當如何？」

烏雅氏就著晚月的手抿了口茶，道：「若驗出來沒問題，自然是還妳清白；另外，妳若還覺得心裡委屈，哀家讓皇后向妳認個錯。皇后，妳同意嗎？」至於柳太醫，早與死人無異，根本不值得烏雅氏費神。

那拉氏此刻要靠著烏雅氏，哪敢說半個「不」字，當即道：「一切全憑皇額娘做主。」

烏雅氏點頭，看著尚跪在地上的凌若道：「熹妃，那現在可以驗了嗎？」

「皇額娘處事公平，兒臣自沒有意見。」凌若這話等於是同意了驗鞋之舉，任由翡翠將那雙紫藍繡葡萄紋的花盆底鞋拿給那拉氏。

那拉氏接過後逕自將其翻轉過來，仔細檢查乾淨如新的鞋底，待其將兩隻鞋都檢查過後，面色變得極是難看，還取過內務府的冊子仔細比對，並無一點兒差錯。難道是柳太醫認錯了？

帶著這個想法，她再一次問：「柳太醫，你確定就是這雙鞋嗎？好好看清楚，可千萬不要認錯了。」

柳太醫聽著那拉氏明顯有些不對的話，怔忡了一下。難道有什麼問題？不及細想，他趕緊爬前幾步，仔細辨認後肯定地道：「是，微臣絕對沒有認錯。」

那拉氏臉色更加難看了，她已經將兩隻鞋底都檢查一遍，並沒有任何插過針的痕跡；可是柳太醫的傷口明顯是針孔，難道是鈕祜祿氏事先將鞋底換了？

這念頭令那拉氏重新燃起一絲希望，可是在檢查了鞋面後，這個希望也化為烏有，因為鞋面上沒有任何重新縫合的痕跡。

該死的，怎麼會這樣！

那拉氏在心底暗罵一聲，她相信柳太醫不會騙自己，可為何這雙鞋連一點兒異樣都沒有？這根本不合情理。

那拉氏作夢也想不到，早在踩了柳太醫後，凌若便讓人拆了鞋子，然後按著原來的針孔重新縫合鞋底，再加上安兒心靈手巧，根本看不出半點痕跡。

而這，也恰恰是凌若故意留給那拉氏的破綻，為的就是要看到今日這一幕。

那廂，等了許久的烏雅氏問：「皇后，怎麼樣了？」

那拉氏不知該如何回答，她可是記得剛才烏雅氏說過的話，若證明鈕祜祿氏沒有害柳太醫的話，自己便得向她認錯；當時自己覺得不可能，也就答應了，可現在……若真向鈕祜祿氏認錯，那這個皇后還有何威信與顏面！

她正猶豫間，看出端倪來的瓜爾佳氏已經揚聲道：「皇后娘娘，皇太后問您話呢，到底熹妃的鞋子有沒有問題啊，咱們都等著呢。」

那拉氏心頭惱怒，不理會瓜爾佳氏，只看著烏雅氏勉強一笑道：「回皇額娘的話，熹妃的鞋子沒有異常，也沒有任何藏針的痕跡。」

柳太醫一聽，不顧烏雅氏等人在場，大嚷大道：「皇后娘娘，微臣清楚記得熹妃就是穿著這雙鞋踩了微臣的手，她的鞋肯定有問題，您再仔細看清楚！」

「本宮看得很清楚，若柳太醫不信本宮，也可以自己檢查一遍。」

不等她話說完，柳太醫已經一把搶過翡翠手裡的鞋，瘋狂而仔細地翻看著，令他絕望的是，當真沒有一絲一毫異常。

「不可能！不可能！」柳太醫像著魔一樣地重複著這三個字，最後更倏然起身，指著凌若大聲咆哮：「明明就是她在鞋裡藏針害我，怎麼可能沒有痕跡，說！妳到底使了什麼妖法？」

凌若面不改色地道：「大膽，太后與皇后面前竟敢如此放肆咆哮！」

「妳別在這裡惺惺作態，明明就是妳下藥害我性命，熹妃！妳這樣惡毒，我做鬼都不會放過妳！」

這一次不須凌若開口，烏雅氏已經極為不悅地道：「柳太醫，你說是熹妃害你，可哀家已經當著宮裡那麼多位嬪妃的面驗了熹妃的鞋子，證明她並未害過你，哀家尚未追究你誣陷嬪妃之罪，你倒是先在這裡放肆起來了！」

那拉氏亦在一旁皺眉喝道：「柳太醫，不許放肆！」

柳太醫喘了幾口粗氣，又跪下痛哭流涕道：「太后，您相信微臣，微臣所言句句屬實，一切都是熹妃使的計，她定是換了一雙一模一樣的鞋。」

「荒謬！」溫如言嗤道：「沒見皇后娘娘連內務府的冊子都拿來了嗎？若有同樣的鞋子，內務府肯定有紀錄。」

柳太醫哭聲一滯，語氣僵硬地道：「誰……誰知道內務府是不是記漏了！」

溫如言毫不客氣地道：「對柳太醫不利的，就是別人記漏了；對柳太醫有利的，就是鐵證如山，敢情什麼事都是柳太醫您占著理啊！」

第八百二十九章　惡疾

柳太醫一張臉漲得通紅，不知該怎麼回答。

瑥如言猶不肯甘休，走到烏雅氏跟前跪下道：「皇額娘，兒臣之前不敢多言，是因為兒臣與熹妃交好，怕讓人以為兒臣是故意幫著熹妃說話，可現在事情都明瞭了，熹妃分明就是冤枉的，您還要由著柳太醫在您面前放肆地冤枉熹妃嗎？」

「起來吧，此事哀家心裡有數。」烏雅氏示意晚月去扶瑥如言起來，隨後看向哭號個不停的柳太醫，冷哼道：「柳太醫，你好大的膽子，敢竟欺騙哀家與皇后，故意冤枉熹妃！」

「太后明鑑，微臣所言句句屬實，未曾有一句虛言，若熹妃心中無鬼，又為何要趕走洪公公！」形勢急轉直下，令柳太醫心慌害怕，但說出口的話是絕對不可改的，否則皇后第一個不會饒過自己。

「夠了！哀家不想再聽你滿嘴謊言！」事情已經明擺著與凌若無關，烏雅氏又豈會再聽他說，何況剛才柳太醫的當眾咆哮已經令她極為不喜。「來人，柳太醫誣陷嬪妃，罪不可恕，將他帶到慎刑司關起來，死了便罷，若不死，就給哀家關他一輩子！」

「不！我沒有誣陷，熹妃親口承認害微臣，太后只要您動刑，她一定會如實招供的！」柳太醫口不擇言地說著，見沒人理會自己，又看向那拉氏。「皇后娘娘，您知道我說的都是真的，您救救我！救救我！」

從始至終，他都沒有斷絕過對生的渴望，答應皇后布這麼一個局害熹妃，也是希望可以逼她交出解藥。

他要活著，唯有活著，才可以享受擁有的一切，一旦死了，就一無所有了。

那拉氏此刻恨不能與柳太醫撇清關係，哪還會替他求情，甚至做出一臉痛心疾首的樣子。「柳太醫，本宮如此相信你，想不到你竟連本宮都騙，如今還想要本宮救你，簡直就是痴心妄想，趕緊將他帶下去！」

「娘娘！娘娘」柳太醫不甘心地叫著，可是那拉氏根本不理會，任由幾個太監將他拖下去。

在慈寧宮重新恢復了寧靜後，凌若再次跪下行禮，感激地道：「謝皇額娘還兒臣清白，兒臣感激不盡。」

烏雅氏擺擺手道：「這是妳應得的，不必謝哀家，起來吧。」坐了許久，她蠟黃的臉上又添了幾分倦意，幾個宮人小心地在旁邊伺候著。

「謝皇額娘。」凌若依言起身，卻不退開。

烏雅氏明白她的意思，是要自己兌現剛才說的話。烏雅氏一撫額，轉眸看向一言不發的那拉氏，沉聲道：「皇后，既然熹妃的鞋子沒驗出問題，那麼妳便依剛才說的，向熹妃認個錯。雖說整件事是柳太醫有心誣陷熹妃，但終歸在這件事上妳也要擔幾分責任，若妳再仔細一些，就不會著了柳太醫的當。」

「是。」這一會兒工夫，那拉氏已經收起心思，露出一副內疚的表情道：「妹妹，這次都是本宮不好，聽信小人，險些冤枉了妹妹，虧得如今真相大白，否則本宮這輩子都要不安。唉，還請妹妹念在咱們姊妹多年的分上，不要怪本宮。」

說罷，她作勢欲欠身，凌若趕緊扶住她道：「皇后娘娘千萬不要這麼說，您都說多年姊妹了，臣妾又怎會不知道您的為人，您也是上了柳太醫那個小人的當。」

那拉氏輕吁一口氣，握著凌若的手，一臉感動地道：「還是妹妹善解人意，唉，本宮真不該疑心於妳。」

凌若不著痕跡地抽出手，笑笑道：「只是誤會一場罷了，娘娘不必記在心裡。」

「既已沒事了，那妳們都散了吧，哀家也有些累了。」烏雅氏實在有些撐不住了，不等眾嬪妃告退，她已經扶著晚月的手站起來，然還沒走幾步，便眼前一黑，隨後便沒了任何知覺。

凌若等人看到的就是烏雅氏突然往旁邊倒去，晚月一時扶不住，只來得及整個人墊在烏雅氏身下，以免她摔傷。

「皇額娘！」那拉氏等人皆驚叫起來，顧不得其他，連忙上前扶起烏雅氏；然不論她們怎麼叫，烏雅氏都沒半點反應。

還是淩若最先反應過來，對水秀道：「快，立刻去請太醫過來！」

那廂，那拉氏亦命宮人抬烏雅氏去內殿，整個慈寧宮因為烏雅氏的突然暈倒而亂成一團。

不一會兒工夫，以齊太醫為首的一眾太醫都來了。在診過脈又翻看過烏雅氏的眼珠後，齊太醫等人均露出沉重之色，隨後齊太醫又隔著錦衾按了一下烏雅氏的腹部，並且喚過一直貼身照顧衣食起居的晚月，小聲問了幾句。

「齊太醫，究竟怎麼樣了，太后為何會無故暈倒？」看著齊太醫不說話，那拉氏不由得出聲催促。

齊太醫斟酌片刻，低聲道：「皇后娘娘能否借一步說話？」

見他這麼說，那拉氏心生不祥之感，隨齊太醫走到角落後道：「齊太醫，是否太后得了什麼病？」

「是。」齊太醫袖下的雙手不住顫抖，對著面容驚惶的那拉氏道：「太后面色蠟黃，連眼白也有，這明顯是肝膽出了問題。微臣剛才試著按了一下太后的腹部，發現右腹隱約有東西，再加上晚月的話，微臣基本可以斷言，太后她老人家患了……」他停頓了一下，艱難地吐出兩個字：「惡疾！」

倏然聽到這兩個字，那拉氏不禁有些失色。她知道太后身子不好，可沒想到竟然身染惡疾，也就是說，太后時日不長了……

「晚月說太后有時候吃東西會覺得腹部有些痛，想必這惡疾已有一陣子了，只是一直潛伏在體內，太后自己也沒有發現，直至今日勞累了才一下子爆發出來。」

「那依齊太醫診斷，太后……還有救嗎？」那拉氏緊張地問道。烏雅氏是胤禛生母，雖如今母子關係不好，但烏雅氏若離世，胤禛免不了要傷心。

齊太醫長嘆一聲道：「請皇后娘娘恕罪，太后之疾，已經藥石罔效。」

第八百三十章　烏雅氏

不等那拉氏再說話，床榻上傳出含糊的聲音，回頭望去，只見烏雅氏微微睜開了眼。那拉氏趕緊過去，強顏歡笑道：「皇額娘，您醒了？」

「哀家這是怎麼了？」烏雅氏虛弱地問道。她只記得自己暈了過去，待再醒來時，就在床上了，看到滿屋子的太醫，不禁有緊張。「為什麼來了這麼多太醫？」

成嬪在一旁解釋：「皇額娘，您剛才突然暈倒，可是將兒臣們都嚇壞了，皇后娘娘與熹妃一急，就把太醫都請來了。」

烏雅氏示意那拉氏扶自己坐起來，靠著晚月墊在身後的軟枕，撫額道：「哀家只記得當時眼前一片漆黑，接著就人事不省了。」她頓一頓，看向齊太醫道：「如何，哀家可是得了什麼病？」

齊太醫剛要張口，那拉氏已經在一旁笑道：「皇額娘鳳體安康，哪裡會有什麼病。齊太醫剛剛與兒臣說了，皇額娘之所以會暈倒，都是因為平常心事過重的緣故，再加上今日又累了，所以才會一時不支，休養一陣子就沒事了。」說到此處，她回頭朝齊太醫使了一個眼色，故意問：「齊太醫，本宮說得沒錯吧？」

齊太醫趕緊會意地道：「正是，只要太后放寬心事，多加休養，微臣再開幾副藥替太后調理身子，很快便會沒事的。」

「那就有勞齊太醫了。」烏雅氏眼底的緊張微微一鬆。

適才看到這麼大的陣仗，她真有些擔心自己得了什麼不治之症；然想到齊太醫那句「放寬心事」，不由得重重嘆了口氣。這心事她已經擔了整整三年，又豈是說放下便能放下的。

齊太醫拱手道：「若太后沒有旁的吩咐，微臣下去開藥了。」

「下去吧。」烏雅氏疲憊地揮揮手，隨即又有些自嘲地道：「看來哀家真是成了藥罐子，每天都離不開各式各樣的藥，指不定什麼時候，自己也成了一味藥。」

那拉氏連忙開解：「皇額娘說的這是哪裡話，您身分貴重，福澤深厚，就算現在吃些藥也是暫時的，很快便會好的，兒臣們可都還盼著孝敬皇額娘呢！」

烏雅氏搖頭道：「唉，活得一日是一日，哪個知道能活多久，誰知道會不會明兒個一早就醒不過來了。若這樣也好，哀家可以早些去陪先帝爺。」

「皇額娘千萬不要這麼說！」瓜爾佳氏連忙跪在烏雅氏榻前，神色懇切地道：「皇額娘一定會沒事的，兒臣自今日起，吃齋茹素，為皇額娘祈福。」

「哀家知道妳是有孝心的人，起來吧，這地上跪著可是涼得很。」瓜爾佳氏的話令烏雅氏很是受用，見瓜爾佳氏還是憂心難安的樣子，垂目安慰道：「哀家也只是隨口一說罷了，都別往心裡去。」

待瓜爾佳氏起身後，烏雅氏忽的喚了一聲「皇后」，那拉氏趕緊上前道：「兒臣在，請皇額娘吩咐。」

烏雅氏往凌若站的方向看了一眼道：「哀家也沒什麼吩咐的，只是想叮囑妳一句，柳太醫的事到此為止，往後不論是妳還是別人，都不要再提起，哀家也不想再聽到。妳們幾個都是皇上身邊的人，將心思放在皇上身上才是正理。還有，皇上膝下子嗣始終不多，如今弘晟又不在了，更加單薄。妳們要在子嗣上好好用心，為皇家開枝散葉。如此，哪怕有朝一日，哀家不在了，九泉之下也能夠有臉去見先帝爺。」

她與胤禛雖有隔閡，但終歸是母子，烏雅氏並不願看到胤禛子嗣凋零。

在年氏黯然恍惚的神色中，那拉氏帶著一絲無奈垂下頭去。

「兒臣謹記皇額娘的話。」她也很想再生下一兒半女，可是不論身子還是年齡都早早絕了她這個念想，也逼著她只能撫育著別人的孩子。

在她之後，嬪妃紛紛行禮，凌若更是道：「皇額娘請放心，哪怕兒臣們年紀漸長，不適合為皇上生育，也有新入宮正值妙齡的嬪妃，皇上定會有兒女成群的那一日。只盼皇額娘保重鳳體，如此方能看到兒孫滿堂。」

烏雅氏頷首道：「好，哀家知道了，哀家乏了，妳們退下吧。」

見烏雅氏這般說了，眾女紛紛告退。在出了慈寧宮後，那拉氏故意停住腳步，等走在後面的凌若上前，隨即深深看了她一眼，意味深長地道：「熹妃這一次真是有心了。」

凌若含蓄地一笑，欠身道：「皇后娘娘謬讚了，臣妾還有許多要向皇后娘娘學習的地方，希望到時候，皇后娘娘能夠不吝賜教。」

「本宮會的，只希望熹妃不要玩火自焚，否則可沒人救得了妳。」那拉氏眼底有著深深的厭惡。

她本想藉此事給鈕祜祿氏一個教訓，不曾想，到最後白搭了一個柳太醫不說，自己竟還要跟她認錯。

當著自己與太后的面，那些嬪妃不敢說什麼，但那拉氏明白，這些人心中肯定在笑自己。

歷朝後宮之中，哪有身為皇后卻向嬪妃認錯的事。

凌若微微一笑，平靜地道：「請皇后娘娘放心，臣妾一定會好好活著。」

話音剛落，烏雲湧動的天上突然一聲驚雷炸響，將毫無防備的那拉氏嚇了一跳，同時黃豆大的雨滴瞬間從天空落下，一下子打溼了剛剛還乾燥的地面。

陰沉許久的天，終於在這個時候下起了雨。凌若望了一眼不時傳來悶雷聲的天空，笑意不減地欠身道：「下雨了，娘娘還請小心。」

驚白的面色很快便恢復如常，那拉氏緩緩逸出一個比凌若更深的笑容，親切地道：「熹妃對本宮真是關心，看來本宮往後要更疼妳一些了。」
她們說話的時候，三福已經撐起了頂，小步走過來道：「請娘娘上肩輿。」
「走吧。」那拉氏不再理會凌若，扶著翡翠的手坐上肩輿。
就在小太監剛剛抬起肩輿時，天上又是一聲雷響，且這一次感覺比剛才離得更近，讓那幾個沒有防備的小太監一慌，險些滑了手；饒是他們及時穩住肩輿，也令坐在上面的那拉氏身子晃了一下，差點摔下來。

第八百三十一章　雨夜

三福見狀，趕緊扶住肩輿，同時喝道：「混帳東西，怎麼抬肩輿的，竟敢驚了娘娘，是想去慎刑司領罰嗎？」

「奴才們該死！」那四個小太監不顧被淋溼的身子，只惶恐地請罪。

三福冷哼一聲，轉臉小心地道：「主子，還好嗎？」

剛才連著兩聲雷響，令那拉氏的頭隱隱有些作痛，揮手道：「行了，讓他們繼續走吧。」

正當凌若準備登上肩輿的時候，年氏不知何時已站在她身邊，目光冰冷地道：「弘晟的死，真與妳無關？」

看著簷外嘩嘩落下的雨水，凌若一字一句道：「若有半分關係，讓臣妾受天打雷劈，不得善終！」

年氏盯著她，緩緩點頭，在轉過身時，她毫無溫度地道：「希望妳說的都是真的，否則本宮必不讓妳善終！」

對於如今的年氏而言，活著的唯一目的便是找出害死弘晟的真正凶手。

看著年氏漸行漸遠的身影，凌若心裡一時說不出是什麼滋味，直至溫如言走到身邊，方才回過神來。

「同情她嗎？」

凌若猶豫了一下，搖頭道：「她雖先後失去了兩個兒子，但不值得同情，一切皆是報應。」

溫如言頷首道：「妳能這樣想便好，我就怕妳一時心軟。走吧，去我宮裡坐一會兒，雲悅也同去。」

瓜爾佳氏在一旁無聲地點點頭，三人登上肩輿前往延禧宮。雖說有傘遮著，但斜風之下還是被雨淋溼了許多，進宮後，由著宮人替她們拭著衣上的水漬。

彼時，溫如傾急急走了進來，看到凌若她們都在，微微愣了一下，趕緊見禮，隨後關切地走到溫如言跟前，道：「姊姊，妳沒事吧？我在宮裡可是待得心急死了，妳要是再不回來，我都想去慈寧宮找妳了。」

溫如言笑道：「這麼著急做什麼，慈寧宮又不是什麼吃人的地方。」

「可是平常太后都不怎麼見人的，這次特意命宮人來傳姊姊過去，哪個曉得是否會有大事。」這般說著，溫如傾又問：「姊姊，到底是怎麼一回事？」

溫如言當下將事情說了一遍，聽得溫如傾緊張不已，待知道最後是那拉氏吃虧後，拍著胸口笑道：「皇后娘娘這次可真是偷雞不著蝕把米。」笑聲未落，忽的又皺起了眉。「這次的事，我竟是一點也不知曉，虧得熹妃娘娘沒事，否則……」

「別往心裡去。」溫如言見她露出內疚之色，安慰道：「皇后心思縝密，想讓她相信一個人，哪是那麼輕易的，還不得慢慢來啊。」

「我還以為她已經信了我那些話呢。」溫如傾噘著嘴悶聲說著，對自己事先沒探聽到一點兒風聲，始終耿耿於懷。

瓜爾佳氏揚一揚帕子道：「相信是一回事，共謀又是一回事，皇后想來一個措手不及，又怎會與妳說。」說罷，她側目看著正徐徐飲茶的凌若，似笑非笑地道：「熹妃娘娘，這當中的玄機能與我們說了嗎？」

凌若放下茶盞，笑道：「姊姊想聽，我自然知無不言，言無不盡。」在看似不經意地瞥了猶在生悶氣的溫如傾一眼後，她將事情大致說了一遍，不過卻故意略過藥從何處來。饒是如此，其中過程也令溫如言幾人驚詫不已。

溫如言第一個道：「想不到世間竟有如此奇藥，小小一個針孔就可以置人於死地。」

瓜爾佳氏揚眉冷笑道：「親眼看著自己的血流盡而死，雖說殘酷了些，但是對於手上沾滿鮮血的柳太醫來說，一點都不為過。」她頓一頓又道：「妳這次給皇后下了這麼大的絆子，可是讓她失盡顏面了。剛才當著咱們的面跟妳認錯時，我與溫姊姊看著都解氣得很。」

溫如言聞言為之一笑，贊同道：「是啊，她這次真是什麼顏面都丟盡了，虧得她自己還能當成沒事一般，這本事咱們可是遠遠不及。」

「沒有這些榮寵不驚的本事，她又如何能穩居皇后之位。」凌若彈一彈指甲道：「與之相比，我倒更在意太后的病。」

烏雅氏暈倒的事尚未傳出慈寧宮，溫如傾自是無從得知，驚訝地道：「太后？她老人家怎麼了？」

「太后剛才昏倒了，把太醫院所有太醫都驚動了。」溫如言稍稍解釋一句，轉向凌若道：「妹妹是覺得皇后沒有說實話？」

凌若斟酌著道：「若太后真只是因一時勞累而暈倒，眾太醫的臉色不會那麼凝重，齊太醫也不會只告訴皇后一人。而且，我觀太后今日氣色實在不佳，尤其是臉色，暗黃無光，絕對不是區區一句勞累所能涵蓋的。」

瓜爾佳氏面色微驚，脫口道：「難道太后得了什麼不治之症？」剛說完便又搖頭道：「應該不至於吧，也沒聽說太后身子特別不好。」

「生死無常，這種事誰又說得準。」溫如言感慨道：「不過最近宮中確實一直沒斷過事。」

唯一知道烏雅氏病情的，除了眾太醫之外，便只有那拉氏。她之所以在慈寧宮故意隱瞞病情，是怕刺激到烏雅氏，可是這種事瞞得了一時，瞞不了一世，終歸是要說的，不過在此之前，她得先告知胤禛才行。

在雷聲不斷的大雨中，天色越發暗沉，隨著宮燈一盞接一盞亮起，那拉氏方才驚覺已經到了晚間。思索了一會兒，她喚過小寧子道：「知道皇上今日翻了誰的牌子嗎？」

小寧子恭聲道：「回主子的話，皇上今夜沒有翻牌子，看樣子是準備獨宿養心殿了。」

那拉氏點點頭，正在猶豫是否現在過去，外頭進來一個宮人，恭順地打了個千兒道：「啟稟娘娘，蘇公公求見。」

這宮裡姓蘇的太監不少，但有資格被坤寧宮的人喚一聲「蘇公公」的便只有蘇培盛一人。他此時過來，再聯想到胤禛今夜沒有翻牌子，難道是胤禛想到自己，特意命他來傳自己過去？

第八百三十二章　心驚

想到這裡，那拉氏臉上不禁浮現出一抹喜色，整一整衣裳，揚聲道：「去請蘇公公進來。」

宮人退下後不久，蘇培盛出現在那拉氏視線中，留下撐傘的小太監在外頭。他走進殿中，一拍袖子跪下道：「奴才給皇后娘娘請安，娘娘吉祥！」

「蘇公公請起。」那拉氏客氣地說了一句，又道：「小寧子，給蘇公公看座。」

蘇培盛連忙推卻：「娘娘折殺奴才了，奴才卑賤之身，如何敢在娘娘面前放肆。」

見他這般說，那拉氏也不勉強，微笑道：「蘇公公可是奉皇上之命而來？」

蘇培盛再度躬身道：「是，皇上請娘娘即刻前去養心殿。」

見事情果如自己所料，那拉氏心中歡喜更甚，將之前被淩若反將一軍而帶來的鬱結、煩悶一掃而空，不過面上仍不動聲色地道：「知道了，蘇公公先回去吧，本宮一會兒就去。」

蘇培盛依言退下，當然在離開前，手裡毫無例外地多了錠銀子。

在蘇培盛離開後，那拉氏方才露出稍許緊張之意。「翡翠，妳看本宮這身打扮可好，是否顯得老氣？」

翡翠蹲下身，一邊替她撫著裙襬一邊含笑道：「不會呢，主子這身既端莊又不失大氣，襯得主子越發雍容華貴，皇上見了非得傾心不可。」

那拉氏被她說得一笑。「妳這張嘴慣會哄人，本宮都多大年紀的人了，再打扮也不可能與那些年輕貌美的相提並論。再者，本宮清楚自己的事……」她撫著臉，略有些傷神地道：「在皇上心中，本宮是皇后，但也僅此而已，皇上的情與愛從來都吝嗇分予本宮。妳想想，皇上都多久沒召本宮了，哪怕慧貴人勸他來坤寧宮，也不過是坐坐就走。」

翡翠寬慰道：「主子莫總記著這些，今夜皇上不是召見主子了嗎？以後啊，皇上定會常常召見主子的。」

那拉氏心中無疑是歡喜的，待一切收拾停當後，她乘著肩輿冒雨來到養心殿。「臣妾給皇上請安，皇上萬福！」那拉氏斂袖朝伏首於案後的胤禛行禮，臉上是完美無缺的笑容。

然她等了許久，都沒有等到胤禛喚自己起來的聲音，迅速抬了一下眼，發現胤禛對自己的請安置若罔聞。在他旁邊，是恍如泥塑、木雕的四喜。

這樣的異常令那拉氏為之不安，原本滿是歡喜與期待的內心也漸漸冷了下來，甚至升起一絲不祥的預感。

因為胤禛不曾叫起，她只能維持著行禮的動作，不消一會兒膝蓋便痠麻不堪；又強撐了一會兒後，她終於支撐不住軟倒在地上，未等三福攙扶，她已經惶恐地道：「臣妾失儀，請皇上恕罪。」

隨著她這句話，胤禛終於抬起頭來，慢慢擱下筆，語氣涼薄地道：「皇后想對朕說的就只有一句失儀嗎？」

這一刻，那拉氏終於確定胤禛今日傳自己用意不善，卻不知問題出在哪裡，只得道：「臣妾不明白皇上的意思。」

「不明白？」胤禛輕笑一聲，合上批了一半的奏摺，起身道：「不明白的人該是朕才對。朕問妳，妳今日是否去了慈寧宮？」

那拉氏身子一涼，之前那股不祥的預感越發強烈了，看著視線中越來越接近的鹿皮靴子，她如實道：「是，臣妾去給皇額娘請安。」

「若只是請安，為何皇額娘要將宮中嬪位以上的妃嬪都傳去慈寧宮？皇后又為何要帶柳華前去？」胤禛說了一連串令那拉氏驚駭莫名的話後，緊跟著道：「皇后，妳還不準備與朕說實話嗎？」

面對胤禛的質問，那拉氏緊張不已。難道胤禛已經知道了自己暗中做的事？不，不可能。所有事都做得很小心，任何事都不親自去做，就連身邊人也極力避免，胤禛怎麼可能會知道！

不行！不管胤禛是否知曉，她都不能承認，萬一認了不該認的，豈非自掘墳墓？不過慈寧宮那件事是不可再瞞了，胤禛明顯已經曉得。

如此想著，那拉氏咬牙道：「臣妾今日確實帶柳太醫去過慈寧宮，那是因為柳太醫來尋臣妾，說熹妃害他。臣妾本不相信，但他言之鑿鑿，由不得臣妾不信，可又怕臣妾一人處置會失了公允，所以帶其去慈寧宮，請皇額娘決斷。」

胤禛一直命密探盯著柳華的一舉一動，是以柳華剛去坤寧宮，胤禛立刻便知曉了，而發生在慈寧宮的事，也不難打聽。

他語帶諷意地道：「如此說來，朕倒是該誇皇后一句慎重了？」

「臣妾不敢！」那拉氏緊緊摳著金磚與金磚之間細細的縫隙，藉以掩飾內心的緊張，同時亦思索著脫身之法。胤禛明顯是在懷疑她，由著他懷疑下去，只會對自己越來越不利。

那雙鹿皮靴子最終停在那拉氏一步之遙的地方，片刻後，她頭頂落下冰冷刺骨的聲音——

「妳身為皇后，後宮之主，一言一行都該慎之再慎之，不可輕率。以前朕也一直以為妳是一個穩重之人，可這次妳卻聽信柳華一面之詞，認定是熹妃害他，為此還跑到太后面前去嚼舌根子，實在是令朕失望。」

這段話雖句句指責，卻令那拉氏緊張的心情為之一鬆。看來胤禛並不知道自己主使柳華，僅是指責自己今日處理的方法。在迅速思索後，她垂淚痛心道：「皇上說得是，都是臣妾不好，相信柳華這個卑鄙小人，險些害了熹妃妹妹，臣妾實在罪該萬死，請皇上治臣妾的罪。」

「僅僅是如此嗎？」

不等那拉氏細想，胤禛再次說出令她心驚之語——

「而非皇后有意要治熹妃的罪？」

第八百三十三章　結髮妻子

在說這話的時候，胤禛目光始終緊緊盯著那拉氏，意欲從她的動作言行中瞧出一點兒端倪來。其實根據密探的稟報，那拉氏頂多只是失察、偏聽的錯失，可是落在他耳中，卻多了另一條懷疑。

他與蓮意夫妻三十餘載，很清楚其為人，小心謹慎，這些年來從未錯過什麼，可這一回卻這般不小心，究竟只是失察，還是故意想治凌若的罪？

他生於深宮，長於深宮，見多了宮中的勾心鬥角，也疑慣了這些，所以哪怕是素來最為大度、賢慧的皇后也沒能逃過他的疑心。

那拉氏能感覺到緊緊盯在頭頂的那雙眼睛，也正是這雙眼讓她死命阻止所有不該的動作與表情。胤禛此刻一定等著她露出破綻，不行！說什麼也不可以！

「皇后為什麼不說話？還是說，無話可說？」胤禛冷然問著，話語間透著濃濃的疑心。

「是，臣妾無話可說。」隨著這句話，那拉氏倏然抬起頭來，彼時外面正好雷電閃過，令暗夜在一瞬間亮如白晝，透過窗子映照在那拉氏潸然淚下的側臉上。「臣妾怎麼也沒想到皇上竟會疑心臣妾有意要害熹妃，看來三十餘載結髮夫妻的情誼在皇上眼中根本不值一提。記得僅僅數日前，皇上還說以後都會相信臣妾，言猶在耳，可皇上已經疑心臣妾了。」

望著那拉氏悲傷的容顏，胤禛猶豫不決。當真是他太多疑了嗎？腦海中突然閃現那日所見到的滿滿一匣竹筆，心下有些惻然，一時竟不知說什麼好。

那拉氏的話仍在繼續：「臣妾還是那句話，皇上若不信臣妾，儘管處置便是。」說到這裡，淒涼之意更盛。「其實弘暉死時，皇上該讓臣妾隨了他去，也省得如今終日遭皇上疑心。」

提到弘暉，胤禛心中的動搖更甚。那個在弘曆出現之前，寄予他最多厚望的孩子，當真是死得可惜，即便已經過去近二十年，回想起來，依然滿心難過。

想到這裡，他的聲音緩和了幾分：「妳若沒做過，直言就是，何必說這樣置氣的話，朕又沒說要妳的命。」

那拉氏緊緊把握住胤禛這一絲內疚之情，繼續以退為進。「臣妾所有的一切都是皇上給的，包括性命也是。皇上若要，儘管拿去，但臣妾發誓，絕對沒有起過任何害熹妃之心。若有一句虛言，就讓臣妾永墮阿鼻地獄，不得超生！」

呵，從她決心為弘暉報仇的那一刻起，就做好了死後墮入阿鼻地獄的準備。

這些是胤禛不知曉的，所以他為之動容，同時暗自思忖，難道真是自己多疑？這個時候，三福爬到胤禛腳前哀訴：「皇上，奴才知道自己身分卑賤，本無說話的資格，可是奴才願以性命擔保，主子絕對沒有害過任何人，甚至連一絲害人的心思都沒起過，求皇上千萬不要冤枉了主子！」

那拉氏面容沉靜地喝道：「退下，本宮何時許你多嘴過！」

「主子，您就算責罰奴才，奴才也要說！」三福磕了個頭，又對胤禛道：「皇上，這一切都是柳太醫搞的鬼，是他一口咬定熹妃娘娘，主子見他說得懇切，手上又真有傷，這才勉強相信了。但是主子也擔心會冤枉了熹妃娘娘，所以才去慈寧宮，請太后與諸位娘娘一道審問，主子實在用心良苦。」

「閉嘴！」那拉氏見三福不聽自己的話，猶自多嘴，氣得一巴掌甩在他臉上，怒道：「再胡言亂語，就給本宮滾出去！」

三福忍著臉上的痛，咬牙道：「皇上，求您千萬不要誤會主子！」

「你！」那拉氏對於三福一再違背自己吩咐的舉動氣極，揚手欲再次打下，胤禛捉住她的手。

「他說得也是實話，何必這麼生氣。」

「臣妾管教下人無方，請皇上恕罪！」那拉氏顫抖著收回手。「三福一派瘋言瘋語，皇上不必理會。若皇上不信臣妾，就請皇上即刻下旨廢后，臣妾絕無怨言！」

「胡鬧，廢后二字豈可輕易說出口。」胤禛喝斥她一句，又有些嘆氣道：「朕只是問妳一句，便惹來妳這些話，存心是想讓朕心裡不舒服嗎？」

「臣妾不敢，臣妾只是不想讓皇上為難。」那拉氏眸光一黯道：「臣妾在家時，阿瑪、額娘便教導臣妾，一切該從夫君之意，不可悖逆，更不可讓夫君為難。這句話，臣妾時刻謹記在心。」

胤禛默然，好半晌才道：「英格最近有進過宮嗎？費揚古怎麼樣了，還是老樣子嗎？」

「是，阿瑪自摔了馬之後，就一直臥床不起。聽英格說，開春以後，阿瑪的身子更加不行了，也許……撐不了多久了！」說到後面，那拉氏忍不住潸然淚下。

胤禛輕嘆一聲，彎身取過那拉氏手裡的帕子替她拭去淚，道：「人生百年，終有一死，妳阿瑪活到七十多歲，已經比其他人長壽許多了。」待其止了淚後，又道：「起來吧。」

「皇上不疑心臣妾了嗎？」在說這句話時，那拉氏沒有太多喜悅，甚至於顯得異常平靜。未等胤禛開口，她又一次出聲，且深深俯了下去：「若皇上以後還要相疑，倒不若今日直接處置了臣妾。」

「朕叫妳起來！」胤禛皺眉，不顧那拉氏的反對，執意拉起她道：「是否連朕的話妳都不聽了？」

「臣妾不敢。」

除了這四個字，那拉氏便再無言語，木然站在那裡，看得胤禛一陣無語，好半晌方道：「妳這是在怪朕嗎？怪朕疑妳。」

「皇上是天子，是九五之尊，皇上永遠是對的。」說到此處，那拉氏的身子突然輕顫不止，同時眼淚亦再次落下。「臣妾一直這樣告訴自己，可是想到皇上剛才的疑心，臣妾還是心痛得無法呼吸。皇上，臣妾在您心中，當真沒有一點兒可信之處嗎？」

「朕沒說！」胤禛語氣鄭重地道：「這件事就到此為止，妳也不必再往心裡去，總之以後，朕會相信妳，因為妳是朕的結髮妻子，是唯一的皇后。」

第八百三十四章　幕後者

只是結髮妻子與皇后嗎？果然沒有一點兒真情呢！所以啊，胤禛，你也不要怨我用心計與手段來欺騙你，若不如此，我怎能居中宮之位，怎能與鈕祜祿氏等人分庭抗禮，又怎能——留在你身邊……

那拉氏忍著心中的難過與悲傷，帶著恰到好處的感動與傷懷道：「皇上當真願意相信臣妾嗎？相信臣妾沒有起過任何害人的心思？」

「是。」

當這個字最終從胤禛嘴裡吐出時，那拉氏一直懸在心頭的大石終於放下。適才當真好險，甚至有那麼一刻，她以為自己會沒命。

鈕祜祿氏尚活著，她又如何能死，她要活著，比任何人都長命，然後走到今日烏雅氏所坐的位置，成為天底下最尊貴的女人。

如今的胤禛對那拉氏有所愧疚，所以在沉默了片刻後道：「何時得空了，妳出宮去看一看費揚古。」

言下之意，便是允許那拉氏出宮省親。面對這份厚賜，那拉氏垂淚道：「臣妾謝皇上隆恩！」頓一頓，她再次揚眸，懇切道：「臣妾今日在柳華一事上確實有所失察，險些冤枉熹妃，還請皇上降罪。」

「不知者不怪，妳也是受了柳華的蒙蔽！」說到柳華，胤禛面色陰沉如千年不化的寒冰。「他不知受何人主使，竟然在妳面前百般詆毀熹妃，實在罪該萬死！」

那拉氏小心地道：「可是熹妃……確實去過慎刑司，若非如此，臣妾亦不會聽信柳華之言，疑心熹妃。」

「那麼洪全呢，妳知道洪全為何請辭離宮嗎？」胤禛不答反問。

「臣妾原以為是熹妃主使，但事後已查出與熹妃沒有關係，所以臣妾猜測應是另有其人。」那拉氏答得很慢，她好不容易才得到胤禛的信任，言詞間萬不能再露出任何破綻，否則就真的萬劫不復了。

「看來皇后對柳華當真很相信，竟不曾派人仔細查過他。在洪全離宮之前，最後一個去找他的人就是柳華，隨後洪全就突然上奏說自己年老想要還鄉。」

那拉氏暗自心驚，看樣子，胤禛一早就疑心柳華，一直命人盯著他。這麼說來，靳明澤死的那日，柳華來坤寧宮的事胤禛也應該知道了。這一想，她心下頓時又多了幾分忐忑，面上卻一派驚疑之色。「竟有這種事，柳華半個字也未與臣妾提起過。」

胤禛冷笑道：「他自不會與妳說，否則還怎麼圓自己撒的謊。」

那拉氏故作不解地道：「請皇上恕臣妾愚鈍，不明白皇上的意思。」

胤禛不疑有他，沉聲道：「熹妃確實曾去慎刑司探過靳明澤，卻是在柳華之後，所以柳華說什麼聽到熹妃與靳明澤的話，根本就是一派胡言，蓄意陷害。」

聽完此話，那拉氏無比慶幸自己的小心。若非她怕自己身邊的人去找洪全，會引來不必要的麻煩，從而將命洪全離宮的事交由柳華去辦，只怕自己此刻在胤禛面前已經沒有了說話的資格。

這般想著，她面上卻絲毫未露，反而異常氣憤地道：「柳華這個卑鄙小人，將臣妾瞞得好苦！若非皇上訴明真相，臣妾如今尚被蒙在鼓中。柳華這般狼子野心，該當剮刑才是。」

「朕更好奇的是，主使柳華做這些事的人是誰，竟敢在朕的眼皮子底下興風作浪。若讓朕查出來，定不輕饒！」

雖然那拉氏知道胤禛不是在說自己，但臉頰還是忍不住抽搐了一下。她可以清晰感覺到胤禛話中的恨意，一旦他知道了真相……不！那拉氏立刻掐滅這個令她害怕不堪的念頭，她不會讓胤禛知道真相的，永遠都不會。

「皇后在想什麼？」胤禛轉頭，恰好看到那拉氏眼中一閃而過的懼意，不禁出言問道。

「沒什麼。」那拉氏趕緊轉過話題道：「皇上，有一件事，臣妾始終不明白。若柳華手上的傷不是熹妃所為，那又是怎麼來的？」

胤禛搖頭道：「此事朕也未曾查到，不過……也有一種可能，是他自己故意弄傷，卻嫁禍給熹妃。」

那拉氏似被他的話嚇了一跳，駭然道：「皇上是說他為了害熹妃，連自己的性命也不要了？這……這似乎不太可能吧。」

「既是他自己弄傷，自然有止血之法。」胤禛不以為然地說了一句，旋即又微瞇了眼道：「朕只是好奇那個幕後者，柳華……」隨著這兩個字，胤禛慢慢咬緊牙關，一字一句道：「朕一定要讓他吐出幕後者的名字！」

那拉氏明白，為了得到這個名字，胤禛會無所不用其極，只怕現已經在對柳華用刑了。幸好自己已叮囑柳華早做準備，否則，即便手中握著柳華全家人的性命，依然難保他不會在受刑時供出自己。

在說完這件事後，胤禛又問：「對了，朕聽說皇額娘今日突然暈倒了，太醫看過之後怎麼說，還好嗎？」

第八百三十五章　後怕

「不太好。」

胤禛愣了一下，下意識地盯著她的眼睛，只見她哀然道：「齊太醫告訴臣妾，太后肝膽有問題，且在右腹摸到異物，應該是……患了惡疾，性命難以久長。」

胤禛只知烏雅氏突然暈倒，卻沒想到竟會這樣嚴重，腦袋「轟」的一下子像是要炸開，許久才反應過來，帶著不可抑制的顫抖道：「此事，太后知道了嗎？」

「沒有，除了太醫之外，皇上是第二個知道的。就算皇上今夜不召見臣妾，臣妾也想過來跟皇上稟明此事。」說著，那拉氏又一臉哀切地道：「事已至此，還請皇上節哀。」

「不節哀又能如何，朕就算窮盡所有也留不住皇額娘的命。」胤禛言詞間透著揮之不去的悲傷。先是弘晟，現在是皇額娘，身邊的人正一個接一個地離開，他雖身為皇上，卻只能眼睜睜地看著，什麼都做不了。

胤禛雖然與烏雅氏關係疏遠，但並不代表心中沒有這個額娘，恰恰相反，他太過在乎，可烏雅氏卻為了允禵，一次次令他傷心，為了不讓自己繼續受傷難過，這才故意疏遠。

如今驟聞噩耗，那縷割不斷的母子親情頓時不受控制地在心底蔓延，令他每一寸血肉都染上悲意。

「皇上。」那拉氏上前，於驚雷中牢牢握住胤禛有些發涼的手。「您還有臣妾，臣妾會永遠陪在皇上身邊，不離不棄。」

胤禛頷首，沒了再說下去的欲望，道：「妳先回去吧，朕想一個人靜一靜。」

「那臣妾先行告退。」那拉氏知機地退下，在踏出養心殿的時候，她緩緩吐出了憋在胸口的濁氣。今日的關卡，終於是有驚無險地過了。

當她出現在坤寧宮時，正準備歇下的翡翠好生吃驚，訝然道：「主子怎的現在回來了？皇上他……」說了一半，見三福不住朝自己使眼色，又見他臉頰與額頭均有紅印子，心知不好，趕緊收住後面的話，取下帕子替那拉氏拭著被雨水打溼的裙襬。

那拉氏扶著三福的手在椅中坐下，冷然道：「咱們都想錯了，皇上傳本宮去養心殿，哪裡是想起了本宮，根本就是過去興師問罪的。」

「怎會這樣？」翡翠驟然抬起頭，連手上的動作也忘記了。「皇上無緣無故地為何要問主子的罪？」

在那拉氏的示意下，三福將發生在養心殿的事情大概講述一遍，聽得翡翠心驚不已。待回過神來後，她慶幸地道：「幸好洪公公那邊，主子是讓柳太醫出面，否則皇上的疑心怕是難以打消了。」

那拉氏緩緩道：「小心駛得萬年船，這句話真是一點兒不假。本宮將柳華帶到慈寧宮，就是想避開皇上，不曾想皇上還是知道得一清二楚，實在是令本宮意外至極，看來本宮以後還要更加小心才是。否則一旦被皇上抓到把柄，那麼本宮眼下所擁有的一切都將不復存在。」

「照主子這麼說來，皇上早已經懷疑柳太醫了，只是皇上怎麼對柳太醫的舉動知道得這般清楚？」

「妳當真以為皇上對後宮的事一無所知嗎？」那拉氏嗤然一笑，抬起猶沾著雨水的手指，道：「皇上是一個極精明的人，後宮連連出事，怎可能一點兒疑心都沒有，早已在不動聲色間將柳華牢牢監視住；也虧得皇上只監視他一人，本宮才能僥倖逃過此劫。」

即便是以那拉氏的心智，想起剛才在養心殿的事也不禁後怕不已。當時，她只要稍有一句不對，如今就不能安然無恙地站在這裡。

「主子，監視柳太醫的，是蘇公公他們嗎？」三福小聲問：「奴才看他們整日跟在皇上身邊，並沒有離過半步啊。」

那拉氏低頭看了一眼被打溼的裙襬，因未及時拭乾，此刻正慢慢往下滴著水，在腳踏上形成小小一攤。

「你以為皇上身邊得力的只有四喜與蘇培盛嗎？」那拉氏緩緩握緊了手，逐字逐句道：「若這樣想真是大錯特錯了，在皇上手中還牢牢握著一批人，這些人就像幽靈一樣，從不暴露於人前。正是因為這些人的存在，皇上才能牢牢掌控住朝堂。而這樣的人，在後宮同樣存在。」

三福與翡翠對望一眼，面帶驚意，皆想到了以前聽聞過的隻言片語，小聲道：「主子可是說密探？」

「不錯！」在說出這兩個字時，三福兩人在那拉氏眼中看到了深深的忌憚。「密探的可怕在於無處不在，而且除了皇上，沒人知道他們是誰；即便是被抓了，他們也會在第一時間自盡。也許咱們坤寧宮就有密探。」

在說完這些時，那拉氏目光一轉，落在三福與翡翠身上。

「本宮與你們說這些，是讓你們時刻記住這群人的存在，往後行事說話，都慎之再慎，千萬不要在人前露出馬腳，否則本宮第一個不饒你們！」

三福與翡翠心中一凜，忙垂首答應。

那拉氏微一點頭，對三福道：「臉上的傷還疼嗎？」

三福趕緊答：「奴才皮糙肉厚的，早就不疼了。只要能幫到主子，莫說一巴掌，就是十巴掌、一百巴掌，奴才也甘之如飴。」

三福的回答令那拉氏頗為滿意。

「總算本宮平日沒有白疼你，若非為了取信皇上，本宮也不想打你。翡翠，去將內務府前陣子送來的那對北海黑珍珠拿來賞給三福。」

不等翡翠答應，三福已經跪下道：「奴才替主子做事乃是天經地義的事，如何敢受主子恩賞。」

那拉氏擺手道：「本宮賞你的，你儘管拿著就是。只要你們幾個好生辦差，別犯渾不忠，本宮斷然不會虧待你們。」

第八百三十六章　小人

「奴才一定誓死效忠主子。」在這樣的話語中，三福接過了翡翠遞來的黑珍珠。珠子大如拇指，形狀渾圓，閃爍著孔雀綠的色澤；最重要的是，這對珠子沒有一絲瑕疵，即便是不懂珍珠的人，也知道這是難得一見的珍品。

三福注意到翡翠眼中一閃而逝的羨慕，在出了正殿後，他將那對珠子往翡翠手裡一塞。「喏，給妳。」

「這是主子賞你的，給我做什麼，快收回去。」翡翠哪裡肯收，想要還給三福，豈料三福說什麼也不肯接。

他還道：「給妳妳就拿著，與我還客氣什麼；再說，難道妳想讓我一個太監身上掛兩顆珠子，非得讓人笑死不可。」

「就算是這樣，也不能給我，萬一讓主子知道了，非得怪罪你我不可。」翡翠雖然很喜歡這對黑珍珠，但始終有所顧忌。就怕一個不好，被主子發現了她與三福的私情。

「不會的，妳小心些，別讓主子知道不就行了？」三福執意要給翡翠。

翡翠知道他待自己好，再加上心裡著實喜歡，便道：「那好吧，我且收著，你什麼時候想要了便來拿回去。」

正在這個時候，小寧子一邊喊著一邊冒雨跑了過來：「師父！師父！」

「什麼事？」一見是他，三福趕緊與翡翠離遠了一些，翡翠亦迅速將珠子塞進袖中，然一閃而過的幽光還是被小寧子看到了。

他嬉皮笑臉地道：「姑姑，什麼好東西呢，為何不讓我瞧瞧？」

翡翠矢口否認道：「那有什麼東西，是你自己瞧花了眼。」

小寧子哪裡信她的話，待要再說，三福已經問：「究竟找我什麼事？趕緊把話說清楚。」

小寧子知道三福不喜歡自己，顧不得再問翡翠，趕緊道：「師父，剛才打雷的時候，不小心打在您屋頂上，震了幾塊瓦下來，裡面也有些進水，我已經替您收拾過了，但這雷鳴電閃的不好修補，所以您今夜不能回去歇息了，要不您去我那裡睡一晚，我跟他們擠通鋪去。」

三福不願領他的好意，道：「不必了，你自去睡你的，我跟他們擠一擠就是了。被褥要是沒淋溼的話，你幫我拿過來。」

小寧子迭聲道：「師父您可是宮裡的首領太監，怎麼能去睡通鋪，還是我去吧。我知道您喜歡乾淨，剛才已經將屋子裡裡外外打掃了一遍，保證乾淨得很，師父您儘管放心去睡吧。」

「都說了不去，你哪裡來這麼多話。」三福對小寧子印象極差，所謂師徒，不過是因為主子吩咐，一有機會，他就會毫不猶豫地置小寧子於死地；而且他相信小寧子也是一樣，現在的恭敬不過是無奈為之罷了。

就在三福準備發火的時候，翡翠勸道：「既然小寧子這麼有心，你就去他那裡睡吧，左右不過一晚而已。你要是去睡了通鋪，我估計其他人都不敢睡了。」

三福被她說得哭笑不得。「怎麼了？難道還怕我吃了他們不成？」

翡翠含笑道：「自然不是，只是你到底是咱們這坤寧宮下人裡的頭一份，平常他們見了你就跟老鼠見了貓似的，跟你一道睡，可比殺了他們好不了多少。」

見翡翠這樣說了，三福只得勉為其難地道：「好吧，那就去你那裡睡一晚，不過被褥得用我自己的，實在用不慣別人的。」

「這怕是不行。」小寧子為難地道：「師父的被褥之前淋溼了，根本不能用。」

翡翠想了一下道：「這樣吧，我那裡還有一床新的沒用，先給你用就是了。」

「這如何好意思。」

三福話音未落，翡翠已道：「有什麼不好意思，不過是床被褥罷了，若覺得不想占便宜，就拿銀子來換，我可不會嫌銀子多。」

憑她與三福的關係，一床被褥自不在話下，但當著小寧子的面，兩人都有顧慮，乾脆便用銀子來說事，省得被他瞧出端倪來。

問明了收被褥的地方，小寧子自告奮勇地去翡翠屋中拿。待其身影沒入風雨中後，翡翠輕聲道：「我知道你不喜歡小寧子，可如今主子看重他，再怎樣不喜，你也得忍忍，不看僧面看佛面；再說我瞧他對你也挺孝順恭敬的，往常你怎麼罵他，他也沒還過半句嘴。」

在一聲驚雷過後，三福幽幽道：「怕就怕這小子都是裝出來的，實際包藏禍心，不知什麼時候就會給我使絆子。」

翡翠勸道：「他懂得裝，難道你就不懂得嗎？好歹你也比他年長許多，若你老是這樣子，萬一被他瞅著空去主子面前告你一狀，看你怎麼辦。」

三福冷哼道：「他會告狀，難道我就不會嗎？哼，我就不信主子會信他。」

翡翠搖頭道：「這種事誰也說不準。總之你記著我一句話，寧可得罪君子也千萬不要得罪小人，哪怕之前得罪了，你也要想方設法補回來。」

三福無奈地道：「妳這可是為難我了，明知道我不是這樣的好性子。」

聽到他這話，翡翠沒好氣地道：「我也是為你好，你願聽就聽，不願聽也隨你，往後吃了虧別怪我沒提醒你。」

她這一生氣，三福就沒辦法了，連連擺手道：「罷了罷了，算我怕了妳了，我盡力就是，只是能做到什麼程度，我可不敢跟妳保證。不過……」他話語一頓，神色在驚雷閃電中變得極為溫柔。「妳能這樣處處替我考慮，我很快活。翡翠，妳相信我，我只要活著一日，就會一日待妳好。」

翡翠面頰微微一紅，虧得是在夜裡，看不真切。她嘴上道：「行了，我若不信你，哪會與你說這麼多。快過去吧，小寧子應該已經拿著被褥回去了。我今夜得睡在耳房裡，隨時聽候主子吩咐。」

「好吧，那妳自己當心，夜裡若起來，記得披件衣裳，莫要著涼了。」三福不放心地叮嚀了幾句，方才撐傘離去，翡翠亦去了耳房中歇息。

第八百三十七章　就木

慈寧宮中，宮人剛剛關了宮門，忽的聽到一陣不真切的敲門聲。宮人們驚疑地互望一眼，這麼晚了又打雷下雨的，誰會過來？

沒等他們去開門，又一陣敲門聲傳來，這一次還有人叫：「快開門！」

「咦？彷彿是喜公公？」其中一個宮人不確定地說著。

「開門看看吧。」隨著一個年長些的宮人說出這句話，幾個宮人頂著大雨跑過來開門，剛一開門便看到油紙傘下四喜的臉，以及……他旁邊那個人。

「奴才們叩見皇上，皇上吉祥！」宮人們連忙下跪，任由地上的水弄溼他們的膝蓋。

胤禛面無表情地道：「太后歇下了嗎？」身後是替他撐著傘的蘇培盛。

傘只夠遮住一個人，所以蘇培盛大半個身子都淋溼了，衣裳緊緊貼在身上。

「回皇上的話，太后剛剛歇下。」宮人小心地回著，不曉得胤禛冒雨前來是為何事。

胤禛看了一眼只有些微幽光的內殿，對尚跪在地上的宮人道：「朕進去看看太后，你們該做什麼就做什麼去吧。」

宮人不敢多問，各自退下。胤禛在走到殿簷下時，腳步一頓，側頭道：「你們兩個守在這裡，朕自己進去便可。」

「奴才遵旨。」兩人齊聲答應，收了傘站在殿外。

踏進內殿的時候，胤禛下意識地放輕腳步。自從那拉氏走後，他想了許久，終還是決定過來看看。自今日起，皇額娘活在世上的日子，便屈指可數了，每每想起這個，心中便是說不出的難過。

雖然他已經放輕腳步，可還是驚動了躺在床上的烏雅氏。幽暗的燈光再加上日漸衰退的視力令她看不清來人，只能看到一個人影，遂道：「是誰？」

「兒臣給皇額娘請安，皇額娘萬福。」胤禛在離床榻還有數步之遙的地方站住，微弓了身子請安。

「皇上？」烏雅氏驚奇地喚了一聲：「你怎麼這時候過來了？外面雨停了嗎？」她話音剛落，便見一道閃電掠過糊著高麗紙的窗外，同時雨落之聲亦傳入耳中。

胤禛忍著心中的難過道：「兒臣想起有幾日沒給皇額娘請安了，又見今夜雷鳴電閃，怕驚了皇額娘，所以特意過來，不想驚擾了皇額娘歇息，倒是兒臣的不是。」

烏雅氏為之沉默，好一會兒方道：「無妨，哀家本就沒睡著。就像你說的，雷嗚電閃，哪裡能睡得著。皇上來了，正好陪哀家說說話。」這般說著，她命晚月進來掌燈。

在適應了光線後，烏雅氏想要坐起身來，她剛有動作，胤禛已經快晚月一步上前道：「兒臣扶您起身。」

烏雅氏詫異地瞥了他一眼，記憶中胤禛不是沒有這樣殷勤親近的時候，自他繼位之後，母子間嫌隙漸深，這樣的親近早已成為一去不返的過往。「這種事讓宮人做就是了，何必皇上親自動手呢？」

「兒臣伺候皇額娘是應該的。」這般答了一句，胤禛已經扶著烏雅氏坐好，並且細心地在她身後塞了個墊子，隨後想想不夠，又讓晚月再去取一個來。

待做完這一切後，胤禛坐在床邊仔細打量著烏雅氏的臉色。就像那拉氏說的那樣，她氣色極差，透著一種行將就木的氣息。

烏雅氏並不曉得他心裡在想什麼，只是感慨道：「哀家已經不記得上一次與皇上這樣近的說話是什麼時候了。」

「皇額娘若喜歡，兒臣每天過來陪皇額娘說話。」胤禛這句話脫口而出，甚至連想都沒想過。

烏雅氏微微一愣，復笑道：「這可不行，你是皇帝，日理萬機，哪來這麼多工夫，萬一誤了國事，哀家死後可沒臉去見先帝爺。」

胤禛目光一滯，啞聲道：「不會的，皇額娘一定會長命百歲的。」

烏雅氏沒有發現胤禛異樣，只是嘆道：「命數這個東西誰說得準，就像今兒個，哀家不過是聽皇后她們議了會兒事，便撐不住暈了過去，倒是把她們嚇得不輕，將一眾太醫都傳來了。」

胤禛勉強擠出一個笑容道：「皇額娘眼下覺得怎麼樣，可有哪裡不舒服？」

烏雅氏搖頭道：「旁的也沒有，就是吃東西的時候，常會覺得腹中痛楚，吃了齊太醫開的藥也不見有用。」

「皇額娘今日才剛開始服藥，哪有那麼快起效的，至少得等兩、三日才行。」這般說著，胤禛心裡卻是越發難過。他很清楚，即便吃再多的藥也無用了，皇額娘的生命已經開始步入尾聲。

「也許吧。」烏雅氏說了一句後，忽的笑道：「被皇上這麼一說，哀家倒覺得有些餓了。」

胤禛聞言忙問：「皇額娘可是沒用晚膳？」

晚月在一旁答：「回皇上的話，太后只用了一口便說不舒服，命奴婢將晚膳撤下去，之後什麼都不肯吃。」

「皇額娘身子本就弱，怎可再這樣餓著。」這般說了一句，他又對晚月道：「妳趕緊去下碗麵來，記得要煮軟一些，太后吃不得硬的東西。」

「哀家沒胃口。」

烏雅氏剛說了一句，胤禛便嚴肅地道：「皇額娘就是再沒胃口也得吃一些，否則身子又怎麼會好。」

在晚月下去後，烏雅氏認真地看著胤禛道：「皇上，你與哀家說實話，是不是有什麼事瞞著哀家？」

烏雅氏能伴在康熙身邊四十餘年，成為三妃之一，又生下兩位皇子，自然不會是一個蠢鈍的女子，胤禛的反常開始讓她感覺到不對。

胤禛心中一緊，若無其事地道：「兒臣能瞞皇額娘什麼事，不過是關心皇額娘身子罷了。」

「皇上。」烏雅氏聲音一沉，緩緩道：「這裡就你我兩人，沒有什麼不可說的，到底是什麼，是否允禵……」她此刻唯一擔心的就是這個小兒子，唯恐他出事。

「允禵很好，皇額娘放心。」見烏雅氏心中始終只有一個允禵，胤禛面色為之一黯。

第八百三十八章 親情

烏雅氏放下心後，看出了胤禛的失落，輕嘆一口氣，覆上胤禛冰涼的手。「哀家知道，你心中對哀家有怨，也知道，對你而言，哀家確實做得不夠好。你剛一出生便被抱去了孝懿仁皇后那裡，哀家沒有撫養過你一日，等到你回到哀家身邊時，已經九歲了，那九年對哀家而言是空白的，就像……根本沒有這個兒子一樣，想來在你心裡也是一樣的，覺得哀家不過是個陌生人，除了生母二字外，便再沒有旁的。」

「不是。」胤禛打斷了烏雅氏的話，低低道：「雖然兒臣一直撫養在孝懿仁皇后膝下，可是孝懿仁皇后打小告訴兒臣，皇額娘才是兒臣的生母，只因宮規所限，才不能親自撫養；並且教導兒臣長大後，一定要好好孝敬皇額娘，以報皇額娘賜予兒臣這身皮肉骨髮的恩情。」

這些話，烏雅氏還是第一次聽說，怔忡許久，方才感慨道：「孝懿仁皇后這份胸襟是哀家遠不能及的，她將你教得很好，只可惜她早早便走了，否則……」

「否則兒臣不會是如今這個性子是嗎？」胤禛一直都知道烏雅氏不喜歡自己的性子，往日裡每次想起都覺得委屈難過，覺得自己之所以會變得這樣，都是烏雅氏的緣故，若非她疏忽自己，自己何至於被逼過早領略宮中的人情冷暖？

然現今，這種感覺似乎一下子淡了許多，也能夠理解烏雅氏當時的心情。九歲的自己對於她來說，只不過是一個有血緣的外來客罷了，再加上允禵剛剛出生，哪裡能分得出精力來。

烏雅氏承認道：「是，如果哀家當時沒有生允禵，又或者你早幾年回來，一切或許都會不一樣。」

「世間從來沒有如果二字，這就是兒臣的命，上天要兒臣做一個這樣的人，來守住皇阿瑪留下的江山。」說到這裡，他忽地道：「不論皇額娘相信與否，兒臣都沒有篡奪皇位，確實是皇阿瑪臨終時傳位於兒臣。」

「哀家相信。」

烏雅氏說出一句令胤禛絕對意想不到的話，以至於他忘了該說什麼，愣愣地看著烏雅氏，只聽她繼續說下去。

「這幾年來，你做的事哀家都有看在眼裡，尤其是去年這個時候，京城大旱，你免去養心殿所有用冰，將冰塊拿去救濟災民時，哀家就知道，你真是先帝爺選中的人。先帝爺在位六十年一直勤勉有加，直至晚年方才勤軀漸倦，有所不繼，令得吏治不復以前的清明。先帝爺要選繼位者，一定會選一位敢做實事，不怕得罪人的，你無疑是最好的人選。以前是哀家聽信他人之言，冤枉了你，希望你不要怪哀家。」

「不會。」胤禛趕緊搖頭，聲音有些發悶。「皇額娘都能夠相信兒臣，兒臣又怎會記著以前的事不放。」

聽到他的話，烏雅氏像放下什麼心事，浮起一絲燦爛的微笑。「哀家真想不到，能有機會親口與你說這些，還以為這些話要帶到棺材裡去呢。」

胤禛趕緊道：「皇額娘莫要說這些不吉祥的話，您一定會福壽安康、長命千歲的。」

「千歲？」烏雅氏失笑道：「那不就成了老妖怪嗎？哀家可沒打算活這麼久。」笑了一會兒，她正色道：「皇上，哀家也有一句話想問你。」

胤禛迎著她的目光道：「皇額娘請說。」

「允禵……是否真的不能饒恕？」不等胤禛回答，烏雅氏又道：「哀家知道允禵犯了錯，但你終是他親哥哥，難道就不能給弟弟一次機會嗎？」

若換了以前，胤禛絕不會考慮烏雅氏的話，甚至會氣憤地拂袖而去，可是這次他卻在思忖了一會兒後道：「皇額娘心裡還是放不下老十四。」

「畢竟是哀家親生的，哪裡能放下。民間有一句話叫：兒活到老，娘憂到老。非得等到閉眼的那一刻才能放下。」說罷，烏雅氏又拍一拍胤禛的手道：「別怪哀家偏心老十四，只是你身為皇帝，許多事都不需要哀家操心，反觀允禵，唉……若當初他能與你親近一些就好了，不至於做下許多錯事。哀家此刻，最想的就是看到你們兄弟和睦。」

胤禛低頭看著烏雅氏同樣蠟黃的手，終是下定決心。「兒臣可以答應皇額娘放了十四弟，但是他不能留在京城，也不能再掌權，兒臣會封他一個閒散郡王，去給皇阿瑪守陵。」

「真的嗎？」雖然守陵是一種變相的發配，但對於烏雅氏來說已經是意外之喜了。在此之前，她並沒有抱太大的希望，因為胤禛是一個極有主見的人，凡他決定的事，基本不會更改。

「兒臣之所以圈禁十四弟，亦是為了他好，希望他可以遠離是非，不再受人擺布。老八他們將十四弟當成一枚棋子，利用他來與朕作對。」連胤禛自己也覺得意外，他竟可以這樣心平氣和地與烏雅氏討論允禵。

其實感到意外的又何止胤禛一人，烏雅氏同樣如此，感慨地道：「若皇上能夠開恩，就讓他去守陵吧，至少可以自由一些，也可以了哀家一樁心事。」

「好，兒臣明日就下旨。」見烏雅氏欲言又止，他稍一思忖，道：「去之前，讓十四弟入宮與皇額娘見一面。」

此事正是烏雅氏心中所想，只是胤禛答應放允禵已經是格外開恩，她不敢再要求更多，沒想到胤禛會主動提及，一時竟激動地落下淚來。

胤禛一邊替她拭著淚一邊玩笑道：「是兒臣做得不夠好，讓皇額娘傷心嗎？」

待止了淚後，烏雅氏感慨不已。「不是，是你做得太好，讓哀家作夢也想不到，皇上，你當真與以前不一樣了。」

「只要皇額娘歡喜就好。」

如此說著，晚月端了麵進來，因為烏雅氏飲食一直甚是清淡，所以麵裡只放了一些切細的香菇還有雞絲。

胤禛接過麵，親自吹涼了後很自然地遞到烏雅氏嘴邊。「皇額娘請用。」

「皇上。」烏雅氏眼眶有些溼潤，她感覺到自己與胤禛失去了四十多年的母子情正在慢慢回到彼此身上，這種感受真的很好……很好……

當下，她忍著不時作痛的腹部，就著胤禛的手將一碗麵都吃下去，更道：「這是哀家有生以來吃過最好吃的麵。」

第八百三十九章　雨後

胤禛將空碗放在一邊，笑道：「看來晚月的手藝很好，使得皇額娘如此不吝誇獎。」

烏雅氏赧然道：「不是因為麵，而是因為皇上這份心，哀家很久沒有像今夜這般高興了，真盼每日都可以與皇上這樣說話。」

每日……這兩個字令胤禛心中一搐，強顏歡笑道：「皇額娘喜歡的話，兒臣每日都過來給您請安。」

「嗯。」烏雅氏點一點頭又道：「很晚了，皇上回去吧，否則便沒時間睡了，哀家也有些想睡了。」

「是。」胤禛起身道：「那皇額娘歇著吧。」

望著胤禛的背影，烏雅氏輕輕笑了起來，直至晚月用帕子拭著她的眼角，道：

「太后，您怎麼好端端的落起淚來，皇上這樣孝順您，不是該高興嗎？」

烏雅氏哽咽道：「哀家高興，哀家不知道多高興，皇上心裡沒有忘記哀家這個額娘。」

「皇上一直都記著太后呢。」晚月輕輕地說著。「京中大旱時，後宮每一處都削減了用冰，唯有太后這裡，照常供應，甚至比平常還多了幾塊。還有啊，奴婢聽說皇上常遣蘇公公他們去御膳房問太后的膳食情況，一發現有什麼太后不喜歡吃的，便讓他們立刻想新的菜式。」

烏雅氏好不容易止了淚道：「連妳都明白的事，哀家卻始終不明白，還一直覺得皇上不好，妳說哀家是不是老糊塗？」

晚月笑著道：「奴婢不敢，再說太后現在心裡不是跟明鏡一般嗎？」

烏雅氏頷首道：「是啊，虧得哀家現在明白了，總算沒有糊塗一輩子，以後哀家會像待允禵一樣待皇上。」

晚月服侍烏雅氏躺下，一邊替她掖著被角一邊道：「若皇上聽到太后這句話，不知該有多高興。」

「就算不說，終有一日，皇上也會知道的。」說到這裡，烏雅氏的眉頭皺了一下，輕聲道：「剛才吃了那麼多麵，現在似乎有些不舒服了。」

「又痛了嗎？」晚月問了一句，見烏雅氏點頭，關切地道：「不如奴婢去請當值的太醫來替太后看看。」

烏雅氏不以為然地道：「罷了，太醫來了還不是開那些苦得人嘴巴發麻的藥，忍忍就過去了。妳下去吧，哀家睡會兒就好了。」

晚月又勸了幾句，見烏雅氏執意不肯，只得道：「那奴婢下去了，太后有事儘管喚奴婢。」

烏雅氏輕「嗯」了一聲，閉上眼睛。晚月在帳外留了一盞燭火後，去了旁邊的耳房歇息。

因為夜空中不時有驚雷炸響，再加上大雨滂沱，晚月睡得並不安穩，一直都是迷迷糊糊的。不知過了多久，忽的聽到有東西摔碎的聲音，晚月當即一個激靈從床上坐起來，可再側耳聽時，除了風雨雷聲之外，便什麼都沒有了。難道是自己聽岔了，又或者將夢裡的聲音當成了現實？

晚月想了想還是有些不放心，乾脆披衣下床，輕手輕腳來到烏雅氏的寢殿。當她掀起簾子藉著微弱的燭光看清烏雅氏的情況時，頓時嚇了一大跳。

只見烏雅氏半個身子在探在床外，披頭散髮，手軟軟垂落在地上。原本應該放在床邊小几上的茶盞在地上摔得粉碎，她之前聽到的聲音應該就是這個。

除了茶盞碎片之外，還有一大攤嘔吐物，應該是剛才吃下去的麵，只是吐出來時，這些麵已經染了一層令人心驚的蠟黃。

「太后！太后！」晚月疾步奔過去，繞過那些碎片與嘔吐物，扶起烏雅氏。只見其雙目緊閉、面如金紙，更令人心驚的是，不只面色，凡露在寢衣外的皮膚都透著蠟黃。

不管晚月怎麼叫，烏雅氏都沒有任何反應，倒是將外頭守夜的宮人喚進來了。晚月當機立斷，命他們立刻去請太醫，自己則寸步不離守在烏雅氏身邊。

慈寧宮熄滅的燈火，因烏雅氏的昏迷而重新亮起，一直到天亮方熄。

承乾宮中，凌若因為去了一樁心事，所以睡得特別沉，待得醒來時，外頭已經雷息雨收，唯有猶積著雨水的地面證明昨夜下了好大的一場雨；不過也正因為這場雨，入夏以來一直籠罩在空氣中的炎熱被驅散許多，即便沒有放置冰塊，也能感覺到一絲絲清涼。

梳洗過後，凌若開門走出去，閉目深吸一口氣，鼻端下盡是猶帶著水氣的草木清新氣味。櫻樹上停了數隻鳥雀，正嘰嘰喳喳地叫著。

院中，莫兒正指揮著幾個剛來的宮人在掃昨夜被大雨打落的樹葉，看她將那幾個宮人指揮得團團轉，凌若搖頭微笑，對亦步亦趨跟在身後的水秀道：「瞧瞧這丫頭，年紀不大，指使起人來倒是像模像樣。」

水秀為之一笑道：「莫兒如今比以前能幹多了，有她在，奴婢與水月也輕鬆許多。奴婢還記得莫兒剛來那時候，什麼都不懂，行事說話也跟鄉野小子一樣，如今一轉眼已經兩年過去了，真是快得很。」

凌若道：「是啊，有時候想想，時間過得真是快，妳們剛來本宮身邊的時候，本宮還只是一個上不得檯面的格格呢。」

水秀笑著接口道：「如今主子已經是宮中最尊貴的娘娘之一了，膝下還有四阿哥，不知惹來多少羡慕。」

「與其說羡慕，不如說是嫉妒更確切些。」凌若糾正了一句後又道：「不過也無所謂了，這宮裡本就是嫉妒最深、最重的地方。看看年貴妃就知道了，三阿哥死了，但宮裡沒有一個人是真心可憐她，不幸災樂禍就已經是萬幸了。」

正說話間，楊海從外頭走進來，朝凌若打了個千兒道：「主子，昨夜慈寧宮出事了。」

凌若忙問是怎麼一回事，楊海道：「奴才也不清楚，只知太后鳳體違和，昨夜太醫連夜過去了，如今還滯留在慈寧宮中未歸。皇上因要上早朝無法過去，派了喜公公過去，皇后娘娘也過去了，看樣子，太后似乎病得不輕。」

凌若沉思片刻，道：「咱們也過去瞧瞧吧。」

第八百四十章　加重

等凌若到慈寧宮的時候，胤禛也恰好下了早朝過來。胤禛心繫烏雅氏安危，顧不得與凌若說話，逕自走進去，看到站在裡面的那拉氏，連忙問：「皇額娘怎麼樣了？為什麼會突然……」

那拉氏抹著淚道：「太醫說皇額娘很可能昨夜吃得過多了些，使得體內難堪其負，令得病情更加嚴重。」

胤禛一聽便明白是怎麼一回事，定是昨夜那晚麵。早知道他就不讓皇額娘吃那麼多了，真是後悔莫及。「可有補救的辦法？」

那拉氏搖頭道：「尚不知曉，幾位太醫正商議著呢。皇上一路過來定然辛勞不已，您還是先坐下歇歇吧。」她彷彿才看到凌若一樣，探目道：「熹妃也過來了。」

「臣妾見過娘娘。」凌若見過禮後道：「臣妾聽聞皇額娘有恙，所以特來看望。」

那拉氏面露欣慰地道：「熹妃有心了，只可惜皇額娘至今未醒，看不到熹妃這番孝心。」

凌若脣角微勾，輕聲道：「臣妾孝敬皇額娘是理所當然的事，何必非要讓皇額娘知道，這樣倒是顯得有些矯情，皇后娘娘您說是嗎？」

那拉氏自然聽得出她是在諷刺自己，雖心中惱怒，但以自己的涵養與心機，再加上胤禛就在旁邊，自然不會露在臉上，反而深以為然地道：「熹妃說得不錯，倒是本宮著相了。」

胤禛如今所有心思都放在烏雅氏身上，並未在意她們之間的話，好不容易等到太醫出來，連忙問：「太后究竟怎麼樣了？」

齊太醫的老臉看起來有些下垂，迎過來拱手道：「請皇上恕臣等無能，經過昨夜一事，太后的病情比微臣們估計的還要厲害。很可能……很可能……」

胤禛聽得心急，催促道：「到底怎樣，趕緊說！」

那拉氏亦跟著道：「是啊，齊太醫，你明知道皇上與本宮都急得很，趕緊說出來，別賣關子了。」

齊太醫苦笑不已，他哪裡是賣關子，實在是後面的話難以啟齒啊。可他心裡也明白，這些話必得說出來。「據微臣等人推斷，太后很可能熬不過這個月。」

那拉氏花容失色，驚聲道：「這麼快？」

凌若猜到昨日那拉氏隱瞞了烏雅氏的病情，但怎麼也沒想到，竟然嚴重到這個地步，一時震驚不已。

胤禛心中驚恐，有那麼一刻，張嘴卻發不出聲音來，好不容易發出了，也讓他覺得陌生。「齊太醫……太、太后的病怎麼會發作得這麼快？」

齊太醫苦著一張老臉道：「惡疾本就難控，隨時可能變嚴重。依微臣推斷，若太后心態樂觀，也許可以撐到秋天，但無論如何，今冬是過不去了。」

胤禛神色木然地道：「宮裡有無數名貴藥材，也有這麼多的太醫，就不能保住太后的命嗎？」

「微臣等人已經盡力了，實在是天意難違，再名貴的藥材也只能保住太后一時之命，保不了一世。」齊太醫話音剛落，便聽得胤禛暴怒的聲音。

「朕不想聽這些！朕只要你們保住太后的命，不許有一點兒差池，否則朕摘了你們的腦袋！」

「請皇上恕罪！」齊太醫與其他太醫均惶恐地跪倒。

胤禛鼻翼微張，胸口起伏不定，指著一干太醫憤然道：「恕罪、恕罪，除了這句話，你們還會說什麼？朕不管，總之你們一定要保住太后的性命！」

昨日皇后與他說皇額娘性命不久時，總覺得此事還有些遠，豈料僅僅一夜工夫，便真切感覺到這種親人即將遠離的痛楚；尤其是在他昨夜與皇額娘去了心結之後，更是痛徹心扉，同時也惶恐得讓他無法自已。

「皇上。」已經平復心中驚意的凌若上前勸道：「您今日就是將齊太醫他們都殺了也沒用，一切皆是命中註定，咱們唯一能做的，就是趁現在還有時間，多多陪在皇額娘身邊，滿足她的願望，不讓皇額娘帶著遺憾離開。」

胤禛厲聲道：「不！朕不信，皇額娘明明還好好的，怎麼可能會救不了？定是這些庸醫不盡心！弘晟時是這樣，皇額娘時又是這樣。」

晚月走出來對胤禛行了一禮道：「皇上，太后請您進去。」

得知烏雅氏醒了，胤禛趕緊進去，到了裡面，果見烏雅氏躺在床上，無神地睜著雙目。他忍著心中的悲痛，扯出一個笑容道：「皇額娘醒了？」

烏雅氏轉過頭來，淡淡地笑道：「不想笑就別笑，何必勉強自己。」

「兒臣哪有勉強。」胤禛坐在她床邊道：「皇額娘覺得身子好些了嗎？太醫說您是昨夜吃多了，胃脹嘔吐，只是小病，沒有什麼大礙。」

烏雅氏仔細地打量著他，好一會兒才道：「你準備瞞著哀家到什麼時候？」不等胤禛回答，她沉沉嘆了口氣道：「哀家聽到你在訓斥太醫，以你的性子，若真只是小病，怎會生這樣大的氣？何況哀家自己的身子自己最清楚，你如實告訴哀家，哀家還能活多久？」

胤禛心裡難過得像是有針在扎一樣，哽咽道：「太醫說……皇額娘最多只能撐到秋時，不過皇額娘放心，兒臣已命他們想辦法，一定可以保住皇額娘的命。」

烏雅氏搖頭道：「生死有命，哀家看得很開，早一日走就早一日去地下陪先帝爺，沒什麼好想不通的。要說唯一的遺憾就是，哀家與皇上好不容易解開了心結，卻不能久敘。」

胤禛趕緊道：「不會的，皇額娘一定會長命千歲的。」

「昨夜你也是這樣說的。」烏雅氏心中一動，望著胤禛道：「昨夜，你來看哀家，當時是不是已經知道哀家將不久於人世了？」

胤禛低頭道：「……是，皇后告訴朕，說皇額娘患了惡疾。」

烏雅氏頷首，瞥了始終面帶慟色的胤禛一眼，抬手撫過他的臉頰，慈祥地道：「好了，不傷心了，只要你這段時間能多來陪陪哀家，哀家就沒什麼好遺憾的了。等見到先帝爺，哀家會告訴他，他選的繼位人將大清治理得很好。」

第八百四十一章　哀傷

「皇額娘！」聽到這裡，胤禛眼圈一紅，哀聲道：「您會沒事的，兒臣一定會想出辦法治您的病。」

「皇上。」烏雅氏枯瘦蠟黃的手指緊緊握住胤禛的手。「你不必再逼那些太醫，就算你將他們逼死了也沒用。哀家活得比先帝爺都久，還有什麼看不明白的，只要你記著答應過哀家的事就行了。」

胤禛知道她說的是允禵，當即道：「是，兒臣這就下旨讓十四弟去守皇陵，去之前，讓他入宮向皇額娘拜別。」

「好！」烏雅氏欣慰地點點頭。她如今精神極短，這麼一會兒工夫便覺得渾身無力，眼皮沉重得抬不起來，連胤禛離開時，她也只是擺擺手，沒有再睜眼。

見他出來，那拉氏忙迎上來道：「皇上，皇額娘還好嗎？臣妾想進去看看她老人家。」

胤禛深吸一口氣，道：「皇額娘已經知道了她自己的病，以後妳也不必再瞞著了。至於現在，皇額娘精神不濟，讓她好好歇著吧。朕還有事，先回養心殿了。」這般說著，在經過齊太醫等人身邊時，腳步一頓，低聲道：「都起來吧。」

見胤禛這個樣子，那拉氏不放心地道：「皇上，要不要臣妾陪您回去？」

「不必了，皇后也累了，回去歇著吧。」說罷，他對凌若道：「熹妃，妳陪朕回去。」

在他們身後，是面色不善的那拉氏。

明明是她主動說要陪胤禛回去，胤禛卻拒絕她而叫鈕祜祿氏相陪，這教她心裡如何舒服？終其一生，自己在胤禛心中的地位都不可能及得上鈕祜祿氏，這個跟自己鬥了半輩子的女人。除非……鈕祜祿氏死，只有死人才不能爭寵。

回到養心殿後，胤禛突然回過身用力擁緊凌若，沉沉道：「若兒，是否朕做錯了什麼，所以至親之人一個接一個地離朕而去，只留朕一個人孤零零地在世上。」

凌若知道他此刻是最難過的時候，撫著他輕輕顫抖的後背，安慰道：「沒有，皇上從來沒有做錯什麼。三阿哥與皇額娘，只是因為記載在生死薄中的命數到了，才不得不離去，與皇上沒有任何關係；再說，臣妾不是一直在皇上身邊嗎？」

「是啊，妳一直在朕身邊。」這般說著，胤禛放開凌若，然眉宇還是不曾舒展。「都說皇帝是孤家寡人，真是一點兒都沒錯。朕登基時，皇阿瑪歸天了，如今皇額娘也要走了。」

凌若握著他的手道：「皇上還記不記得以前在蒹葭池畔時，臣妾曾說過，在佛家眼中，人生有八苦：生、老、病、死、愛別離、怨長久、求不得、放不下。只有經歷過這八苦的人生方才完整無缺，不再有任何遺憾。」

胤禛沉默了一會兒，道：「朕也知道，只是這心裡總是難過得緊。」

凌若上前攬住他的腰，柔聲道：「會過去的，所有不好的事都會過去的，皇上得空多去陪陪太后，讓她走得安心一些。」

「也只能如此了。」胤禛攬住凌若的身子藉以溫暖自己的身軀，不知過了多久，外頭突然響起叩門聲，卻是四喜。

他進來後道：「啟稟皇上，慎刑司來報，柳華因受不過逼供，已在牢中自盡。」

胤禛劍眉一挑，甚是不解。按說牢中一直有人看守，柳華又是重犯，手腳均戴了鐐銬，是斷然不可能自盡的。至於咬舌，那需要非人一般的毅力，柳華既然連刑訊都受不過，又怎麼可能有這等毅力。

「他是怎麼死的？」

四喜如實稟道：「柳華在嘴裡藏著一顆毒藥，慎刑司的人不曾察覺，之後，柳華受不住刑，咬碎毒藥自盡。」

柳華一死，幕後人的線索自然也就斷了，無從追查。費了這麼多神，卻無功而返，胤禛心中的怒意可想而知，再加上烏雅氏的事，更是不高興，冷聲道：「既是死了，那就扔到亂葬崗去吧，至於柳華家人，死罪可免，活罪難逃，全部流放三千里，一應家財盡數歸入國庫。」

四喜應聲下去傳旨。

過了一會兒，凌若從養心殿出來，去了瓜爾佳氏宮中。恰好劉氏也在，看到凌若似有些不自在，畢竟當初凌若可是回絕了她的示好，心裡不可能一絲芥蒂也沒有。不過，她很快便恢復常態，起身行禮，一如平常的婉約溫厚。

待其退下後，瓜爾佳氏一抬下巴，饒有興趣地道：「我怎麼覺得劉常在剛才看到妳來，有些不對勁。」

凌若坐下道：「她很聰明也很細心，姊姊以後要格外小心她。」

「為什麼特意提醒我這些？」瓜爾佳氏舉目相問。她從不認為看似柔弱無害的劉氏簡單，凌若也是知道的，如今刻意出言提醒，實在令她頗為好奇。

凌若當即將靳明澤死後，劉氏曾找過她，並有心向她示好投靠的事說了一遍，臨了道：「僅憑一只耳璫便推測出這麼多事，這份能耐與心思，連我也自嘆弗如，更不要說還如此懂得抓時機。」頓一頓，她揚眉道：「而且姊姊瞧她剛才，除了最開始有些窘迫之外，之後表現得跟沒事人一樣，彷彿什麼事也沒有過。妳我在她這個年紀，可未必能如此沉得住氣。」

瓜爾佳氏斜一斜身子，半靠在扶手上，輕笑道：「這些新入宮的貴人、常在，可真沒有一個省心的。我以為已經夠高看這個劉常在了，不曾想還是輕瞧了，看樣子以後這宮裡，真是沒一個太平時候了。」

「豈只是以後，現在已是這般。」凌若輕嘆一口氣，在瓜爾佳氏疑惑的目光中道：「看樣子姊姊對慈寧宮的事還不清楚。」

瓜爾佳氏關切地問：「我今兒個一直待在宮裡沒出去過，怎麼了，可是太后鳳體又有所不適？」

第八百四十二章 翊坤宮

「太后時日無多了。」

當這句話從凌若口中說出時，瓜爾佳氏心中的震驚簡直無法想像，陡然坐直身子，盯著凌若道：「妳這是什麼意思？」

「昨日皇后將咱們都瞞住了，其實當時太醫已經診斷出來太后患了惡疾，不可救、不可治。而昨夜太后病情加重，齊太醫說太后最多只能撐到秋時，若是思慮再重一些，怕是連這個夏天都熬不過去。」

過了許久，瓜爾佳氏才回過神來，嘆息道：「雖然我一直覺得太后臉色不好，卻不知竟然這樣嚴重。唉，人生當真是無常，半點由不得自己控制。」

「還有柳華，他在牢裡自盡了，聽說在嘴裡藏了毒藥。據我推測，應該是皇后怕柳華供出自己，所以命他在嘴裡藏毒，一旦受不住刑，便可以自盡。」

瓜爾佳氏頷首道：「這樣就死了，實在是有些便宜姓柳的了，就該讓他眼睜睜看著自己流盡血液而死。」

凌若彈彈指甲道：「要說便宜，最便宜的不是皇后嗎？死了一個三阿哥，她可是毫髮無損。」

「毫髮無損？」瓜爾佳氏冷笑著重複這四個字。「安生了這麼幾天，也該是時候讓她不好過了。」

凌若精神一振，忙問：「姊姊可是想到什麼法子了？」

瓜爾佳氏微微一笑道：「三阿哥死了，最難過的當屬年氏，經過這麼多事，我不信年氏對皇后一點疑心都沒有，只要稍稍動些手腳，她自會去與皇后拚命。」

凌若提醒：「皇上不會允許她胡來的。」

「不管皇上允不允許，飽受喪子之痛的年氏都絕對按捺不住。」瓜爾佳氏唇角微勾，成竹在胸地道：「且看著吧，她一定不與皇后善罷干休。這一次縱然不能動皇后，也要她疲於應付，否則她真當咱們好欺負了，想怎樣捏就怎樣捏。」

「既然姊姊有信心，我自然沒有意見。」

在輕淺的談笑中，一個針對那拉氏的局設下了。

這夜，年氏呆呆地坐在殿中，灰白的頭髮沒有一絲生機。自從弘晟死後，她每一夜都是這樣呆呆地坐著，只有實在睏極時，才會去床上躺一會兒；然每一次睡著後，總是會在惡夢中驚醒，滿頭大汗地叫著弘晟的名字。

綠意打了水進來。「主子，夜深了，奴婢服侍您睡下吧。」

年氏眼珠子動了一下，乾澀的聲音自喉嚨裡逸出：「不必了，本宮還不想睡。」

「主子。」綠意心疼地道：「您總這樣折磨自己又是何必，三阿哥已經不在了。」

「本宮知道弘晟不在了，連皇上也不過來了。」年氏幽幽地環視了燭光下奢華的宮殿一眼，道：「妳瞧這翊坤宮，多冷清，就像是冷宮一樣。」

「不會的，皇上只是朝事繁忙，一時抽不出身，待空閒一些後自然會過來。您一定要保重身子，否則讓皇上看到您憔悴的樣子，可是要擔心了。」綠意知道主子不只傷心三阿哥，更傷心皇上的涼薄，可她只是一個奴才，除了勸說幾句，什麼也做不了。「對了，奴婢問在御藥房做事的公公弄來一個烏髮的方子，據說每日塗在頭髮上，不出百日便可令白髮轉烏。待奴婢準備好了便給主子試試。」

「不用了，本宮沒興趣。」年氏抬手，慢慢撫過自己一頭灰白的長髮，僅僅是在數日前，這裡還是烏髮如雲。「再說，就算本宮裝扮得如何美麗，皇上都不會過來，他心裡早已沒有了本宮。」

綠意連忙開解：「不會的，皇上這些年來待主子一直是頭一份的恩寵，皇上登基時，被封為貴妃的也只有主子一人。哪怕承乾宮那位也不過封了一個妃。」

年氏搖首道：「以前或許是這樣，可是自從弘晟去了之後，本宮就覺得皇上整個人都變了。上次本宮去養心殿求見皇上，他那個樣子真的令本宮心寒，感覺這二十多年來，本宮從未真正認識過皇上。有時候本宮在想，皇上封本宮為貴妃，是否僅僅是看在弘晟的面上；如今弘晟沒了，本宮自然什麼都不是。」

「主子說的這是哪裡話，宮裡向來是子憑母貴，若三阿哥不是主子所生，皇上怎會這般看重。您不瞧瞧裕嬪，她也生了一位皇子，可皇上看五阿哥時的眼神，哪裡能與看三阿哥時相提並論。」綠意勸了幾句，見年氏始終神色不展，不由得嘆了口氣，蹲在年氏身前道：「主子，奴婢知道您心裡難受，可日子總還是得過下去。若您就此倒了，最高興的莫過於皇后與熹妃，她們兩人一直等著看主子的笑話，您真想讓她們趁心如意嗎？」

年氏那張臉慢慢變得扭曲猙獰，同時雙手用力握緊，因數日沒有修剪而有些變形的指甲狠狠戳進掌心裡，在疼中，她一字一句道：「她們越想看本宮笑話，本宮就越不讓她們看到，哪怕是弘晟不在了，本宮也要好好活著。本宮還要查出他是死於何人之手，然後將那個人身上的肉一片片割下來。」

「綠意，替本宮梳洗卸妝，本宮累了，要歇息。」這樣說著，年氏眼中凝起焦距，生機亦回到那張臉上。

「是。」綠意高興地答應一聲，絞了乾淨的面巾遞給年氏。此時，外頭開始起風了，吹著未關起的窗扇打在框子上，匡匡作響。

綠意走過去想要將窗子關起來，不曾想無意中的一個抬眼，竟看到一張慘白發綠的面孔，對方的兩隻腳隱在暗處看不清，又或許根本沒有腳。

綠意嚇得驚叫起來，雙手捂住雙眼，蹲在地上大叫：「鬼！有鬼！有鬼啊！」

第八百四十三章　魂歸

年氏一聽，不知想到什麼，當即奔到窗前，可是除了一片漆黑之外，她什麼都沒看到。隨即年氏又來到綠意身前，用力扳下她的雙手，厲聲問：「鬼在哪裡？綠意，告訴本宮，鬼在哪裡？」

鬼神一說向來諱莫如深，綠意又怕這些，直到手被年氏握得有些發疼，方才勉強定了定神，噙著唾沫回答：「剛才……剛才奴婢在窗外看到一張臉，白得發綠，好嚇人！」

年氏一把拖起綠意。「妳現在再起來看，他還在不在？」

「不要！主子不要！」剛才毫無準備的一眼已經嚇得綠意魂飛魄散，哪裡還敢看，死命閉住了眼，任憑年氏怎麼說都不肯張開。

待到後面，年氏耗盡了耐性，發狠道：「妳若不看，本宮就讓妳自己變成一隻鬼，與他做伴去。」

綠意無奈之下，只得忍著害怕睜開眼，然這一次，窗外什麼都沒有，靜悄悄的，只有風吹過樹葉時，帶起樹影晃動。

得知綠意什麼也沒看見後，年氏又問：「告訴本宮，他長得什麼模樣，是男是女？」

直到這個時候，綠意方才明白她的意思，駭然道：「主子難道以為是三阿哥的鬼魂回來了？」

「都說人死後，鬼魂會停留在陽間七七四十九日，弘晟一定是思念本宮，所以回來看本宮。」說到這裡，她氣不打一處來，狠狠瞪了綠意一眼道：「肯定是妳剛才那樣子嚇到了弘晟，所以他不敢出現了。」

綠意心裡甚是委屈，這種事如何怨得了她。不過看年氏奔到外面四下叫著弘晟的名字時，心中又些不忍。她按住害怕的心思，回想了一下剛才那張臉。因為對方頭髮披散著，她看不清楚，只能看清一個大概，不過那輪廓還有身形確實很像三阿哥，難道真像主子說的那樣，是三阿哥回來了？

「弘晟，你在哪裡？你出來見見額娘，額娘好想你！」年氏奔到院中對著空無一人的地方聲嘶力竭地叫著。

宮人聽到她的聲音，奔出來想要過去，都被她喝止了，不許任何一人靠近。

就在年氏重複喊了無數遍後，夜色中傳來一縷細若游絲的聲音——

「額娘……」

這個聲音令年氏大喜過望，同時也更加確定了是弘晟的鬼魂歸來，趕緊道：「弘晟，真的是你回來了嗎？額娘在這裡，你快出來！」

除了年氏之外，遠遠聽到她話的宮人均是面面相覷，不知道她是在對誰說話。難道是憶子成狂，瘋了嗎？

唯有綠意明白些許，同樣的，她也聽到了那個幽微如線的聲音。雖然她還有些害怕，但知道那是自己看著長大的弘晟，感覺又好上許多，定了定神後，命那些宮人各自回屋去，不許出來。

在做完這一切後，綠意來到年氏身邊，對猶在喊叫的年氏道：「主子，真的是三阿哥回來了嗎？」

「不會錯的，一定是弘晟！他的聲音本宮一聽就知道！」年氏激動地說著。其實剛才那聲音那麼輕，她根本就聽不清楚是否與弘晟一樣，但如今的她已經管不了這些，想當然的覺得那就是弘晟。

年氏話音剛落，那個聲音就再次響起，飄飄忽忽。

「額娘，兒臣死得好慘啊，兒臣不甘心，不甘心！」在說到最後三個字時，聲音突然變得淒厲起來。

同樣的，這三個字也將年氏的眼淚勾了出來，哽咽道：「額娘知道，我苦命的弘晟，你告訴額娘，究竟是誰害了你，額娘替你報仇！」

「那個人已經死了，但是指使他下毒的人還活著，沒人能奈何得了他，沒人能替兒臣報仇，嗚……額娘，兒臣好不甘心啊！閻羅王說了，兒臣冤仇未報，不能入地府輪迴，只能留在陽間做個孤魂野鬼！」

聲音忽左忽右，年氏連著奔了好幾個地方都撲空，始終沒見到弘晟的鬼魂。

聽到弘晟訴說著自己的淒苦，年氏哪裡還忍得住，當即道：「不會的，只要你告訴額娘那人是誰，額娘一定替你報仇，讓你入地府輪迴！」

「額娘真的會幫兒臣嗎？」那個幽微的聲音有了些許變化，多了一絲激動。不知是因為弘晟鬼魂情緒的變化，還是恰好有風吹過，周圍的樹葉紛紛搖動起來。

「你是額娘的孩子，額娘就算拚卻這條性命不要，也一定會幫你！」年氏堅定無疑地說著。

「是皇額娘！是他主使柳華害兒臣，也是她誘使兒臣去喝露水泡的茶，一切都是皇額娘的詭計！」

細幽的聲音變得尖利無比，像是要劃破耳膜一樣，令綠意有一種捂耳的衝動。

「皇后！」年氏悚然一驚，隨後露出猙獰到極點的表情。「果然是那個老賤人，是她害死了你！」

年氏的話似乎觸動了弘晟鬼魂，嗚咽著道：「額娘，您一定要幫我報仇，讓我褪去冤屈，得入輪迴之道，兒臣不想一直飄蕩在陽間。」

年氏眼中浮動著鮮血般濃厚的恨意。「你放心，額娘一定會殺了那個老賤人替你報仇！」

那聲音帶著一絲欣慰，然方向依然飄忽不已。「那兒臣就放心了，只是額娘一定要在兒臣死後的七七四十九日之內完成，否則到時候就算再報仇也沒用了。額娘，時辰到了，兒臣要離開了，您一定要記著替兒臣報仇！」

年氏陡然慌了起來，朝虛空中伸出手，哀然道：「不要走，弘晟，你出來讓額娘見見你，這些日子，額娘想你想得都快瘋了！」

「額娘身上有陽氣，兒臣不敢現身。」聲音聽起來似乎更遠了一些。

年氏慌忙道：「那你離遠一些就是了，剛才綠意不是就看見你了嗎？額娘只要遠遠地看你一眼就行了，弘晟，你出來！」

「額娘您保重……」

這五個字像是從天際遠遠地飄來，而在此之後，就再無一絲聲音了，不論年氏怎麼呼喚都沒用。

「弘晟！」年氏痛哭不已。

綠意看著難過不已，勸道：「主子，別傷心了，好歹三阿哥回來看過您了，您也知道害三阿哥的人是誰了。」

第八百四十四章　發誓

「可是弘晟不肯見本宮！」年氏泣道：「本宮知道，他不是不敢現身，而是心中有怨，怨本宮沒給他報仇。還有那個露水，本宮竟然一直不知是皇后教弘晟喝的，本宮真是太過粗心了。若早知道本宮也能及時阻止，不至於釀成今日大禍。」

綠意替她拭著淚道：「皇后處心積慮，主子又哪裡能處處提防得到？再說就算沒有露水，皇后也會想出別的害人招數來。」

「她害了本宮兩個兒子！若不殺她，枉為人母！」年氏恨聲說著，掌心傳來指甲折斷的聲音。今日之後，不是她死，就是那拉蓮意亡，再沒有第三個結局。

「主子，您是打算去告訴皇上嗎？沒用的，皇上不會相信您一面之詞。您忘了當日竹筆的事嗎？在那種情勢下，皇后不只扭轉劣局，轉危為安，還令皇上對她更加信任。」

待綠意說完後，年氏慢慢止住淚，仰頭看著盈滿之後開始變虧的明月，一字一句道：「哪個告訴妳本宮要去與皇上說了？本宮說過，要親自替弘晟報仇，不假任何人之手！」

綠意心中升起一絲不好的預感，忙問：「主子準備怎麼做？」

年氏收回目光，睨了綠意一眼，什麼也沒說，只是轉身往內殿走去。這個態度無疑是在告訴綠意——不許過問！

翌日，那拉氏正與前來請安的嬪妃說話，忽聽得外面傳來小太監慣有的聲音：「貴妃娘娘駕到！」

那拉氏微微一怔。年氏已經許久不曾來向她請安了，怎的今日會主動過來？她這般想著，年氏已經走進來。

因弘晟剛死不久，年氏一身裝扮極是素淡，灰白的髮間亦只插了幾支銀簪。若非識得那張臉，誰又能想到她是曾經權傾後宮的貴妃娘娘。

年氏進來後，朝端坐在上首的那拉氏屈膝行禮。「臣妾給皇后娘娘請安，皇后娘娘萬福。」

那拉氏忙示意她起來，又指著左手邊空著的位置道：「妹妹快坐下。如何，心情好些了嗎？」不等年氏回答，她又嘆著氣道：「唉，原該去看妹妹，只是最近宮裡接二連三地出事，尤其是太后那邊，實在是抽不出空來，希望妹妹不要怪本宮。」

年氏垂目，神色平靜地道：「皇后娘娘說笑了，您母儀天下，恩澤六宮，臣妾感恩尚且不及，又怎會有怪怨。」

這樣的年氏令眾人詫異不已。印象中，年氏從來都是不服皇后的，經常出言頂撞，何曾有過這樣溫馴的時候，還是說她轉了性子？

溫如言目光一閃，對旁邊的凌若道：「咦？年氏打的什麼算盤，竟然對皇后這樣恭敬，這可不像她。」

凌若剛要開口，瓜爾佳氏已經接過話道：「管她什麼算盤，咱們只管看下去就是了，左右就算起火也燒不到咱們身上。」

恰巧坐在她旁邊的溫如傾聽得這話，眨著明眸，好奇地道：「娘娘，您是不是知道些什麼？」

瓜爾佳氏與凌若對望一眼，抬起食指豎在唇邊，輕聲道：「天機不可洩漏。」

倒是凌若忍不住側身問了一句：「姊姊，年氏的態度確實有些怪，按理不應如此，難道……」

瓜爾佳氏明白她的意思，而這滿宮的人裡，也只有她們兩個曉得昨夜發生在翊坤宮的事，當下皺眉道：「不會的，看著吧，她肯定不只是來請安這麼簡單。」

見她這麼說了，凌若也不再多問，重新將目光放回到年氏身上。

彼時有宮人端了茶上來，年氏並不接過，而是起身道：「娘娘，臣妾帶了今年剛收上來的君山銀針來孝敬娘娘，既然眾位妹妹都在，不如現在就拿下去泡了，也好一道嘗嘗這新茶滋味。」

那拉氏眸中閃過一絲異色，面上卻是笑道：「那敢情好，本宮與諸位妹妹就託年妹妹的福，嘗一嘗這新茶味道。」

溫如傾輕「咦」一聲道：「臣妾記得每年君山銀針要等八月才能送到宮裡來，怎麼今年七月便到了，難不成是茶期提前了嗎？」

「是不是提前了，溫貴人待會兒喝了便知道。」這般說著，年氏朝綠意使了個眼色，後者會意地從袖中取出一包茶葉，跟隨坤寧宮的宮人一道去茶房。

在幾句閒談過後，綠意重新走進來，她手中端著一個紅漆托盤，上面滿滿擺著八杯茶。年氏從中取了一盞，親自上前遞給那拉氏，口中道：「請娘娘品嘗。」

「妹妹實在太客氣了。」那拉氏滿面笑容地接過，卻不飲茶，而是轉手遞給翡翠。「本宮剛才已經喝了許多，這會兒實在喝不下；再說用君山銀針泡出來的茶，要多放置一會兒，茶香才會完全透出來。」

那拉氏這話半真半假。君山銀針所泡的茶雖說放久一些，飲用起來更香，可是從茶房過來的這段時間是完全夠了，再放下去，便會適得其反。她之所以拿這個做藉口，無非就是不想喝年氏端來的茶。

所謂反常即為妖，年氏今日的態度太奇怪，與往日裡截然相反，令她琢磨不透，這種情況下，自是小心為上。

年氏目光隨著茶盞轉了一個圈，待重新回到那拉氏臉上時，忽的露出一個嫵媚的笑容。「皇后娘娘是真喝不下還是不願喝？」

那拉氏故作不解地道：「妹妹這是何意，妳一番好意，本宮豈有不受之理，實在是腹中漲得難受，喝不下去。」

這個時候，包括溫如傾在內的其他嬪妃已經自托盤上取過茶。溫如傾揭開盞蓋輕嗅了一口，果然茶香濃郁，可是她卻看出了問題，當即道：「不對，這不是新茶，而是去年的陳茶，新茶的色澤泡開後應該比這個更加鮮亮才對。」

聽她這麼說，凌若等人也紛紛揭開茶盞，發現果真如此，一時間均是驚疑不定，不曉得年氏故意將陳茶說成新茶的用意是什麼。

第八百四十五章　報仇

那拉氏聽到了溫如傾的話，盯著年氏，驚疑地道：「妹妹，妳為何要騙本宮說這是新茶？」

年氏冷笑著湊近道：「那妳又為什麼始終不肯喝茶，是否怕我在茶裡下毒？就像妳害弘晟那樣。」

宮裡，勾心鬥角、下毒害人一事屢見不鮮，但向來都是隱在暗處，從來沒有人像年氏這樣放在光天化日下說出來，更不要說有那麼多雙耳朵在呢！

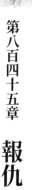

「妹妹在說什麼，本宮怎的一句都聽不懂。」

「弘晟」二字落在那拉氏耳中，饒是以她的城府也不禁微微變色，雖只是一閃而逝，但已經足夠年氏確信，就是眼前這個女人害死了自己唯一的兒子。不報此仇，她誓不為人！

翡翠瞧著不對，含笑道：「想不到貴妃娘娘還是個喜歡開玩笑的人，只是您這玩笑開得卻是有些大了，皇后娘娘面前，還請貴妃自重。」

「滾開！」年氏突然翻臉，一把將翡翠推翻在地。

那拉氏不想她竟敢當著自己的面動粗，不禁怒道：「貴妃，妳究竟想做什麼？」

「不做什麼，只是想替我兩個兒子報仇！」隨著這句話，年氏突然從袖中抽出一把寒光四射的匕首，狠狠往那拉氏胸口刺去！

一切發生得太快，以至於鮮血從那拉氏胸口濺出來時，都沒人反應過來，只是愣愣地看著。

那拉氏瞪大眼睛，不敢置信地看著年氏。她作夢也想不到，年氏竟會做出這樣瘋狂不計後果的事，胸口傳來陣陣冰涼，令她心底升起從未有過的驚恐。

「是不是很疼？」年氏微笑著問，手裡卻更加了一份勁，想要將整柄刀都刺進去，可是胸骨卡得很牢，剩下那一半怎麼也刺不進去，無奈之下只得將刀抽出來重新再刺。只是這一次，她未能如願以償，被人用力握住手，無法刺下。

不過即便是這樣，那拉氏所受的傷也已經很重了，血不斷地湧出來，染紅了她那身紫金石榴紋的錦衣；而那拉氏的臉色，亦在流血中迅速變白。

「放開！否則本宮連你一塊殺了！」年氏紅了眼，盯著明明嚇得面如土色、卻牢牢握著自己手的小太監。

小寧子顫抖著道：「我……我不會放的，除非您先殺了我！」

「死奴才！」年氏罵了一聲，調轉刀柄，在小寧子手背上狠狠劃過，頓時鮮血湧出，可是小寧子還是死抓著她不放。

這個時候，翡翠也反應過來了，大聲叫三福進來，與他一道扶著血流不止的那拉氏遠離年氏，同時吩咐嚇傻的宮人去請太醫來。

「滾開！本宮要殺了那個賤人！」年氏發狂地要掙脫小寧子的束縛，她很清楚剛才那一刀並不足以要了那拉氏的性命，她一定要趁太醫來之前再補一刀，徹底了結那拉氏的性命。

小寧子也發了狠，不管年氏怎麼動都抓著她的手不放，一時之間，坤寧宮大亂。年氏發瘋殺人的樣子嚇壞了在場嬪妃，膽子小的看到那拉氏走過的地方一路鮮血，嚇得癱在椅子上起不來身，雙腳抖個不停；成嬪更不住地唸著阿彌陀佛。

凌若與瓜爾佳氏想到年氏會發難，卻沒想到她竟會用這樣慘烈的方式向皇后復仇，始終還是低估了年氏心中的恨意。

小寧子漸漸有些支持不住了，他怎麼也想不到一個女人會有這麼大的力氣，趕緊大叫：「快來人，把貴妃手裡的刀奪下來，別讓她再傷害主子！」

見一眾太監朝自己奔來，年氏眼睛更加通紅。她知道，一旦讓那些人抓住，自己就休想再復仇。不行！她不可以讓弘晟變成孤魂野鬼，連輪迴的資格也沒有，她一定要殺了那拉氏！

這般想著，她突然一口咬在小寧子手上，在她死命的咬合下，小寧子終於受不住痛鬆開了手。趁著這個機會，年氏掙脫了他，執匕首朝還未離遠的那拉氏追去。

「賤人，納命來！」

「快保護主子！」見年氏追來，三福趕緊大叫。然年氏的動作太快了，令所有人反應不及，此時此刻，除了用身子阻擋之外，再沒有別的辦法。

面對那把鋒利無比的刀，三福猶豫了。他對那拉氏與其說是忠心，倒不如說是害怕，怕自己會落得與二元一樣的悲慘下場，所以對於那拉氏唯命是從，哪怕心裡再害怕、再不願，也從不敢有違。

若無意外，他這一輩子都如此了，可是若那拉氏死了，他與翡翠便可以自由了。哪怕不能結為菜戶，至少也不必整日提心吊膽。

是啊，死吧，還是死了得好。

在這樣的念頭中，三福下定決心，雖大半個身子擋在那拉氏跟前，但還是露了許多空隙，足夠年氏一刀下去了結那拉氏的命。

年氏沒有錯過機會，揚起手中匕首待要刺下，卻被一只茶盞砸中面門，裡面滾燙的茶更是潑了一臉，痛得她大叫不止。而這麼一耽擱，那些太監已經奔到了近前，幾個人一道發力抓住年氏，並將匕首從她手裡奪下來。

扔茶盞的那個人正是溫如傾，在看到動彈不得的年氏朝自己瞪過來時，她嚇得趕緊躲到溫如言身後，不敢露頭。

三福面色一黯，他知道自己失去了擺脫那拉氏控制的最好機會，以後，他只能繼續像條狗一樣跟在那拉氏身邊，哪怕那拉氏叫他去舔腳，他也得遵從。

年氏不甘心，猶在那裡死命地掙扎，嘴裡更大喊不止：「那拉蓮意妳這個老賤人，先後害死我兩個兒子，我要妳償命！」

那拉氏早已痛得說不出話來，但是對於年氏的話還是聽得清清楚楚，用力拉了一下翡翠的衣裳；後者會意過來，知道不能由著年氏在這裡胡言，只是她一個宮女不好處置此事，思索了一下，將目光轉向凌若，揚聲道：「熹妃娘娘，惠妃娘娘，眼下年貴妃得了失心瘋，當眾行刺皇后娘娘不說，還在這裡汙言穢語，損毀皇后娘娘清譽，皇后娘娘傷重不能主事，還請您二位代為做主。」

第八百四十六章　大難不死

皇后受傷，年貴妃又是行刺之人，眼下位分最高的便是熹妃與惠妃。雖然她們與自家主子向來不合，但翡翠諒她們兩人也不敢在這個時候使絆子。

溫如言眼中掠過一抹可惜之色。若年氏能就此了結那拉氏，真可謂功德無量，可惜被如傾壞了好事。如傾竟在這時候幫皇后擋了一劫，真是氣煞她了，真不知腦袋裡在想些什麼。

她回頭恨恨地瞪了溫如傾一眼，後者也知道自己做錯事，低著頭，一言不發。

生氣歸生氣，這面上的事卻不得不做，溫如言違心道：「這樣吧，先將年貴妃帶回翊坤宮中看管起來，剩下的，等本宮與熹妃回了皇上再說。」

一聽說要被送回翊坤宮，年氏立時將凶狠的目光轉過來，厲聲道：「溫如言、鈕祜祿凌若，妳們敢！本宮乃是貴妃，比妳們位分更高，妳們有何權力囚禁本宮！」如此說著，她突然大笑起來，笑聲裡那種刻骨的恨意令人不寒而慄，只聽她一字一句道：「那拉蓮意，妳以為這樣就沒事了嗎？作夢！我會一直纏著妳，直到妳死為止！」

凌若揚一揚下巴，對那些不敢動粗的宮人道：「帶下去吧，別讓貴妃在這裡胡鬧了。」

有了凌若的話，那些宮人不再怠慢，強拉了年氏出去；然在經過重傷的的那拉氏時，年氏不知從哪裡來的力氣，死死拉住旁邊的小几，猙獰著道：「那拉蓮意，我一定會來要妳的命，我發誓，一定會！」

這樣的話一直說了三遍，宮人才勉強拉開她，半拖半拉地往翊坤宮行去，期間不時可以聽到年氏淒厲的詛咒聲。

在年氏離開後不久，太醫急匆匆到了，看到那拉氏的傷均嚇得不輕，趕緊命人抬到床榻上，然後剪開衣裳，清理傷口。這個時候，那拉氏已經支撐不住暈了過去。

成嬪在一旁緊張地問：「太醫，皇后的傷怎麼樣了，究竟要不要緊？」

齊太醫就著宮人端上來的熱水清理了傷口，頭也不抬地道：「只要沒傷及內臟就不會有大礙。看傷口應該不是很深，有可能正好卡到胸骨，若這樣的話，應該很快會止住血。」

隨著藥粉灑上去，所有人目光都盯牢了傷口，只見湧出的血漸漸將藥粉染紅，但同樣的，血並沒有再流下來，一直呈半凝固狀態。

看到這裡，齊太醫抹了把額上的汗，道：「果然是卡到胸骨了，心肺不曾損傷；不過皇后娘娘還是需要好好養傷，且要注意千萬不能讓傷口感染，否則同樣會危及性命。」

聽到這裡，成嬪長舒一口氣，雙手合十地道：「真是謝天謝地，皇后娘娘這次大難不死，以後一定後福無窮。」說到這裡，她忽的想起一事來。「皇上那裡有人去稟報了嗎？」

眾人相互看了一眼，均是搖頭。剛才那一幕驚心動魄，除了記得傳太醫之外，哪裡還記得其他事。

三福見狀道：「奴才這就去一趟養心殿。」臨走前，他看到小寧子的手還在流血，猶豫了一下道：「讓太醫給你包紮一下吧，由傷口露在外頭可是不好。」

小寧子愣了一下，繼而滿臉感動地道：「是，謝謝師父。」

當胤禛從三福嘴裡聽到這個聳人聽聞的消息時，當即一言不發地往坤寧宮趕來。看到那拉氏昏迷不醒地躺在床上，胸口纏著厚厚紗布時，他臉色青得嚇人。因為那拉氏昏睡著，所以他在裡面沒有說話，待得出了內殿，方才對隨同他一道出來的眾嬪妃道：「真是貴妃下的手嗎？」

雖然已經從三福嘴裡知道事情始末，但胤禛還是覺得有些難以置信。年氏固然驕縱任性，但不至於不計後果地做出這麼瘋狂的事，何況害死弘晟的幕後凶手一直沒有找到，她怎麼偏偏就認定是皇后。

舒穆祿氏顫聲道：「回皇上的話，臣妾等人看得真真的，當時貴妃藉端茶之際，突然就從袖子裡抽出匕首來刺皇后娘娘，當時她的表情真的好可怕，就像是得了失心瘋一樣！」

成嬪亦跟著道：「是啊，皇上您是沒看到，貴妃發瘋一樣地要皇后娘娘的命，要不是後來溫貴人機靈，拿起茶盞扔她，讓她沒再刺到皇后，如今皇后娘娘身上便不只一個刀傷了，說不定……」

胤禛轉向凌若道：「剛才的事，妳也瞧見了，貴妃果然瘋了嗎？」

凌若低頭道：「恕臣妾直言，臣妾看貴妃傷害皇后前的言行，有理有據，並不像是瘋了的人，而且還口口聲聲說皇后害死了她兩個兒子，她要替兒子報仇。至於貴妃為何會有這樣的想法，臣妾等人就不得而知了。」

瓜爾佳氏適時道：「皇上，臣妾私以為無風不起浪，貴妃這麼做，定然有她的理由。」

舒穆祿氏怯怯地開口：「臣妾聽謹嬪娘娘這話，似乎對貴妃說的話有幾分相信，只是這怎麼可能？皇后娘娘是絕不可能害人的，更不要說害尚且是孩子的三阿哥。」

瓜爾佳氏睨了她一眼，淡淡道：「是與不是，並非妳我能說了算。」

這會兒，胤禛已經有了決定，喚過蘇培盛，讓他留在這裡，一旦皇后醒了，便立刻通知自己，而自己則帶著四喜去了翊坤宮。今日這事，太過匪夷所思，他一定要親自問一問年氏。

胤禛走後，凌若等人也先後離開坤寧宮。瓜爾佳氏在途中道：「若兒，妳說皇上會相信年氏說的話嗎？」

凌若搖頭道：「恐怕很難，皇上行事向來講究真憑實據，單憑一面之詞，且還涉及到鬼神之說，想要讓皇上相信，幾乎是不可能的事。」

溫如言聽著她們的話，皺眉道：「妳們怎麼知道年氏之後要說什麼，還說什麼涉及鬼神，妳們兩個是不是有什麼事瞞著我？」

第八百四十七章　緣由

「沒什麼，我們只是胡亂猜測呢。」瓜爾佳氏不著痕跡地瞥過始終跟在旁邊的溫如傾。

「果真？」溫如言狐疑地看著瓜爾佳氏，對她的話明顯還有懷疑。

瓜爾佳氏正要開口，凌若忽地道：「姊姊若想知道，不妨一道去咸福宮坐一會兒，也好讓我與雲姊姊，詳細將事情經過告訴姊姊。」

瓜爾佳氏詫異不已。

明明最懷疑溫如傾的就是凌若，昨日她們敲定那件事時，都不約而同選擇了向溫如言隱瞞，為的就是避免溫如傾知道從而洩漏給皇后，為何現在又主動準備將事情和盤托出，難道她不怕溫如傾真有二心嗎？

幾人到了咸福宮，在分別落座後，不等溫如言追問，凌若已然道：「其實這個主意是雲姊姊出的，由她來跟姊姊解釋最清楚。」

見她這般說了，瓜爾佳氏只得道：「明明是皇后害死了三阿哥，可她不只毫髮無損，還在皇上面前占盡了便宜，實在是令人氣憤，所以我便尋思著可有別的法子可以治一治皇后。」

溫如言眸光一盛，緊接著道：「難道今日年氏像發瘋一樣地要殺皇后，就是妳動的手腳？」

瓜爾佳氏彈指一笑，嫣然道：「年氏最在意的無非就是弘晟，任何關係到弘晟的事情，都足以讓她失去所有冷靜。」

「話雖如此，可是妳們怎麼證明弘晟就是皇后所害？如今可是連柳華都死了，再沒有任何證據可以證明與皇后有關，單憑妳一面之詞，年氏不是蠢人，不會相信，更不會由著咱們將她當槍使。」溫如言邊說邊搖頭。

瓜爾佳氏臉上的笑意為之一深，緩緩道：「咱們說，她當然不信，但若是弘晟說呢？」

「三阿哥？」溫如傾面色怪異地道：「三阿哥已經死了，她如何告訴年貴妃？娘娘的話讓臣妾好不明白。」

「人死後，魂留陽間七七四十九日，為的就是再看一眼家人，再敘一次天倫之樂。所以，如傾，妳告訴本宮，三阿哥為什麼不可以告訴年貴妃？」這一次，說話的是凌若。

「啊！」溫如傾驚呼一聲，隨即緊緊捂住嘴巴，眸中透出難言的驚恐，好一會兒才結巴地道：「難道……難道……三阿哥的鬼魂出現了？」這般說著，溫如傾不住地看著身後，深怕弘晟的鬼魂會突然出現在旁邊。

溫如言也是驚駭莫名。「難道真是三阿哥的鬼魂來報信了？」話音剛落，她便再次搖頭，抬目道：「不對，就算三阿哥真的回來給年氏報信，妳們又從何知曉，除非……」

「除非這本身就是一個局。」瓜爾佳氏接過話，輕笑著道：「姊姊猜得不錯，確是我們布下的一個局。既然世人皆信鬼神之說，那麼就讓鬼神現身說話。」

昨夜，瓜爾佳氏命身形、高矮皆與死去的弘晟相仿的心腹太監小呈子扮成鬼的樣子，化過妝後乍一看確實很容易認錯；再說，誰又敢仔細盯著「鬼」瞧。

趁著翊坤宮上下疏忽的時候，小呈子翻牆入內，隨身帶著一根燐棒，待潛到年氏屋外時，伺機讓綠意看見。

燐棒燃起，發出慘綠的光芒，襯得小呈子真的像鬼一樣，綠意猝不及防之下，被嚇得不輕。

但是，假的終歸只是假的，萬不能讓人細看，所以小呈子在嚇了綠意後便立刻熄了燐棒，隱入樹後。

之後，年氏果然不出所料地以為是弘晟魂歸，奔到了院中，最後聽到了指認皇后為凶手的那番話。

溫如言不解地道：「年氏沒聽出說話的人不是弘晟嗎？再說，小呈子隱在翊坤宮中，很容易被年氏透過說話的聲音，發現他站的地方。」

溫如傾在一旁不住點頭。「是啊，娘娘，妳們這樣做太過冒險了，一旦被年氏看出問題來，可是麻煩了。」

「她不會看出問題來的，因為說話的並不是小㱏子，而是另有其人，而且她絕對尋不到聲音的來源。」說到這裡，瓜爾佳氏瞥了凌若一眼，笑道：「這個就是若兒的主意了，也真虧她能想得出那麼刁鑽的法子。」

迎著溫如言不解的目光，凌若怡然道：「我讓人在翊坤宮不起眼的隱蔽處鑿兩個洞，然後趁夜間無人，命人學著三阿哥的聲音在兩個洞之間來回說話，如此一來，既可以將聲音傳入翊坤宮，又讓年氏尋不到聲音的源頭。而聲音飄忽不定，也正符合了鬼魂的特性，讓年氏更加確信是三阿哥的鬼魂回來了。」

溫如言露出恍然之色，同時覺得無比解恨，頷首道：「雖說借三阿哥魂歸之名設局讓年氏鑽算不得厚道，可是與年氏以前對咱們做的事相比，不過是小巫見大巫罷了。只可惜，她沒有將那拉氏殺死，否則……咱們什麼仇怨都報了。」

說到此處，溫如言驟然將目光轉向溫如傾，冷聲道：「如傾，妳是怎麼一回事，為何要阻止年氏，難不成妳並不是做內應，而是真的投靠了皇后嗎？」

溫如言的話太過嚴厲，使得溫如傾愣了好半天才回過神來，下一刻，她已經跟被踩了尾巴的貓一樣跳起來。

「姊姊，妳說什麼，我又不是瘋了，怎麼會背棄妳去投靠皇后？還是說，妳根本就不相信我？」她越說越氣，到後面更是直接站起來冷笑道：「若姊姊真懷疑我的話，那麼我再待在這裡也沒意思！」她一邊說著一邊朝溫如言行了一禮，語氣僵硬地道：「幾位娘娘慢慢說話，臣妾先行告退。」

見她真的要走，溫如言趕緊拉住她，跺腳道：「妳這丫頭，怎麼回事，我不過說了妳兩句，妳便要起脾氣來了？」

第八百四十八章　回敬

這一會兒工夫，溫如傾眼睛已經紅了起來，盯著溫如言，哽咽道：「姊姊說如傾什麼都可以，哪怕是打罵也行，唯獨不可以懷疑如傾，因為我們是嫡親姊妹，而妳，更是我在宮中唯一的親人。」說到最後，淚水愴然落下，晶瑩的淚珠似帶著無盡的傷心與委屈。

聽得她這麼說，溫如言頓時覺得自己剛才過火了，緩聲道：「姊姊又沒有說懷疑妳，只是隨口一說罷了，偏妳還當真。妳是我親妹妹，難道我還會信不過妳嗎？好了，莫哭了，再哭下去，臉上的妝都要花了呢。」

「真的不懷疑嗎？」溫如傾淚眼婆娑地看著溫如言。

溫如言哪會說半個「不」字，攬著她的肩膀道：「嗯，姊姊相信妳，只是剛才到底是怎麼一回事，妳也得與姊姊說清楚。皇后作惡多端，死不足惜，妳為何要救她呢？」

「我……我不知道。」溫如傾低頭絞著帕子，輕聲道：「我只是看到年氏發瘋要殺人的樣子很可怕，當時什麼都沒想，只是覺得不能讓她做出這種事來，才把茶盞扔出去。等回過神來後，我才知道自己竟然救了皇后，心裡不知有多後悔。」

溫如言連連搖頭，萬分可惜地道：「妳啊，誰不好救，偏偏去救皇后。現在好了，讓她撿回一條命，以後不知又該生出什麼事來，真是想著都不省心。」

「我也不想的，可是當時真的被嚇傻了。」溫如傾撇著嘴，一臉委屈。

看她這個樣子，溫如言也頗為不忍心。

這個時候，凌若站起來，攬過溫如傾道：「好了，姊姊，別怪如傾了，看妳都把她說哭了。這一切都是命數，上天註定皇后命不該絕，註定她還要糾纏我們。」

溫如傾睜著一雙微微往上揚的眼睛，激動地道：「娘娘，您相信臣妾嗎？」

「傻丫頭。」凌若撫著她的背，和顏悅色地道：「妳是溫姊姊的妹妹，也就是本宮的妹妹，本宮豈有不信之理。」

這一句話，說得溫如傾感動不已，就著凌若的手撲到她懷中，撒嬌似地道：「娘娘您真好！」

瓜爾佳氏適時地道：「事已至此，多說無益，雖說皇后這次沒死，但挨了一刀，又流了那麼多血，少不得要在床上躺好一陣子，至少這陣子咱們可以喘口氣了。至於以後的事，慢慢再想就是了。」

「也只能這樣了。」溫如言無奈地說了一句。各自重新落座後，她又道：「年氏今日鬧出這麼大的事來，不知皇上會如何處置她。」

「如何處置我不知道，不過宮中斷然不會再有年貴妃此人。」瓜爾佳氏肯定地說著，旋即更道：「其實皇上對年氏一直沒有多少情意，這些年來，年氏之所以得聖寵，不過是皇上看在年羹堯與年家的面子上罷了。如今年羹堯明為調職，實為貶斥，年家已然勢不如前，皇上不可能輕饒了她，唯一值得猜測的，不過是皇上會廢她位分還是直接賜死。」

她話音剛落，凌若已經接上話，略有些冰涼地道：「三阿哥剛薨不久，看在三阿哥的面上，皇上不會賜死年氏的，應該會廢位分打入冷宮。」

溫如言尋思了一陣子，也覺得會是這個結局，帶著幾分不甘道：「若真是這樣倒是便宜她了，僅僅是她派人追殺若兒一事，便死不足惜。」

凌若看了一眼外面被風吹得飛在半空中的樹葉，沉聲道：「也許活著對年氏來說才是最可怕的事，因為她要在冷宮中度過無數個沒有期盼的日夜，並且……要親眼看著年家倒臺。只要她還有一口氣，孤寂無望這四個字就會一直陪伴在她身邊，讓她為自己所犯的錯贖罪。」

溫如言想想也是。人一旦死了，便什麼痛楚都沒有了，倒有些像是解脫，確實不如活著贖罪來得更好。

如此又說了一陣子話後，溫如言因宮中尚有事，先行離開，溫如傾自然緊跟著她。

目送她們兩人離開後，瓜爾佳氏望著凌若道：「妹妹，妳將咱們所有計畫都告訴了如傾，剛才還一味幫著她說話，妳究竟在打什麼主意。莫要告訴我，妳對如傾已經沒有了疑心。」

凌若依舊看著溫氏姊妹離開的方向，聲音自那張微啟的朱脣間逸出：「今日，姊姊請我看了一場好戲，那麼今夜，我也回敬姊姊一場好戲。」

瓜爾佳氏越聽越不明白，問：「是什麼？」

「姊姊到時候就知道了。不過這場戲……」她終於回過頭來，帶著令瓜爾佳氏不解的哀切道：「我只盼它永遠不要上演，否則便太傷溫姊姊了。」

第八百四十九章　廢位

胤禛到了翊坤宮，剛一進宮門便聽到裡面傳來年氏大喊大叫的聲音，進去後只見幾個宮人強行將她按在椅中，不讓她起身。

看到胤禛進來，年氏像是被人點了啞穴一樣，聲音戛然而止，只是一臉複雜地看著緩步走近的皇帝。

在胤禛的示意下，所有宮人包括四喜在內都退出了正殿；而隨著殿門的關閉，年氏亦扶著椅子站起來，直視胤禛道：「皇上是來問臣妾的罪對嗎？」

胤禛漠然道：「妳行刺皇后，罪自然要問，不過朕更想知道，妳為什麼要這麼做，又為什麼認定皇后就是害死弘晟的幕後凶手。」

一說到這個，年氏臉龐頓時變得猙獰，死死握緊了雙手道：「這是弘晟親口告訴臣妾的，他說是皇后引誘他喝用露水泡的茶，也是皇后主使柳華害死了他！臣妾之所以行刺皇后，不過是給弘晟報仇罷了。要說罪，皇后才是真的有罪！」

胤禛沉聲問：「弘晟已經死了，他又如何告訴妳？」

「是啊，弘晟已經死了。」年氏喃喃說了一句，下一刻，茫然的神色化為深切的恨意，一字一句道：「可惜天網恢恢，疏而不漏，弘晟死了，他的魂卻還在。昨夜，就是他魂歸來告訴臣妾這些，一切都是皇后所為，她才是這個宮中最罪大惡極、最該千刀萬剮的人！」

胤禛初時還認真聽著，可到後面發現年氏越說越離譜，眉頭不由得皺起來，待她說完後，帶著難以置信的神色道：「妳說妳見到弘晟的鬼魂了？」

「是！」年氏極為肯定地回答，隨即又傷感地道：「若不能殺了皇后，弘晟便不能入輪迴之道，只能永遠做一個孤魂野鬼。臣妾是他額娘，怎忍心看他連死了都要被皇后迫害，所以臣妾一定要殺了她！一定要殺了她！」說到最後一句，年氏雙目驟然紅了起來，閃爍著令人心寒意的恨意。

「胡言亂語！」胤禛的耐心已經到了極限，神色冰冷。「原本他們說妳得了失心瘋，朕還不信，現在卻是由不得朕不信了。」

「我沒瘋，相反的，我清醒得很！」年氏連「臣妾」的自稱都不用了，用力地揮著雙手，厲聲道：「我真的見到弘晟了，所有的話都是他告訴我的，皇后該殺！該殺！」

胤禛搖頭道：「她該不該殺，不是妳年素言說了算的。」

「她就是該死！」年氏聲音一頓，恨意又深了幾分。「皇上，您可知十幾年前福宜是怎麼死的？就是被皇后這個賤人害死的！她害了我一個兒子不夠，又來害第二個！她害了我兩個兒子，我不殺她，如何能消心頭之恨！」說到這裡，她突然笑了起來，恨聲道：「這一次沒能殺了她，不過下一次，下一次我一定會殺了這個賤人，為我兩個兒子報仇雪恨！」

「皇后不是這樣的人！」胤禛看著神色瘋狂的年氏，對於她的話根本不信。弘晟也就算了，如今還將福宜牽扯進來，明明福宜是患怪病死的，怎能怪到皇后頭上。

年氏眸中露出深重的痛苦，仰頭看著胤禛。「事到如今，皇上還要包庇那個賤人嗎？」

胤禛冷冷看著她道：「妳口中的賤人，是朕的皇后！」

「她就是一個賤人，一個又老又惡毒的賤人！」年氏聽出胤禛不喜，只是不喜又如何，她早已什麼都不在乎。

「妳當真是瘋了。」胤禛失了再與年氏說下去的耐心，揚聲喚進四喜，面無表情地道：「傳朕旨意，貴妃年氏行刺皇后，本該賜死，姑念其近期喪子，憶子成狂，雖法理不能恕，但情由可原。著自即日起，廢除年氏貴妃之位，收回金冊、金寶，並即刻脫去貴妃服飾，打入冷宮，禁其一生！」

「奴才領旨。」四喜垂目而應。

年氏初時尚無反應，待看到四喜要來褪她貴妃服飾時，頓時再次激動起來，厲聲朝四喜道：「你敢！」
四喜被她猙獰的表情嚇住，一時不敢近前；而年氏則朝胤禛大喊：「我明明沒犯錯，為何要廢我位分，打我入冷宮？」
胤禛不帶任何感情地道：「妳行刺皇后是為大錯，在朕面前咆哮無禮同樣是大錯，不論任何一條，朕都有足夠的理由廢妳入冷宮。」
若年氏還有一絲理智，她應該趕緊跪下脫簪求饒，可是沒有……又或者說早在弘晟死的時候，她就已經失去了所有理智，而胤禛的話無疑不能入她耳。
「我行刺她是因為她害死我兒子，理應償命；我在你面前咆哮無禮，是因為你不信我，一味包庇皇后那個賤人！」
「證據呢？妳有什麼證據證明就是皇后所為？」他問。
這句話像是觸怒了年氏，尖聲道：「弘晟親口告訴我就是最好的證據！」
胤禛冷然道：「若這世間真有鬼魂就不需要州府斷案，只需要鬼魂將害死自己的凶手報上名來即可。若這就是妳所謂的證據，那麼朕沒必要再浪費時間聽下去。」
在年氏與那拉氏之間，胤禛無疑更相信後者，更不要說年氏現在這樣罔顧所有的言行只會讓他更加反感，示意四喜動手。
不等四喜近前，年氏已咆哮道：「大膽奴才，你敢動手，本宮便切了你的手指！本宮是貴妃，誰都不可以廢本宮的位分！」她用力擁緊身上的衣物，彷彿只要衣物不被除去，她就還是那個高高在上的貴妃娘娘，連皇后也無須放在眼中。

只可惜，貴妃與冷宮，全在胤禛的喜怒之間，哪怕以前還顧忌其他的，如今也徹底沒有了。年羹堯已經成了掌心中的泥鰍，再也翻不出什麼花樣來。

見四喜一副無從下手的樣子，胤禛眉心一皺，道：「去將其他人一併叫進來，除下她貴妃服飾，打入冷宮！」

年氏一聽，激動地搖著頭。「不！你不可以這麼狠心，我是你親封的貴妃，你不可以就這麼廢了我，不可以！」

年氏雖掙扎不休，但她一個女子又如何抵得過四、五個太監，那一身代表貴妃等級的服飾被生生剝了下來。

第八百五十章　趁夜

這樣的羞辱對年氏來說，比殺她還要難過，絕望地尖叫：「胤禛，我是你親封的貴妃，你不能這麼做！」

四喜面色一變，忙喝道：「大膽年氏，竟敢直呼皇上名諱，妳可知這是死罪！」

「死罪？」年氏陡然笑了起來，帶著無比淒然之色道：「他如今對我所做的一切，比死罪又好得了多少！」

胤禛看著神色癲狂近乎崩潰的年氏，道：「朕既能封妳，自然也能廢妳。朕知道妳心裡怨，但要怪便怪妳自己做得太過分，朕就算再想容妳也不成。以後妳身在冷宮，沒人會打擾妳，好生靜思己過。」

「我沒有錯，為什麼要思過！」年氏用力掙扎著，想要擺脫太監的束縛。「錯的那個人是你！我已經失去了兒子，你卻還要不分青紅皂白地廢我位分，打我入冷宮！胤禛，你早晚會有後悔的那一日！」

年氏死不悔改的態度，早已令得胤禛厭煩至極，負手背過身去。

看到這個動作，四喜焉有不明白之理，朝那幾個太監揮一揮手道：「去，把年氏帶到冷宮去！」

「不！我不去！我不去！」年氏不住地搖頭，她尖利的聲音令人忍不住想要捂耳朵。「我是這大清後宮唯一的貴妃娘娘，除了翊坤宮，我哪裡都不會去！」

胤禛背對著她，漠然道：「由不得妳不去。四喜，帶下去，不要讓朕再說第二遍！」

「嗻！」四喜趕緊垂首答應，隨即對那幾個太監道：「都耳聾了，沒聽到皇上的話嗎？她已經不是貴妃了，趕緊帶去冷宮！」

這一次，年氏被強行拉下去，在經過門檻時，她死命抓住門框不肯離去，嘴裡不住大叫：「胤禛，我不去，你聽到沒有，我不去啊！我是你的貴妃，只有翊坤宮才是我該待的地方！」說到後面，一直強忍的淚水終於奪眶而出，不只是因為對未來的害怕、惶恐，也因為胤禛的無情。

年氏手指死命地抓著門框，哪怕是被人扳得像是要折斷一樣的疼也不肯放開。因為年氏心裡明白，一旦離開，此生她都不可能再回來，亦不可能再見胤禛。

可是，她再怎樣不願、不甘心，也終歸抵不過加諸在手指上的力道。甚至於，有一隻手指的指甲被生生折斷，指甲縫中流出鮮紅的血。

十指連心的疼痛，令年氏整張臉都扭曲變形，縱然她雙腿亂蹬，也改變不了被帶下去的結局。

在漸行漸遠中，年氏用盡最後的力氣大聲喊：「胤禛，你這樣信任奸佞，終有一日會後悔！還有那拉氏那個賤人，我活著便罷，若死了，一定來向她索命，將她的肉一塊塊啃下來，讓她生不如死！哈哈哈！」

聽著年氏瘋狂的笑聲，胤禛閉目不語。年氏是真的瘋了，否則怎會變得這般瘋狂，甚至連啃食人肉的話都說出來了。

弘晟……唉，如果他沒死，一切都會不一樣。可惜這世間從沒有「如果」二字，弘晟死了，年氏亦瘋了，瘋得言行無狀，連殺人的事都能做得出來。還好這次蓮意沒有大礙，否則，他就算想看在死去的弘晟面上饒年氏一命也不行了。

年氏……年家他是一定要除的，年羹堯亦是一定要殺的。至於年氏……就讓她在冷宮中終老吧；也算還了她這二十幾年來的陪伴。

夜間，坤寧宮傳來消息，被年氏刺傷的皇后醒轉，雖暫時不能起身，但神智已經清醒，只需靜養即可。

溫如言向來習慣早睡，是以延禧宮主殿的燈早早便熄了，只有溫如傾所住的小院中燭光尚且亮著，直至三更過後，方才熄了燭火，想是也歇下了。

夜色越發濃重，有軟底繡鞋踩過草叢，驚得夏蟲四處跳開，唯恐被踩丟了性命，不過原本有序的鳴叫聲卻是被打亂了。

腳步在踩過草叢時沒有一刻停留，快速地穿越而過，逕自來到延禧宮後門，夜色中隱約可以看見兩道人影。到了後門，其中一道人影上前將門打開，待走出去後，又悄無聲息地將門掩起。

這兩道人影在出了延禧宮後，便逕自往坤寧宮行去。在這樣漆黑的夜色中，竟然沒有點任何燈，全憑著四周微弱的光芒辨路。

「哎唷。」其中一人似乎不小心踩到尖石，發出痛呼聲，另一個人忙迎上來扶住她。

「主子，可是弄傷了腳？要不奴婢幫您看看？」聽聲音是個年輕女子。

人影蹲下來揉了揉腳踝，好聽的女子聲音自夜色中傳出：「正事要緊，我不過是一點小傷罷了，不礙事，飄香妳扶著我一些就是了。」

見她這樣說了，被稱為飄香的女子只得扶了她，繼續往坤寧宮走；可是這一次只走了幾步便停住了，因為有人擋在她們不遠處，且還不只一人。

飄香謹慎地停下來，湊在女子耳邊小聲道：「主子，前面有人呢！」

「這個時候哪裡來的人？」女子輕聲嘀咕了一句後，道：「他們看到咱們了嗎？」

第八百五十一章　馬腳

「咱們沒點燈，應該沒有。」在說這句話時，飄香不太確定，只是前面的人影一直沒動，應該是沒發現吧。

女子壓低了聲音道：「既然如此，那咱們繞過去吧。小心些，別驚動了他們。」

飄香點點頭，剛要動身，前面突然傳來一個淡淡的聲音——

「溫貴人這麼晚了是要去哪裡啊？」

就在這個聲音傳來時，前方突然亮了起來，刺眼的光芒令女子與飄香不由自主地閉上眼睛，難以直視。

過了好一會兒，才總算適應了突如其來的光芒，然下一刻，女子的臉色便變得極為難看。

飄香不是旁人的宮女，乃是溫如傾身邊的人，那麼可想而知，她嘴裡的主子除了溫如傾還會有誰。

凌若神色漠然地看著面色不停變化的溫如傾。她帶著人在這裡等了半夜，終於等到了要等的那個人，也終於證實了她的懷疑。

那廂，溫如傾壓下心裡的震驚，改為一臉茫然、奇怪的樣子。「熹妃娘娘，您怎麼在這裡啊？」

凌若似笑非笑地看著她。「溫貴人不是也在這裡嗎？難道溫貴人能來，本宮便不能來嗎？」

溫如傾一聽，連連搖手道：「臣妾不是這個意思，只是娘娘這麼晚了來此處，又不曾點燈，所以臣妾覺得有些奇怪。」

凌若笑而不答，手指撫過耳下的翡翠墜子，道：「本宮睡不著，所以四處走走，燈一時忘了點。那麼溫貴人呢？妳又為什麼半夜不在屋中歇息，而是跑出延禧宮，難道也與本宮一樣睡不著嗎？」

溫如傾心中緊張得不行，熹妃出現在這裡，讓她有不好的預感，但是卻不敢將之露在臉上，反而一臉嬌憨地道：「嗯，臣妾躺了許久一直都睡不著，便讓飄香陪著一道出來走走，哪知這麼巧地遇上娘娘。既然都睡不著，不如臣妾陪娘娘散步？」說到此處，她皺了一下柳葉般的雙眉，道：「娘娘今夜好生奇怪，一直叫臣妾溫貴人，讓臣妾聽著好不習慣，臣妾還是喜歡娘娘喚臣妾名字。」

「只要知道本宮喚的人是溫貴人便行了，何必去計較一個稱呼。」這般說了一句，凌若盯著她的雙眼道：「本宮倒是喜歡溫貴人陪同，只是怕會耽誤了溫貴人的正事，若是這樣，那本宮豈非罪大惡極了。」

溫如傾心中一跳，隱約覺得凌若似乎知道了什麼，強自鎮定道：「娘娘說笑了，這個時候臣妾哪會有什麼事。」

「是嗎？」凌若輕瞥了她一眼，回頭遠遠看了一眼遠處的坤寧宮，漠然道：「溫貴人不是要趕著去坤寧宮，告訴皇后關於年氏行刺的事嗎？」

在凌若輕描淡寫的話語中，溫如傾臉色瞬間變得煞白，在宮燈下沒有一絲血色，連嘴唇也是這般。

「怎麼，說不出話來了嗎？」凌若取過楊海手裡的宮燈，漫步來到溫如傾面前，仔仔細細地打量她，一字一句道：「本宮真是沒想到，溫姊姊的妹妹，竟然會是這樣一個心機深重的人。溫如傾，妳真有本事，不只瞞過了妳姊姊，也瞞過了本宮與所有人。」

怎麼會這樣，熹妃怎麼會突然懷疑起自己來？明明日間她還很信任自己，甚至連用計讓年氏以為三阿哥魂歸，從而行刺皇后的計都說了出來……想到這裡，溫如傾似乎明白了什麼，目光驟然凌厲起來。

「您是在試我？」

看著那雙嫵媚而凌厲的眼眸，凌若帶著幾分諷刺的笑容道：「終於不裝了嗎？溫貴人！」她刻意咬重最後三個字，溫如傾的臉色由白轉青，變得越發難看。

許久，她終於咬著唇道：「您是從什麼時候開始懷疑我的？」

事到如今，已沒有了再隱瞞的必要，凌若緩緩道：「從妳第一次幫皇后套斬太醫話開始，本宮便疑心妳並非表面所見的那般簡單，哪怕妳之後說是為了去皇后身邊做內應，才故意這麼做，本宮也未曾再相信妳。因為本宮認識的溫如傾，絕不會有這份急智與心思，除非……本宮所見的，根本就是一個假的溫如傾，那麼，一切便都合乎情理了。而日間，妳用茶盞砸年氏，讓皇后逃過一劫，就更證實了本宮的懷疑。溫貴人，本宮說得對嗎？」

溫如傾突然輕輕一笑，斂袖垂首道：「熹妃娘娘的心思真是細膩縝密，臣妾甘拜下風。沒想到，今日您在咸福宮中說的那些話，都是為了試臣妾，看臣妾會不會去告訴皇后吧？」

「若不如此，妳又怎麼會露出馬腳。妳從來就不是去皇后身邊做內應，而是真的投靠了她。」一縷厭惡在凌若眼中掠過。「溫貴人，妳可真是令本宮意外，只是這樣做，對妳又有什麼好處，難道皇后待妳會比溫姊姊待妳更好嗎？」

溫如傾想也不想便搖頭道：「這個自然不可能。」

凌若盯著她道：「總算妳還知道好壞，既如此，妳為何要背叛溫姊姊，她一直都那樣信妳。」

溫如傾嗤笑一聲道：「姊姊信我不假，可是我想要的東西，她卻沒辦法給我，所以我便只有對不起她了。我知道皇后不簡單，也知道她心狠手辣，可是她可以給我想要的，我投靠她有什麼不對？」

凌若眸中浮上一縷氣憤之色，抬高了幾分聲音道：「溫姊姊是妳的嫡親姊姊，妳背叛她的信任，還好意思在這裡大言不慚？」

「嫡親姊姊又怎樣？」溫如傾不只沒有一絲內疚，甚至還反問凌若：「不就是有那麼一絲血緣關係嗎？呵，我出生的時候，她已經入宮了，十幾年根本沒有見過，連她長什麼樣子都不知道，直至快要入宮時，才見了第一次見面。從一開始，她就不想我入宮，若非我堅持，如今哪還能站在這裡。」

第八百五十二章　後宮之路

看著此刻的溫如傾，凌若彷彿看到了以前的伊蘭。「溫姊姊不讓妳入宮，全是為了妳好。」

「為我好？」溫如傾臉上的諷意更深了。「她知道我想要什麼嗎？知道我從小到大一直以來的願望是什麼嗎？她根本什麼都不知道，只是自以為是地用她那些頑固陳舊的思想來束縛我，簡直就是可笑至極。」

凌若盯著她，緩緩點頭道：「妳的願望就是入宮成為皇帝的女人，繼而成為權傾後宮的寵妃對嗎？」

溫如傾的表情已經告訴了凌若一切。恩寵、權力才是她真正想要的東西，至於姊妹，那不過是她往上爬的跳板罷了，根本沒有一絲真情在裡頭。

凌若緩緩道：「溫如傾，後宮之路，沒有妳以為的那麼好走，更不要以為所有人都不如妳聰明。」

溫如傾揚眸一笑，帶著無盡的嫵媚之意道：「多謝熹妃娘娘關心，不過臣妾從來不覺得自己聰明，只是有些人太過愚蠢。譬如說臣妾那位好姊姊，居然會相信臣妾是為了陪伴她才入宮的。」

看她肆意玩弄著溫如言的信任，甚至於將其當成一個笑話，莫說是淩若，就是水秀等人也是為之氣結，忍不住道：「溫貴人莫要太過得意，小心有朝一日陰溝裡翻船！」

溫如傾不以為意地笑笑。「多謝水秀姑姑提醒，我一定會很小心地，不讓妳看到那麼一日。」

淩若抬手示意水秀住口，自己則道：「其實本宮不明白，就算今日皇后死了，對妳也沒有什麼害處，妳為何要救她？」

溫如傾眼波流轉，嫵媚之意無處不在。「娘娘真的想知道嗎？臣妾就怕您知道了，心裡反而不舒服。」

淩若一眨不眨地盯著她道：「是，本宮真的很好奇，還請溫貴人告知。」皇后一死，后位便空了出來，對於一門心思想要權勢的溫如傾來說，還有什麼比后位更好的呢？

溫如傾輕點著已經恢復血色的朱唇，啟聲道：「皇后死了，年氏被廢了，闔宮上下，還有誰能制約您熹妃娘娘呢？」

她看得很明白，想要成為寵冠後宮的妃子，第一個要剷除的人就是熹妃，因為她一人霸占了太多的恩寵。從溫如言口中，她已經知道了所有事，也知道熹妃是大清唯一一位從大清門回宮的妃子。

而要想剷除熹妃，靠她一個人明顯是不可能的，皇后無疑是最好的人選，所以在熹妃倒臺之前，皇后絕對不能死。

凌若沒想到會聽到這麼一個答案，在驚訝的同時道：「這麼說來，皇后今日撿回一條命，還是本宮的緣故了？」

「可以這麼說。」溫如傾這般說了一句，又故作關心地道：「臣妾都說了娘娘知道後心裡會不舒服，娘娘偏還要逼著臣妾說。」

凌若冷笑一聲道：「溫貴人真是體諒本宮，放心，這麼一點兒小事，本宮還承受得起。與其擔心這些，溫貴人倒不若好好擔心一下自己。」

「擔心什麼？」剛問了一句，溫如傾便似明白過來，掩脣笑道：「娘娘可是想將今夜的事告訴姊姊？沒用的，我才是她親妹妹，不管您說什麼，她都不會相信您的。」

「那咱們便走著瞧吧。」扔下這句，凌若逕自越過她往延禧宮行去。

「您要去做什麼？」溫如傾心中一緊，忙攔在凌若面前。

凌若淡淡地掃了她一眼，道：「溫貴人這麼緊張做什麼，妳不是說惠妃不會相信本宮的話嗎？」

「您！」溫如傾被她將了一軍，一時不知該怎麼接下去。她不過是嘴上說得強硬，實際上還是有些心虛。畢竟她如今根基尚淺，許多地方都要倚仗溫如言，一旦與之翻臉，自己必然吃虧。

妃與貴人，看似只差了兩級，但實際上的差距卻猶如天壤之別，所以，後宮中可能會有許多正五品的貴人，卻絕不可能有許多正三品的妃子；而能從貴人一路升遷至妃子的人，也絕不會有太多。

飄香手足無措地對溫如傾道：「主子，咱們該怎麼辦？難道由著熹妃娘娘將事情告訴惠妃嗎？」

溫如傾不語，只是神色陰冷地盯著凌若的背影。

就在凌若命楊海上前準備敲宮時，她忽的快步奔過來，一邊跑一邊將身上的環簪都摘下來，隨手扔在地上，並且趕在楊海之前，用力拍在宮門上，用驚慌失措的口氣道：「開門！快開門！」

守夜的宮人聽到她的聲音，趕緊打開宮門，不等他說話，溫如傾已經疾步往正殿奔去，看得宮人一陣發愣，不明白本該在屋中歇息的溫貴人怎麼從外面跑進來。待回過神來後，他發現凌若站在宮門口，趕緊跪下行禮。凌若看也不看他，領著楊海等人往正殿行去。

溫如傾進了正殿後，直奔溫如言所在的後寢殿，然後撲到剛剛被驚醒的溫如言身上，大哭不止，一邊哭還一邊道：「姊姊，嗚……這次妳一定要替我做主。」

溫如言被她哭得莫名其妙，趕緊摟了她，安慰道：「怎麼了，這半夜三更的怎麼跑到我這裡哭了起來？」
在耳房中歇息的素雲亦聽到動靜，連忙披衣過來，她比溫如言更先看到站在門邊的凌若，唬了一大跳，趕緊欠身道：「奴婢給熹妃娘娘請安，娘娘萬福。」
「掌燈吧，本宮有話要與妳家主子說。」
聽得她吩咐，素雲不敢怠慢，趕緊將熄滅的燭火一一點亮。
「妹妹，妳怎麼也過來了？」溫如言驚訝地看著凌若。

第八百五十三章　顛倒黑白

「姊姊……」凌若剛說了兩個字，便被溫如傾截了話。

溫如傾大聲泣道：「姊姊，熹妃娘娘她不信我，疑我故意幫皇后避過年氏的刺殺，所以趁著妳歇下了，便要強行帶我去承乾宮，動用私刑拷問。」

凌若怎麼也沒想到，在這片刻的時間裡，溫如傾竟然編出一套謊言來，這番急智可真是讓人佩服不已。

溫如言吃驚之餘只覺得荒謬不已，撫著哭得喘不過氣來的溫如傾道：「如傾，妳是不是作惡夢了，熹妃向來視妳為親妹妹，怎會這樣待妳？日間她不是還幫妳說話了嗎？」

溫如傾淚眼婆娑地道：「姊姊，我又不是小孩子，怎會連夢與現實都分不清，而且如果真的是夢，熹妃又怎麼會在這裡？」

她這個問題倒還真的把溫如言難住了，下意識地看向凌若。「妹妹，妳說吧，究竟出了什麼事，如傾怎會說出這樣的話來。」

凌若來此本就是為了告訴溫如言真相，自不會有所隱瞞。「姊姊，妳我都被溫如傾給騙了。什麼胸無城府、天真可愛，那都是她裝出來騙人的，實際上她的心機比誰都深。」

這才說了幾句，溫如言便不高興了，就著素雲的手披了衣裳道：「妹妹，我是問妳和如傾怎麼會來這裡，妳無端說這些做什麼。如傾性子怎樣，我比任何人都清楚，一向是有什麼說什麼，何來心機二字。」

凌若知曉想讓溫如言接受此事不易，遂緩了口氣道：「姊姊，我知妳不願疑她，可此事是我親眼所見，難道還會騙妳嗎？」

溫如言曉得凌若的性子，不是無的放矢之人，何況她還說了「親眼所見」四個字，思忖了一下道：「那妳說，我聽著。」

溫如傾心中大慌，哭得更加傷心了，哀聲道：「姊姊，我是妳親妹妹，難道妳寧願相信一個外人的話也不相信我嗎？」

溫如言被她哭得難過，拍一拍她的背道：「妳且莫哭，若是熹妃冤枉妳，我定替妳討個說法。」

在她安靜下來後，溫如言再次道：「好了，妹妹說吧，不過我希望妹妹接下來所說的每一個字、每一句話都是事實。」

凌若頷首之後道：「溫貴人說她是一時失手才會救了皇后，這個說法實在令人難以相信，所以今日在雲姊姊那裡時，我故意將年氏行刺皇后的原因說出來，為的就是看她是否去報信。」

雖然對凌若設計試探溫如傾的事有些不高興，但此刻溫如言更關心後面的事。「結果呢？」

楊海搶先道：「結果就是溫貴人準備去向皇后報信的時候，被事先帶著奴才們守在延禧宮外的主子抓了個正著。」

溫如言臉色劇變，不敢相信聽到的話。

凌若苦口婆心地道：「姊姊，若她真的只是假意投誠皇后，又為何連夜去坤寧宮告訴皇后這件事？她根本不是假意投誠，而是真的投靠了皇后。」

「如傾，妳……」溫如言渾身如遭雷擊，低頭不敢置信地盯著還在哭個不停的溫如傾。

溫如傾矢口否認：「姊姊我沒有，妳別聽她胡說！熹妃嫉我年少得寵，又有姊姊百般愛護，所以便想挑撥妳我姊妹之間的感情。」

見她們各執一詞，溫如言一時心亂如麻。一邊是自己的嫡親妹妹，一邊是結識二十年的好姊妹，她到底該信哪邊才好？

看著溫如傾在那裡顛倒黑白，凌若心寒不已。年紀輕輕便有這樣深的機心與城府，真是不簡單，不過她今夜絕不會讓溫如傾再蒙混過關，定要讓姊姊看清這個所謂親妹妹的真面目。「本宮若胡說，妳為何會在延禧宮外被本宮抓了個正著？」

溫如傾知道溫如言此刻已經起了疑心，一旦自己露出任何膽怯、心虛之意，就等於坐實熹妃的話，所以她小心地將害怕掩在面皮下，做出一臉悲憤的樣子。「我沒有，全部都是熹妃的謊言！是她帶人闖進我院中，說我與皇后勾結，吃裡扒外，不由分說地要將我帶去承乾宮，要不是我掙脫了人跑回來，只怕以後都看不到姊姊了。」

看著溫如傾滿口謊言的無恥樣子，水秀氣不打一處來，脫口道：「您被主子堵在外頭是咱們這麼多雙眼睛都看到的！」

溫如傾抹了把淚道：「妳們是熹妃的宮人，自然是幫著她說話。」說到這裡，她轉過頭對縮在門邊的飄香道：「飄香，妳是親眼看到的，妳告訴惠妃，事實是怎麼樣的？」

飄香抬頭，在接觸到溫如傾陰冷的目光時，心頭猛地一跳，忙跪下道：「啟稟惠妃娘娘，真的是熹妃娘娘帶人闖進貴人房中，要帶走貴人，貴人不從，他們就用強的，為此貴人手都被抓紅了。」

溫如傾對飄香的話很滿意，見溫如言已經有所動搖，她狠一狠心，藉著衣袖的遮擋狠狠掐著自己的手臂，將原本如白璧無瑕的胳膊掐得到處都是青紫的瘀痕，隨後捋起袖子道：「姊姊妳看，這都是熹妃命人掐出來的，她在姊姊面前一直裝得很善良，實際上比誰都心狠。嗚……姊姊，我雖只是一個貴人，但也是皇上親封的，她這樣待我，根本就連皇上都沒放在眼中，更不要說姊姊了。」

雖然溫如言不信凌若會做出這樣的事來，可溫如傾手上的傷真真切切，沒有一點兒虛假，由不得她不信。她抬頭，帶著難以抑制的痛心道：「妹妹，妳若真不信如傾，日間如實說出來就是了，為何要做這樣的事？」

凌若面色瞬間變得蒼白，顫聲道：「這麼說來，姊姊是相信她了？妳我相識二十幾年，難道我的為人妳還不清楚嗎？」

被她這麼一說，溫如言憶起兩人多年來一直相扶走到今日的情形，一時頗有感觸。「這我何嘗不知，只是如傾臂上的傷痕妳又如何解釋？」

第八百五十四章　後招

雖然溫如言沒有一口咬定凌若說謊，但這話依然深深刺痛了凌若的心。這麼些年來，溫如言從不曾疑過她，哪怕是以前她因為石秋瓷的背叛而刻意疏遠時，也依舊信任她。而如今……這一切都已經成為了過往，再也尋不回，起因……僅僅是一個溫如傾，一個相認不過一年的妹妹，真是想著都可笑。

凌若眼圈微紅，逐字逐句道：「我從沒有傷過她一分一毫，至於傷從何來，姊姊問她應該更清楚。」

「熹妃娘娘這是何意，難道說傷是我自己弄出來的嗎？」溫如傾彷彿受了極大的刺激，抬起滿是淚痕的臉，嚷道：「熹妃娘娘，我雖是一個小小的貴人，可您也不能這樣含血噴人，這些傷明明就是您命人掐出來的，竟反過來誣陷我！」

凌若厭惡地看著那張哭得梨花帶雨的臉龐，語氣生硬地道：「本宮有沒有誣陷妳，妳心裡最清楚。溫如傾，做人該適可而止，不要太過分！人在做，天在看，莫以為本宮真的奈何不了妳。」

溫如傾身子縮了一下，驚惶地道：「姊姊，我好怕！」

「不要怕，有姊姊在，沒人能傷害得了妳。」溫如言安慰了她一句後，皺眉看著凌若。兩邊都是她不想傷害的人，在猶豫了一會兒後，她委婉地道：「若兒，我相信如傾會去投靠皇后一事定然是有所誤會，既然都已經來了，不如坐下來開誠布公地說一說，當中有什麼誤會也好趁機說清楚。」

凌若眼中掠過深深的痛心，不論溫如言將話說得多委婉、多好聽，都改變不了一個事實，那就是疑心她。

溫如傾不屑的血緣關係恰恰是溫如言重視的，即便她嘴裡說得再怎麼不屑，實際上對家人視若珍寶，只是當初怕希望越高，失望越深，所以才故意那樣說；而溫如傾的出現，無疑讓溫如言寂寞已久的心為之一暖，涵煙又恰好在這個時候和親遠嫁，令得溫如言更加重視溫如傾這個唯一的親人。

殊不知，這個親人從頭到尾都是在利用她；甚至在需要的時候，她會像年氏捅那拉氏一樣，狠狠地捅上幾刀。所不同的是，年氏是為了報仇，而溫如傾是為了權力與地位。

凌若強忍著從心底泛上來的痛意，木然道：「不必了，沒有這個必要。」

溫如言還待再說，凌若已經抬手道：「姊姊不必再說了，我說的話妳不信，那麼就讓另一個人來與妳說。」

在溫如言疑惑的目光中，凌若緩緩轉過身，對站在水秀身後、一直不曾抬頭的宮女道：「雲姊姊，還請妳將剛才見到的所有事情一一告訴溫姊姊。」

「好。」

隨著這個聲音響起，溫如言的目光逐漸由疑惑變為驚訝。這是……雲悅？

在宮女抬起頭來時，這個猜想得到了肯定。

卸去嬪妃該有的妝容、簪環，改換了宮女服飾，再加上又一直低著頭，誰都沒有發現宮女竟是瓜爾佳氏所扮。

與溫如言的驚訝不同，溫如傾臉上一片慘白。她搶盡先機，在溫如言面前百般言語，為的就是讓溫如言相信自己沒有投靠皇后，也沒有踏出延禧宮；可千算萬算，唯獨沒有算到熹妃竟然將謹嬪也拉來了，有謹嬪作證，溫如言一定會相信她們，那到時候自己……該如何自處？

溫如言定一定神，道：「妹妹，妳怎麼這副打扮？」

瓜爾佳氏展袖環顧自己一身宮女打扮，帶著幾分好笑的神色道：「想不到我竟然也體會了一把做宮女的滋味，亦步亦趨跟在後面，又不許說話的滋味可是不大好受。看樣子我回去後，得對宮裡的下人好一些才是。」

抬頭，看到溫如言有些發急的神色，她微微一笑道：「是若兒讓我扮作宮女混在宮人裡頭，為的……」目光一轉，落在身子微微發顫的溫如傾臉上，慢慢道：「就是怕姊姊聽信奸人的話，將假話當作真話來聽。」

瓜爾佳氏在心裡默默嘆氣，她知道凌若是迫於無奈才叫破她的身分，凌若根本不願讓她露面，因為那意味著溫如言寧可相信溫如傾也不相信她們。

「姊姊。」瓜爾佳氏喚著臉色不大好的溫如言，緩言道：「妳真的信錯了人，我一直與若兒在一起，可以證明她沒有闖入過延禧宮，更沒有讓人抓走溫貴人。是溫貴人自己跑出去，想要偷偷給皇后報信，被我們抓了個正著。」

之後，她更將溫如傾的話學了一遍，聽得溫如言又氣又痛，不敢相信，這竟然是出自自己一直信任的妹妹之口。

溫如傾這一次是真的慌了，扯著溫如言的衣衫道：「姊姊，妳不要相信謹嬪的話，她與熹妃向來一個鼻孔通氣，自然是向著熹妃誣陷我。」

瓜爾佳氏撫著燭光下瑩然生輝的臉頰，輕笑道：「溫貴人這話可真是好笑，敢情所有不向著妳的人都是誣陷？只可惜，妳不是皇帝，否則哪個與妳作對，妳直接下旨砍了哪個的腦袋，讓朝廷變成妳的一言堂，那就省力、省心多了。」

瓜爾佳氏的話要比凌若犀利許多，嗆得溫如傾半天說不出話來，臉色一陣青、一陣紅，緩了好一會兒才道：「姊姊，她們聯合起來冤枉我，我可是妳親妹妹，妳一定要相信我。」

此時一定要牢牢抓住溫如言這根稻草，否則今夜，自己一定會很慘。

瓜爾佳氏對她的話一笑置之，只是對溫如言道：「姊姊，我該說的都說了，言盡於此，若這樣妳還不相信，那麼我與若兒均無話可說。」

「姊姊……」

這一次，溫如言沒有再給溫如傾說下去的機會，揚手狠狠一掌打在她臉上，帶著極致的恨意道：「忘恩負義的東西！皇后給了妳什麼好處，妳竟這樣死心塌地地幫她？我可是妳親姊姊，妳拿著我的信任當什麼，路邊的野草嗎？可以由著妳踩踏作踐！」

第八百五十五章 對策

事實擺在面前，由不得她不信，若她還執迷不悟，那就是世間最大的蠢人。

之前凌若懷疑如傾的時候，她還百般替如傾辯解，甚至為此與凌若生了一通氣，如今想來，只覺得無比可笑。如傾根本不重視姊妹情，只在乎權力、地位，為了往上爬不顧一切，即便是利用親姊姊也在所不惜，實在傷透了她的心。

「姊姊妳打我……」溫如傾捂著臉嗚嗚地哭起來，於哭聲中，她心思飛轉如電，思索著對策。瓜爾佳氏的出現打亂了她的計畫，讓她之前所做的一切都成為無用之功。不行，她不能就此認輸，更不能讓自己的後宮之路止步在區區一個貴人上，一定要從中尋出一條生路來！

「我不只要打妳，還要打死妳！」溫如言扶著素雲的手，哆哆嗦嗦地指著她，心裡的恨意怎麼也壓不下去。極怒之下，她從旁邊抄過插著花束的雙耳方瓶朝溫如傾砸去。

「姊姊！」溫如傾嚇得魂飛魄散，若真被砸到，就算不死也免不得毀容。宮裡，最不值錢的是美貌，但恰恰最要緊的也是美貌，若失去了賴以為生的容貌，那麼一切便毀了，在後宮中永無出頭之日。

凌若默不作聲，至於瓜爾佳氏由始至終都帶著一絲笑顏，哪怕溫如傾下一刻就要頭破血流也不在意。

溫如言恨煞了溫如傾，可是聽得她那一聲姊姊，心腸依然忍不住一軟，手停在半空中，怎麼也砸不下去。那畢竟是她的親妹妹啊，雖相識不過一年，可是她傾注在如傾身上的，卻是數十年來自己一直都渴望的親情，那份親情之重，已經超出任何人的想像，就連溫如言自己都沒有想到。

看到溫如言動作一停，溫如傾來不及慶幸自己逃過一劫便拉著她的衣角大聲哭：「姊姊，我錯了，我知錯了，是我對不起妳，一切都是我不好，是我辜負了妳的信任，妳要打我罵我甚至殺了我，我都甘願領受。只請妳相信一點，我從未作踐過妳我之間的情分，更不曾如謹嬪說的那樣利用姊姊，我是真的將妳視作親人，視作我最親近、最在意的姊姊！」

瓜爾佳氏嗤然一笑道：「溫貴人真是見人說人話、見鬼說鬼話，說的比唱的還好聽。」

「我沒有！」溫如傾淚眼矇矓地搖頭，死死抱著溫如言的腿，道：「姊姊，妳待我那樣好，我就算對不起所有人，也絕不會對不起妳。」

聽她這番聲情並茂的話，溫如言忍不住落下淚來，怔怔地盯著哭得滿眼是淚的溫如傾。

素雲趁機奪下溫如言手裡的雙耳方瓶。她雖然討厭溫貴人背叛主子，可溫貴人如今正得聖盛，若被自家主子打傷，一旦皇上追究起來，還不知會怎樣呢。

溫如言恨極地問著：「妳既然知道我待妳好，為什麼要處處幫著皇后？如傾，妳這樣矛盾的作為讓我如何信妳！」

溫如傾心裡已經想好說詞，低眉哭泣道：「是，一切都是如傾不好，其實從頭到尾，皇后都沒有信過我，是我怕姊姊失望，所以故意說那些話，想讓姊姊高興，後來看著姊姊因為這件事有所展眉，後面就更不敢坦白了。」

溫如言神色一震，逌視著她道：「妳說什麼，皇后沒有信過妳？到底是怎麼一回事，妳給我如實說清楚。」

溫如傾應了一聲，哀然道：「那次，我雖幫著皇后套出了靳太醫的話，可是夜間去的時候，皇后始終不信，哪怕我將咱們的計畫告訴她好騙取信任，她也依然有所保留。若不能得到皇后的信任，那我之前所做的一切都白費了。所以，之後我一直在伺機讓皇后相信。」

「日間，在坤寧宮，確實是一時未多想，這才救了皇后；後來聽了熹妃娘娘的話，覺著這是一個機會，所以便想去告訴皇后，以取得她的信任，也好彌補我之前無意中救下皇后的錯。再者，就算皇后知道了這件事，也拿熹妃娘娘無可奈何，畢竟只是一面之詞，做不得準，哪怕她去告訴皇上也於事無補。」

「這麼說來，本宮與惠妃倒還要感謝妳了？溫貴人。」凌若刻意拖長了音，臉上盡是諷意。

溫如傾充耳不聞，只是一味望著溫如言。她很清楚，如今可以爭取的就只有溫如言一人，熹妃與謹嬪都曾見過她的真面目，哪怕如今說得天花亂墜，也不可能贏得她們的信任，既如此，又何必白費那個力氣。

溫如言懷疑地道：「若真是這樣，妳剛才為什麼不直說，非得要編這麼大一個謊言，甚至為此還掐傷了自己？」

「我說了姊姊就會相信嗎？」溫如傾搖頭，愴然道：「不，姊姊會像熹妃娘娘一樣懷疑我別有用心，所以我寧肯拚著自己受傷，也不願說出實情。如果能替姊姊除去皇后這個大惡人，莫說區區瘀傷，就是這條手臂斷了又怎樣。」

「妳是說真的？」看著溫如傾一臉認真的樣子，溫如言原本恨怒的心不由得再次動搖。

溫如傾連忙發誓：「若有一句虛言，便教我遭天打雷劈，不得好死！」呵，不得好死，那也得等她死了再說。

在稍稍停頓了一下後，她又道：「再說，我投靠了皇后又有什麼好處，她會像姊姊這樣待我好嗎？不會，她只會將我當成棋子來利用，一旦失去了用處或威脅到她地位，便會無情地拋棄，這種人如何值得信任投靠。」

不等溫如言開口，凌若已道：「姊姊，莫不是到了這種時候，妳還要相信她的謊言吧？」

「我……唉！」溫如言跺腳輕嘆，不知該怎麼說才好。

溫如傾道：「姊姊，妳是我在宮中唯一的親人，若是連妳也不肯信我，那還有誰會相信？」

第八百五十六章　蒙蔽

溫如言痛苦地望著溫如傾，道：「妳是我妹妹，我自然願意相信妳，可是妳告訴我，我該怎麼相信？怎麼相信妳是為了取信皇后才去通風報信？」這一點，她始終說服不了自己。

溫如傾知道想要溫如言相信自己不容易，可是她一定要做到，否則讓眼前這三人給她使絆子，就算她有皇后扶持也沒用。畢竟皇后也要考慮利益得失，不可能為她一人而與這麼多人為敵。哪怕背地裡早已是生死相向的仇人，但表面上卻不會在沒有把握的時候拚個你死我活。

「好，那我就給姊姊一個理由。」這般說著，溫如傾逼著自己狠心再狠心，艱難地爬起來，跌跌撞撞衝到素雲身前，奪過她抱在懷裡的雙耳方瓶，用力往地上一擲，只聽得「砰」的一聲重響，雙耳方瓶摔成了一堆碎瓷片。

不等眾人明白，她已經從地上撿起一塊碎瓷片，用力劃在手臂上，頓時血流如注。

直至殷紅的血流滿溫如傾的手臂，溫如言才反應過來，衝過去一把掐住她傷口的上端，不讓血繼續流出來，同時慌張地道：「妳這是做什麼？」

溫如傾將染血的碎瓷片放到溫如言掌心，忍著痛道：「姊姊不是要理由嗎？這就是我的理由，我寧肯傷害自己也絕不會傷害姊姊。若今日我騙了姊姊，來日，姊姊就用這塊瓷片劃破我的喉嚨，讓我不得好死！」

「休要說這樣的話。」溫如言心疼地喝斥一聲，對旁邊呆若木雞的素雲道：「站著幹什麼，還不快去請太醫來！」

「不要！」溫如傾倔強地道：「這點兒小傷死不了人，我只想問姊姊一句，妳現在肯相信我嗎？」

溫如言心亂如麻，哪裡能答得了她，只道：「先不說這些，治傷要緊。」

「不要！姊姊若不說，就是太醫來了我也不治。」她知道機會只有一次，若不能逼得溫如言心軟，自己往後的路便會很難走。

看到鮮血不斷從溫如傾手臂上流下來，溫如言心痛不已。始終是親妹妹，看她這樣弄傷自己，又怎能無動於衷？而且如傾剛才說的話並非全不可信，或許真是自己太過主觀了。

想到這裡，溫如言有些猶豫地看著凌若。不等她開口，凌若已經先一步道：「姊姊，莫要與我說，這樣的苦肉計妳也相信。」

「若兒……」溫如言有些艱難地開口。「如傾說的興許是真的，畢竟咱們才是她親近的人，她沒必要捨近求遠去討好皇后，而且她又不是不清楚皇后的為人，怎麼會這麼做呢？」

凌若連連搖頭，她萬萬想不到，溫如言竟然這麼糊塗，會相信溫如傾的花言巧語。「姊姊，我可以清楚明白地告訴妳，她說的沒有一句真話。是否我與雲姊姊兩個人的話都抵不過溫如傾一人？」

「我不是這個意思，只是……」溫如言一時不知該怎麼接下去，待她想要說時，凌若已經抬手。

「姊姊不必再說了，妳的意思我已經十分清楚明白，姊姊既然願意養虎在身邊，那我也無話可說。我只奉勸姊姊一句，小心有朝一日，養虎為患，被虎所傷。」

扔下這句話，凌若轉身欲走，瓜爾佳氏忙拉住她道：「妳這是做什麼，難道就這樣不管了嗎？」

凌若神色冷硬地道：「除了不管還能怎樣？妳也看見了，能說的、不能說的，我都已經說了，甚至連妳也拉來了，可溫姊姊執意要相信溫如傾，執意要上當受騙，難道我還能拉著她嗎？」

剛才溫如言聽信溫如傾的話已經令她很生氣了，如今竟然還是這樣，不由得心灰意冷，更覺得自己做這麼多太過可笑。二十年姊妹情，到頭來，抵不過一番花言巧語，抵不過一絲血緣。

瓜爾佳氏雖也暗自搖頭，但仍勸道：「妳怎的也犯起倔來，姊姊終歸沒見到溫如傾的真面目，聽信她的話也是情有可原，咱們慢慢說就是了，何必鬧脾氣呢？這樣不是正好中了有些人的計嗎？」

凌若雖沒有離開，但卻一直沒有轉回身，瓜爾佳氏知道她心中有氣，遂開口：「姊姊，我可以清楚地告訴妳，溫如傾是個禍患，她的野心與機心遠比妳以為的更大，千萬不要用常理去推測她，要不然，咱們會輸得很慘很慘。」

溫如傾擺出一副可憐兮兮的樣子，撇嘴道：「謹嬪娘娘，我都已經將實話說出來了，為何妳們還是不肯相信？」

瓜爾佳氏臉色一寒，冷哼道：「夠了，溫貴人不必在本宮這裡裝可憐，本宮可不會吃妳這一套。」

被她這麼一瞪，溫如傾竟然有些膽顫，下意識地不敢接話，低著頭，眼珠子不停轉動，不知在想些什麼。

「姊姊。」瓜爾佳氏緩了口氣道：「我知道妳不想相信，可是事實擺在面前，就算再不願也要相信，否則只會害了自己。不過剛才若兒有一句話說錯了，溫如傾不是虎，而是狼，一隻永遠也養不熟的狼，隨時會反咬妳一口。」

溫如言神色不斷地變幻著，歷經許多之後，目光終於落在溫如傾身上。「如傾，妳會害我嗎？」

曉得溫如言終歸還是站在自己這邊，溫如傾忙忍住心中的竊喜，認真地道：

「我若害姊姊，姊姊就用那塊瓷片割斷我的喉嚨，我絕無一句怨言。」

溫如言默然點頭，再次對素雲道：「去請太醫來吧。」

溫如傾適時露出一絲驚喜。「姊姊，妳可是願意相信我？」

「就像妳說的，我是妳唯一的親人，若連我都不信妳，那麼宮中就再沒人會相信妳了。」在說這句話的時候，溫如言不敢看凌若。她知道，若兒一定對她失望透頂了。

可如傾……她說得確有道理，若就此將她否定，未免太過武斷了些；再者，自己若拋棄了如傾，就等於親手將她往死路上逼，這讓自己如何狠得下心。

第八百五十七章 擔心

凌若未料到說來說去，溫如言始終還是選擇了相信那堆謊言，氣得十指微微發抖，強忍了怒意道：「很晚了，我該回去了。」

「妹妹——」瓜爾佳氏待要說，凌若已經毫不留情地打斷她的話。

「既然有人覺得我們做這些都是多餘的，那我們又何必腆著臉皮留在這裡，沒得讓人嫌棄。」扔下這句話，凌若頭也不回地離去。

溫如言心中難過不已。她知道凌若為什麼這麼生氣，可如傾……唉。

在無聲的嘆息中，她望著還未離開的瓜爾佳氏。「雲悅……」

不等她說完，瓜爾佳氏已道：「姊姊，這一次妳是真的糊塗了，妳與她雖然同姓溫，但溫如傾並不等於溫如言。我與若兒言盡於此，妳自己小心吧。」

說完，她亦帶著宮人離去。搖曳的燭火下，只剩下溫如言姊妹兩人。

溫如傾小心地覷了一眼溫如言的臉色，癟著櫻脣，難過地道：「姊姊，對不起，我不知道會變成這樣，要不等二位娘娘氣消一些後，我去跟她們賠禮，興許就沒事了。」

「不用了。」溫如言強顏一笑，手指緩緩撫過溫如傾烏如石墨的髮絲，道：「雲悅尚且好些，但是若兒……想來是不會原諒的，她向來是個眼裡容不下沙子的人。罷了，由著去吧，天下沒有不散的筵席，始終會有這麼一天。只是如傾……」眸光一轉，映著燭臺上的光，彷彿有兩簇微弱的火焰在裡面跳動。「妳千萬不要讓我失望。」

溫如傾趕緊道：「不會的，姊姊放心，我說的每一個字都是真的，姊姊待我這般好，我若背叛姊姊就是畜生不如。」

「很好。」這般說著，溫如言緩緩握緊了手裡染血的碎瓷片，不知在想些什麼。

凌若沉著臉，一言不發地回到承乾宮。

水秀知其心情不佳，未敢多言，倒是楊海說了一句：「主子，如今天還未亮，您要不要再歇一會兒？」

凌若沒好氣地道：「本宮沒心情！」待看到楊海與水秀均是噤若寒蟬的模樣，心中一軟，道：「罷了，你們下去休息吧，本宮坐一會兒就是，有話就說。」

「是。」得了許可，楊海斟酌著道：「其實主子不必太過憂心，雖惠妃娘娘如今被溫貴人蒙蔽，但俗話說：日久見人心。終有一日，惠妃娘娘會明白主子的用心良苦。」

「本宮何嘗不知，本宮只怕到時候已經太晚了。」凌若雖氣溫如言懷疑自己，但終歸還是擔心她的。「溫如傾心機之深，足以與皇后比擬，惠妃若不加以防範，早晚要上了她的當，到時候局面怕是難以收拾。」

水秀思忖道：「那不如主子現在就趁機發落了溫如傾，讓她沒機會作亂。」

「本宮何嘗不想，只是哪有這麼容易。」凌若長嘆一聲，扶著紫檀雕花扶手坐下。「且不說溫如傾如今正當盛寵，就算她只是一個最低等的答應，發落她也得有正當的理由。妳覺得以溫如傾的心計會露出破綻讓本宮抓嗎？再者，本宮這樣做，惠妃第一個就不答應。」

水秀想想也是，可終歸有些不甘心。「這也不行，那也不行，難道就只有由著溫貴人得意嗎？」

「只能走一步看一步了，不過……」凌若眼中寒光一閃，緊緊握緊了扶手道：「溫如傾此人必須盡早除去，否則後患無窮。」

這日，用過早膳後，凌若去慈寧宮請安。烏雅氏依舊臥病在床，不過今日臉色瞧著倒是好了一些，但凌若心裡明白，這一切都只是表象而已，烏雅氏的病是絕對不會好了，只看能拖多久而已。

她到的時候，劉氏正在說笑話逗烏雅氏開心，旁邊還坐著戴佳氏與武氏。

烏雅氏十餘歲入宮隨侍康熙左右，伴駕長達四十多年，從一個低微的宮女子到皇太后，她經歷過許多，所以對生死也看淡了許多，尤其是在與胤禛解開心結後，雖知自己命不久矣，卻不曾愁眉不展。在看到凌若時，她甚至笑了一下，輕輕道：「熹妃來了。」

「是，兒臣來給皇額娘請安，皇額娘今日好些了嗎？」在凌若直起身後，戴佳氏幾人起身向她見禮，隨後各自落座。

「能好到哪裡去，左右不過是在等時辰罷了。」烏雅氏淡淡地說了一句，又等了一會兒，不見劉氏繼續說下去，便問：「妳剛才說和尚與醜女同船渡河，瞬目閉目都被醜女說調戲她，那後來怎麼樣了？」

劉氏抿脣一笑道：「回太后的話，那和尚跟醜女說不通道理，就將臉扭到一邊，沒想到那醜女得理不饒人，扠腰訓斥道：『你覺得無臉見我，可不說明你自己心中有鬼嗎！』」

聽得這個答案，烏雅氏忍俊不住笑了起來，邊笑邊道：「這醜女可真是滿不講理，和尚真是可憐。」

彼時，宮人端了藥進來，一聞到藥味，烏雅氏便皺起眉，拍一拍床榻示意宮人將藥拿開。「這些藥又治不好哀家的病，還拿來做什麼，退下。」

晚月自宮人手中接過藥，輕聲道：「雖然藥無法治本，但卻可以補充太后元氣，於身子有好處，太后還是喝一些吧。」

烏雅氏不悅地皺眉道：「哀家不喝，拿走，沒得到了這個時候，還不讓哀家自在幾日。」

劉氏見狀道：「太后，待您吃了藥，臣妾再給您說笑話如何？」

烏雅氏搖頭道：「哀家知道妳是一番好意，不過哀家不想吃，妳也別費那個心思了。」

第八百五十八章　商議

之後戴佳氏與武氏也勸了，均無功而返。凌若剛要開口，烏雅氏已先一步道：「妳不必勸哀家，哀家說了不想吃。」

凌若一笑道：「兒臣知道，其實兒臣是想給皇額娘吹首曲子，不知皇額娘有沒有興起聽？」

聽得這麼一回事，烏雅氏倒是來了幾分興趣，同時想起一事來。「哀家記起來了，先帝很喜歡聽妳吹曲，還曾賞過妳一簫。」這般說著，她點頭道：「好吧，左右無事，妳便吹一首給哀家聽聽。」

「是。」凌若微一欠身，接過水秀遞來的玉簫緩緩吹奏起來，是《平沙落雁》，昔日她在林中偶遇康熙時，吹的就是這首曲子，清靈之中又雋永清新，聽得人不自覺沉浸其中，久久不能回神。

在最後一個音節落下後，烏雅氏道：「將玉簫拿來給哀家看看。」

凌若依言遞上，烏雅氏接過玉簫時，雙手有些發抖，在撫過溫潤的簫身時，鼻子忍不住發酸。

先帝啊，臣妾很快便要下去陪您了，這三年來，臣妾每日都在思念中度過，常想起您我初遇的情景，若時間能在那時定格，該有多好，就不會有後來的生離死別……

在將玉簫還給凌若後，烏雅氏對晚月道：「把藥給哀家吧。」

晚月眼中掠過一絲驚喜。「太后，您肯服藥了？」

「熹妃都事先猜到哀家不肯服藥，把簫帶來了，哀家還能不給她面子嗎？」在這樣的笑語中，烏雅氏將藥飲盡，感覺到嘴裡的苦澀，她道：「晚月，去將上次皇后送來的醃梅子取來。」

晚月聞言提醒：「太后忘了，梅子前幾日便沒了。聽皇后說，梅子都是現醃的，曉得您吃完藥後嘴裡發苦，所以上次醃好了的都給您拿來了，如今再吃得讓皇后娘娘重新醃呢。」

劉氏等人臉上均露出幾分不自在。那拉氏被年氏刺傷的事，至今仍瞞著烏雅氏，怕她擔憂之下加重病情，若現在晚月去了，豈非什麼事都知道了？

想到此處，戴佳氏陪笑道：「皇額娘想吃梅子，讓御膳房醃製就成了，何必非要皇后娘娘的呢。」

晚月聞言道：「成嬪娘娘有所不知，雖說都是醃梅子，但只有皇后娘娘製的才最合太后口味。」這般答了一句，她將一盞茉莉花茶遞給烏雅氏。「太后請先漱口，奴婢這就去請皇后娘娘醃製梅子。」

見晚月要走，劉氏忙喚住她：「太后，臣妾那邊有現成的蜜餞，要不去取來給您嘗嘗。」

烏雅氏正要拒絕，忽見幾人面色不太對勁，不由得起了疑心。「妳們是不是有什麼事瞞著哀家？」

戴佳氏有些不自在地道：「皇額娘說笑了，兒臣哪敢瞞您。」

劉氏等人紛紛附和，但烏雅氏疑心不消反增，看向不曾說話的凌若道：「熹妃，妳告訴哀家，到底出了什麼事，是否與皇后有關？」

凌若心知瞞不過，只得如實道：「是，昨日年氏發了失心瘋，說皇后下毒害三阿哥，在坤寧宮當眾行刺皇后，幸而皇后福澤深厚，未曾讓她得逞，但也受了傷，如今正在坤寧宮中靜養。」

烏雅氏驚得坐直身子。「竟有這樣的事？」不等凌若回答，她又問：「那年氏怎麼樣，皇上處置了嗎？」

話已經說到這分上，自無須再隱瞞，凌若輕聲道：「皇上廢了年氏的位分，打入冷宮。」

烏雅氏在震驚年氏竟然做出這種近乎謀逆之事的同時，也有些同情她。年氏之所以得失心瘋，歸根結柢，還是憶子成狂所致。

「晚月，妳晚些去一趟坤寧宮，看看皇后怎麼樣了，另外將之前皇上命人送來的那支靈芝送去給她，這些東西用在哀家身上也是浪費。」

因為這件事再加上想起早逝的弘晟，烏雅氏的心情蒙上一層陰影。

晚月趁機道：「太后，要不奴婢扶您睡一會兒？」

「不用了，哀家暫時還不倦，再說晚些便要用午膳了，妳吩咐下去，讓人將午膳拿到這裡來，哀家跟熹妃她們一道用，這種日子，以後可是不多了。」

劉氏一聽這話，頓時紅了眼，帶著少許哽咽道：「太后，您那麼慈祥可親，上天一定會保佑您沒事的。」

烏雅氏剛要說話，就聽得外面宮人在喚著「皇上吉祥」，抬目望去，只見胤禛正大步走來，進得殿中第一句話便是道：「皇額娘今日覺得怎樣？」

看著一身明黃龍袍的胤禛，烏雅氏微微展顏，招手將他喚到近前：「有熹妃她們陪著哀家說話，倒也不覺得悶，至於身子還是老樣子。倒是皇上這時候過來，怕是剛下朝吧，怎的不去皇后那裡看看？」

胤禛一聽她這話，便曉得皇后受傷的事烏雅氏已經知道了，當下道：「兒臣晚些就過去，皇額娘放心吧。」

烏雅氏點頭後又道：「皇上若朝事不忙的話，不妨留在這裡陪哀家用午膳，熹妃她們都在，也好熱鬧一些。」

「皇額娘吩咐，兒臣豈敢不從。」胤禛順從地答應一句，又道：「兒臣已經下旨給十四弟，明兒個他就會進宮向皇額娘辭行。」

「好，哀家知道了。」烏雅氏含笑點頭，沒有說過多的話，因為她知道胤禛懂得。

在又問了烏雅氏幾句身體狀況後，胤禛眸光自凌若身上掃過，略有沉吟道：「兒臣有一事想與皇額娘商量。」

烏雅氏讓晚月在背後又塞了一個墊子，好讓自己坐得舒服一些。「你且說來聽聽。」

胤禛徐聲道：「如今皇后受傷，需得靜養；年氏又被打入冷宮，但六宮之中無人主事是萬萬不行的，兒臣想讓熹妃暫掌六宮事宜，您覺得如何？」

凌若驚訝地看著胤禛，心中旋即浮起淡淡的喜悅，卻並非因為近在眼前的大權，而是因為胤禛的信任。

第八百五十九章　喜訊

凌若這般想著，卻是連忙站了起來，上前幾步惶恐地道：「臣妾何德何能，敢擔皇上如此重托。」

一旁的戴佳氏等人均投來豔羨的目光，掌管六宮之權，向來是無數嬪妃趨之若鶩的東西。年氏昔日之所以能在後宮橫行無忌，連皇后也不放在眼中，便是因為胤禛許了她協理之權；再加上那拉氏身子不好，經常不管事，名為協理，實則近乎主掌。

能掌握此權，實比晉一個貴妃乃至皇貴妃更重要，而且既是胤禛親自開口，便代表他極度信任凌若，既如此，貴妃之位又豈會遠。

烏雅氏雖對凌若自大清門入宮一事有所介懷，但也不至於就此否決她，而且這段時間看她言行都算中規中矩，沒什麼行差踏錯；再者，宮裡也確實沒比她更合適的人選。

在思索了一番後，烏雅氏道：「既然皇上認為熹妃可以擔此重任，哀家自然不會有意見。只是熹妃畢竟初掌後宮，難免生疏忙亂，不如讓惠妃也跟著一道打理，萬一遇著棘手的事，兩人也好商量。」

胤禛頷首道：「皇額娘說得是，那麼就依皇額娘的意思，讓惠妃幫著熹妃一道打理後宮之事。」

聽他們這般說，凌若越加惶恐，垂低了身道：「臣妾只怕有負皇額娘與皇上的厚望。」

烏雅氏溫言道：「妳若怕有負，便仔細處事，做到公平公允。哀家這裡倒也罷了，皇上卻是對妳信任有加，妳萬不可辜負了。」

「兒臣知道。」凌若答應過後，轉向胤禛道：「臣妾謝皇上信任，臣妾必當竭力而為，不令皇上失望。」

望著那張素靜柔美的臉龐，胤禛微微一笑，親手扶起她道：「朕相信妳一定會做得很好。」

隨後，宮人奉了午膳上來。因烏雅氏在病中，是以膳食均偏向清淡，葷腥的便只有一道翡翠豬腳湯。不知為何，這道菜剛一端上來，劉氏的面色便有些怪，期間更頻頻捂嘴，似有些坐立不定。

坐在她對面的戴佳氏注意到她的異樣，關切地道：「劉妹妹怎麼了，可是哪裡不舒服？」

劉氏勉強壓下胸口的難過道：「臣妾也不知道，只是最近見不得葷腥，否則就胸悶噁心，有時候還會吐出來，想是胃不好吧。」

聽得這話，凌若心中一動。她是生過孩子的人，曉得除了胃不好之外，還有一種人也常出現胸悶噁心的情況，難道劉氏有喜了？

不等她說話，烏雅氏已驚喜地問：「妳這樣子有多久了？」

劉氏疑惑於烏雅氏的反應，但仍如實道：「回太后的話，約莫有十來天了。」

戴佳氏已經回過味來，訝然道：「難道劉妹妹有喜了？」

「依哀家看，應該十有八九就是了。」烏雅氏如此說了一句，轉頭對胤禛道：「皇上，不若即刻傳太醫給劉常在把脈，若真是有喜了，可是一樁大喜事呢，宮裡都多少年沒聽得孩子的哭聲了。」

胤禛看了一眼歡喜之中帶著幾分羞澀的劉氏，笑道：「皇額娘說得是。四喜，還不快去傳太醫。」

在等太醫來的時候，戴佳氏悄悄問了劉氏的月信，得知她已有一月多未來月信時，心裡的猜測越發肯定；同時，酸意亦從不知名的地方悄悄冒出來。

她伴駕二十多年，可不論是剛入府，還是正值妙齡時，都沒有懷過孕，而今劉氏入宮尚不足一年卻有了身孕，如何能教她不泛酸。

心裡泛酸的又豈止戴佳氏一人，武氏比她有過之而無不及，且還多了一絲隱憂。一旦證實劉氏懷孕，胤禛少不得會晉其位分，若只是貴人倒也罷了，一旦晉嬪，那麼以後兩人相見，便該是她向劉氏行禮了，可是難受得緊。

凌若冷眼看著諸人的反應，目光在轉了一圈後，最終又落在劉氏身上。在去年入宮的那些秀女中，溫如傾與舒穆祿氏是最得寵的，其次是佟佳氏，再次才是劉氏；可眼下，她卻越過三人，成了最先懷孕的那一個，雖說有運氣在裡頭，但其中細節卻很值得推敲。她在劉氏眼底深處看到一抹躊躇滿志，這絕不是一個剛剛被懷疑可能有孕的人該有的，倒像是……成竹在胸，確知自己懷了龍種。

若真如此的話，那麼剛才那一幕，便是劉氏刻意所為，好讓他人發現異樣，從而理所當然地揭露出懷孕一事。

在這樣的猜測中，太醫到了。他一替劉氏診完脈，烏雅氏就迫不及待地問：「太醫，如何，劉常在可是有了身子？」

太醫朝胤禛與烏雅氏長揖一禮，笑容滿面地道：「恭喜皇上，恭喜太后，劉常在已經懷孕兩月。」

胤禛喜出望外，親自離席拉了含羞帶怯的劉氏，輕聲道：「妳怎的自己有了身孕也不曉得，若非今日一道用膳，還不知要到何時才知道。」

劉氏面泛紅暈地盯著自己腳尖，聲如蚊吟。「臣妾只道是自己身子不好，實在未往這方面想。」

凌若笑著插話道：「就算如此，月信久久未至，劉常在也該有所察覺了。」

「是臣妾粗心了。」這般說著，劉氏便要行禮。

凌若忙含笑道：「如今妳是有身子的人了，不必多禮。晚些本宮吩咐下去，讓御膳房單獨做妳的那一份，妳那裡有什麼缺的，也儘管告訴本宮。」

不論心裡怎麼想，表面上的事是一點兒也不能少做的，尤其胤禛剛剛才許了她掌管六宮之權。

劉氏受寵若驚地道：「娘娘這般厚待，讓臣妾如何敢當。」

「妳啊，好生養胎，待十月臨盆時，為皇上生一個白白胖胖的小阿哥便行了。」這般說著，凌若轉臉看著胤禛，笑道：「皇上，臣妾說得可對？」

第八百六十章　謙貴人

胤禛對淩若的話甚是滿意，含笑道：「妳說得自是在理，否則朕也不會讓妳來主掌這六宮事宜。」說及此，胤禛有些感慨地道：「朕自登基之後，還未有子嗣降生，若這次潤玉能平安生下孩子，不論男女，都是一件大喜事。」

烏雅氏笑吟吟地道：「是啊，裕嬪的孩子是最小的，但也有十餘歲了。這麼多年來，眾妃嬪一直都沒有好事傳來，劉常在居然有了，真是令哀家高興。」說罷，她轉向胤禛道：「前些日子出現五星連珠的祥瑞，可是宮裡卻接二連三地出事，哀家還只道祥瑞不準，如今看來卻是應在了劉常在身上，這個孩子一定會是人中龍鳳。」

武氏在旁邊撇了撇嘴，顯然對烏雅氏的話不以為然。孩子連個形都沒有呢，就說是人中龍鳳，哼，說不定到時候生個傻子出來，那可就熱鬧了。

想像著劉氏十月臨盆生下一個傻子，遭胤禛訓斥厭棄的模樣，武氏不由得笑出了聲。

凌若睨了她一眼，不解地道：「寧貴人笑什麼？」

武氏眼珠子一轉，婉聲道：「臣妾是替皇上高興呢，最好到時候生個龍鳳胎。」

龍鳳雙生，在皇家向來視為大吉。先帝雖有子女數十人，卻沒有一個是龍鳳雙生，連同男或同女的雙生都沒有。

劉氏本就緋紅一片的臉頰越發通紅，不過她仍抬起頭，含情脈脈地看了胤禛一眼，小聲道：「臣妾也盼著能為皇上生下龍鳳胎。」

因為劉氏的懷孕，胤禛心情頗為不錯，輕拍著她的手道：「總會有機會的。」

烏雅氏感嘆道：「若真是龍鳳胎就好了，只可惜哀家看不到孩子出生了。」

一聽這話，旁人還未說什麼，劉氏已經掙脫了胤禛的手，跪在烏雅氏面前，神色懇切地道：「太后千萬不要這麼說，您福澤深厚，一定能看到孩子出生。這個孩子……」她低頭，輕撫著平坦的腹部道：「雖然尚小，但臣妾知道，他一直在盼著出來後，喚太后一聲皇祖母。」

「妳這孩子倒是孝順。」烏雅氏心疼地看了劉氏一眼，親手扶起她道：「好了，妳是有孩子的人，別動不動就跪，萬一動了胎氣可怎麼辦。至於哀家……唉，何嘗不想看著小孩子出生，怕只怕哀家的身子撐不住。」

凌若走過去輕聲道：「皇額娘，您啊，別總想著身子撐不撐得住，若成天擔憂，就是再好的身子也會垮。齊太醫說過，您身子安好與否，最關鍵的是您的心情。」

「熹妃的話，哀家明白。」烏雅氏微微一笑，目光落在劉氏尚不曾隆起的腹部。「哀家會努力撐到孩子出生的時候，親眼看一看這個小孫子。」說到這裡，她忽的想起一事來。「皇帝，劉常在懷有龍胎，是宮裡多年未聞的大喜事，既是這麼高興，倒不若晉一晉劉常在位分。」

胤禛也有此意，含笑道：「既是皇額娘開口，那麼兒臣這就傳旨六宮，晉潤玉為貴人，至於封號……」

一聽說胤禛還要給劉氏擬封號，武氏頓時有些急了。封號與否可是代表著在皇帝心中的地位，眼下貴人之中，有封號的可只有她一人，實不想劉氏與自己平分秋色。這般想著，她忍不住道：「皇上，貴人向來是不另賜封號的，只以姓或名指代，豈可因劉氏一人而破例。」

凌若哪會看不出她的心思，也不說破，只是笑道：「寧貴人此話差矣，宮規之中並無一條說不許貴人冊封號，只是因為貴人不是主位，也不記入金冊之中，所以不賜封號一事便成了約定俗成，但並非就真的沒有。」

烏雅氏頷首道：「不錯，當年與熹妃一道參選的石氏被先帝選為貴人之後，特賜其封號為靜，是為靜貴人。」

「再者，若非要說皇上為誰破例，那也該是寧貴人才是，寧貴人妳說對嗎？」

凌若說得輕描淡寫，但武氏一張臉卻漲得猶如紅寶石一般紅。她剛才只顧著阻止胤禛賜劉氏封號，卻忘了自己這個「寧」字，同樣是破例賜予的。

她看到胤禛暗含不悅的臉色，曉得不好，趕緊推翻自己剛才的話道：「臣妾並非此意，只是……只是……」她「只是」了半天，總算找到接下去的話，趕緊道：「只是劉妹妹懷有龍種，自然與旁人不同，封號也該著禮部仔細擬了再定，免得委屈了劉妹妹，皇上您說是嗎？」

胤禛尚未開口，戴佳氏已輕笑道：「寧貴人這話鋒轉得可真快，也不怕風大閃了舌頭。」諸嬪妃之間多的是表面客氣，背地裡使手段，戴佳氏雖不至於如此，但聽到武氏前後截然相反的話，還是忍不住諷刺幾句。

武氏理虧在先，哪敢與戴佳氏爭辯，勉強笑一笑算是回應。

胤禛在與淩若低聲商議了幾句後，道：「好了，封號一事也不必禮部商議這麼大費周章了，朕與熹妃皆覺得謙字甚好，就將之賜給潤玉。」

他這邊話音剛落，四喜與晚月等宮人已經滿面喜色地朝劉氏行禮。「謙貴人大喜，奴才們恭喜謙貴人雙喜臨門。」

劉氏臉上含羞帶喜，迭聲示意他們起來，隨後又命宮人取出荷包裡的金瓜子分賞眾人，一時間皆大歡喜。

因為劉氏有喜，這一頓飯烏雅氏與胤禛吃得格外高興。席間，胤禛不只命人替劉氏的膳食改換成有益養胎補氣的菜色之外，還對其體恤有加，看得旁邊的戴佳氏與武氏滿心不是滋味，好好一頓膳食，吃在嘴裡跟嚼蠟一般，簡直就是度日如年。

第八百六十一章　盼女

好不容易熬到一頓午膳用完，又陪著烏雅氏說了一番話，眾人方才各自散去。

在出慈寧宮時，劉氏對走在前面的武氏屈一屈膝，柔聲道：「姊姊慢走。」

她並未因自己懷孕、驟封貴人而恃寵生驕，一如原來的謙遜柔和，無奈武氏眼下看她哪裡都不順眼，皮笑肉不笑地道：「謙貴人客氣了，妳現在身子金貴，我哪敢受妳的禮，趕緊起身吧，免得說我讓妳動了胎氣。」

「姊姊……」劉氏剛說了兩個字，武氏已經扶著宮人的手離去，顯是不想再聽她說話。

不遠處，凌若將這一幕收入眼底，卻是什麼也未說，正要登上肩輿，身後忽的傳來胤禛的聲音——

「熹妃可願陪朕走回去？」

凌若轉身，含著一縷輕淺的笑意道：「臣妾自是願意，只是皇上現在不是該去陪謙貴人嗎？」說罷，她朝劉氏的方向努努嘴。
彼時，劉氏已經回過神來，正眼巴巴地看著胤禛，意思不言而喻。
胤禛好笑地看著她。「朕如今想讓妳陪著不行嗎？至於潤玉……」他略一思忖，對四喜道：「去，告訴謙貴人，朕晚些再去看她，讓她回去仔細躺著，別累了，想吃什麼儘管吩咐御膳房置辦；另外你取一斛南海明珠並一對如意送去謙貴人處，好讓她安胎寧神。」
在其走後，胤禛玩笑道：「如何？熹妃現在可以陪朕了嗎？」
凌若掩唇一笑。「皇上有命，臣妾豈敢不從。」這般說著，她命宮人將肩輿抬回承乾宮，自己則隨胤禛慢慢走在朱紅宮牆下。
七月近末，漸趨入秋，天氣雖熱，但已不像之前那樣晒人，只覺得有稍許熱意。四喜等宮人遠遠跟在後面，並不靠近。
在走了一段路後，胤禛忽地道：「許久沒有像今日這般高興過了。」
凌若知道他是在說劉氏懷孕的事，故意道：「是啊，如今謙貴人成了皇上心尖上的人，像臣妾這樣的，早不知被皇上忘到哪裡去了。」
胤禛失笑道：「妳這什麼話，朕要是忘了妳，還能扔下潤玉，與妳在這裡閒步？再說了，論起在朕心裡的位置，哪個又能與妳熹妃娘娘相提並論。二十年來，能夠一直讓朕將妳放在心裡，不離不棄。」
凌若笑而不語，她與胤禛之間，有些話即便不說，各自心裡也是明白的。她玩笑道：「怕就怕謙貴人到時候在心裡埋怨臣妾拉著皇上不放呢。」

胤禛不以為然地道：「潤玉很懂事，不至於無理取鬧。再說，妳如今握著掌管後宮之權，哪個又敢對妳不滿。」

說到這個，凌若心中一動，仰首凝睇著胤禛線條優美的側臉道：「皇上怎的想起讓臣妾掌管後宮，臣妾以前從未接觸過這些，怕是有負皇上所託。」

胤禛拉著她走到陰影處，道：「妳何時變得對自己這麼沒信心，朕說妳可以就一定可以。就算真忙不過來，不是還有惠妃幫妳嗎？妳與她向來交好，有什麼事皆可商量著辦。」

說起溫如言，凌若臉色頓時黯了下來。胤禛尚不知道她與溫如言的情誼已經因溫如傾而生出重重裂紋，物是人非，再回不到從前。

胤禛注意到她的異樣，停下腳步道：「怎麼了？」

「沒什麼。」凌若悶悶地答了一句。

胤禛不信，道：「不對，妳定有事瞞著朕，到底怎麼了，可是與惠妃有關？」

「沒有呢。」凌若怕胤禛繼續問下去，只得隨口道：「臣妾只是在想，以後謙貴人誕下小阿哥，皇上不知是否還會記得臣妾與弘曆。」

聽得竟是這麼一回事，胤禛不由得啞然失笑，隨後緊一緊握在掌中的柔荑，道：「妳放心，在朕心中，沒有人比妳與弘曆更重要。若要朕說實話，朕更希望懷孕的那人是妳。」

凌若被他最後那句話說得臉皮一紅，輕啐了一口道：「皇上盡尋臣妾開心，臣妾都多少年紀了，哪還生得了孩子。」

胤禛握住她想要抽回去的手，道：「昔日，明成化帝的萬貴妃三十八歲尚可生皇子，妳又為什麼不可以？難道論福氣，朕在意的熹妃還會比不得一個宮女出身的萬氏嗎？」

凌若紅暈更甚，想要先走，偏又抽不開手，只得低頭道：「皇上再這樣胡說，臣妾可就不理您了。」

「朕說的每一個字都是真的，朕一直都盼著若兒再給朕添一位小公主。」

胤禛這話令得凌若感到有些奇怪。「為何是小公主，小阿哥不是更好嗎？」

「朕雖然膝下子嗣不多，但終是有四人，哪怕弘晟去了，也還有弘曆他們三個，可是公主便只有靈汐與涵煙。靈汐已嫁人多年，涵煙……」說到這個苦命的女兒，向來堅毅冷靜的胤禛也不禁面露哀色，深吸一口氣方道：「涵煙又是這個樣子，所以朕膝下竟是連一個女兒也沒有。」

凌若忙安慰道：「皇上別太難過了，指不定這次謙貴人真的懷了個龍鳳胎，阿哥、公主一次齊了。」

胤禛拉著她走了幾步道：「如此自是最好，不過朕心裡總是更屬意妳，希望上天可以讓朕如意一次。」

「希望吧。」凌若輕輕說了一句。她心裡何嘗不想再有一個女兒，可是隨著年紀漸長，生育的可能自然也就越來越小。與其抱太大希望，倒不若順其自然，該有的總是會有，反之便是上天註定她命中只得弘曆一子，強求不得。

在走了一陣子後，已是能看到承乾宮的影子，胤禛卻是站住了腳步道：「朕還有許多事未處理，就不陪妳進去了。宮裡的事，朕就交託給妳與惠妃了，若是有實在不知如何處理的，便去坤寧宮問皇后。她雖起不了身，但與妳們說幾句話，指點一下還是可以的。」

凌若答應一聲道：「臣妾知道了，皇上儘管去便是。」

第八百六十二章　計上心頭

在送胤禛離去後，凌若進到承乾宮，剛一進殿，便看到水月捧著一個金珐瑯九桃小薰爐站在那裡一動不動。在她對面，弘曆站在一塊豎著的板子前，手裡拿著筆，不知在做什麼，嘴裡不時道：「別動啊，再一會兒就好了。」

水月苦著臉道：「四阿哥，您已經說了許多遍了，可一直都沒好。」看到凌若進來，水月忙道：「主子，您幫奴婢跟四阿哥說說，讓他畫快些，奴婢真的快堅持不住了。」

看著她愁眉苦臉的樣子，凌若覺得有些好笑。「你們這是在做什麼？」

弘曆全副心神都放在畫上，根本沒聽到凌若的話，還是水月代為答：「回主子的話，四阿哥說上書房來了一位西洋師父，教他們畫什麼油畫。四阿哥說用這個畫法畫出來的人跟物就與真的一樣，所以讓奴婢站在此處讓他畫。」

凌若也曾聽說過西洋畫法，卻一直不曾見，眼下聽得水月這麼說，頓時來了興趣，走到弘曆身後。只見木板上夾著一張紙，一個捧著小薰爐的水月正逐漸躍然於紙上，看樣子有六、七分相似。

如此又過了一刻鐘後，弘曆方才停下筆，滿意地端詳了畫作一眼，道：「好了，水月，妳可以動了。」

水月如逢大赦，趕緊將小薰爐往桌上一放，自己則靠著桌子，又是揉手又是捶腰，一副痛苦不堪的樣子。

楊海見著好笑，在旁邊道：「不就是讓妳捧著小薰爐站一會兒嗎？怎麼瞧著妳的模樣，倒像是忙了一天似的。」

水月沒好氣地瞪了他一眼。「那下次讓四阿哥畫你試試。」小薰爐雖然不重，但捧到後面，卻跟捧了十數斤的東西一樣，瘦得雙手直往下墜。

凌若細細打量了弘曆以油畫之法繪成的畫像，點頭道：「色彩運用，人物形象均可，不過也僅限於此，並未畫出人物該有的神韻，只侷現在表面的相似之中。」

弘曆笑道：「兒臣初學乍練，自是有許多不足，待以後多多練習，應該會有所進步。」

水月跑過來看自己累了一個多時辰的成就，她並不能如凌若一樣看出什麼神韻來，只覺得畫中人與自己頗為相似，且顏色也極好看，便道：「四阿哥，這幅畫能送給奴婢嗎？」

弘曆大方地道：「畫的是妳，自然該歸妳，晚些我讓人裱好後再給妳。」

水月高興得不行，適才所受的累也不覺得難受了，興高采烈地道：「那就謝謝四阿哥了。」

看著那張畫紙，一個想法突然出現在凌若心底，一番思忖後，她含笑對弘曆道：「其實你要練習畫技，可以先去外頭學著畫景致，畢竟人是活的，景是死的，景致可不需要捕捉神韻，畫完之後也可以送人。」

弘曆想想也確實是這麼一回事，當下道：「兒臣知道了。聽說御花園中開了好些花，晚些兒臣做完功課後，再去御花園中畫景致好看些的，然後拿去送給……」他眼珠子一轉，心下已經有了主意。「送給皇祖母好了，她看了一定很高興。」

凌若含笑點頭，待弘曆下去後，她臉上的笑意緩緩消失，取而代之的是深思之色。剛才那個想法，她需要好好推敲，看究竟是否可行。

水秀在旁邊靜候半晌，始終不見凌若說話，不由得小聲道：「主子，您在想什麼呢？」

凌若回過神來，撫一撫額道：「沒什麼，你們說謙貴人有孕，本宮送什麼賀禮為好呢？」

楊海聞言，湊過來道：「不如送一對玉如意？如意如意，趁心如意，最是合適不過。」

「不可。」凌若搖搖頭道：「皇上登基入主紫禁城以來，尚是頭一次有妃嬪懷孕，非同尋常，若只送一對玉如意，未免顯得太過小家子氣，也容易落人口實。」

楊海尋思著道：「奴才看皇上也只是賞了一斛珍珠與一對如意而已，並未太過厚待。」

凌若搖頭道：「皇上適才只是隨賞，真正的恩賜要晚些才正式備辦送去謙貴人那裡。」她想了一下道：「這樣吧，將前次番邦進貢來的那套綠玉髓頭面連同如意一併送去給謙貴人。」

聽著凌若要將那套綠玉髓頭面送給劉氏，水秀不由得有些心疼。「那套頭面還是老早前皇上賞下來的，主子一直捨不得戴。其實庫房中東西那麼多，隨便選幾件就是了，何必非要拿這套東西做人情呢？」

凌若好笑地道：「妳這丫頭，本宮還沒說什麼呢，妳倒是先心疼起來。」

水秀道：「奴婢只是覺得謙貴人與主子關係尋常，沒必要送這麼貴重的禮。」

「再貴重的東西也不過是死物而已，有何好不捨；再說，只有用在該用的地方上，才能體現出它的價值。眼下，皇上讓本宮掌管六宮之事，宮中不知多少雙眼睛盯著本宮，稍一不對便能讓她們挑出刺來，可是一點兒都馬虎不得。」凌若又意味深長地道：「再說謙貴人那頭，尋常東西怕也入不得她的眼。」

見水秀一臉不以為然，她輕笑道：「怎麼，妳覺得本宮說得不對？」

水秀咬著唇道：「奴婢不敢。只是覺得主子有些太抬舉謙貴人了，她出身只是尋常，入宮後也不過封了個常在而已，能有多高的眼界？」

「不錯，她出身是不高，但是心氣卻絕對的高，不能小看了這個人。」說到此處，凌若眸光一閃，緩緩道：「你們當真以為她不知道自己懷孕嗎？」
聽得這話，兩人均是一驚，忙問：「主子這是何意，難道謙貴人早就知道自己懷孕了？既如此，她為何不早些說出來？」
「若是早說了，還會有今日的謙貴人嗎？」凌若微瞇著眼，看著外頭明媚晴好的天色。「宮規當中可沒凡妃嬪有孕皆該晉位的說法。當年太后生下皇上，不是還在貴人位上待了好幾年嗎？」
楊海仔細咀嚼著凌若的話，隱隱有些回過味來，試探著道：「主子是說謙貴人故意挑這麼一個時候讓人發現她懷孕，為的是為了晉位？」

第八百六十三章　親賀

凌若一笑，緩聲道：「要不然你覺得一碗放得遠遠的湯，能夠讓謙貴人難受成這樣嗎？即便當時成嬪不說，她自己也會尋個緣由引太醫來診脈，好順理成章讓人發現她已經懷有兩月的身孕。」

水秀不解地道：「可她怎麼知道這個時候說出來，皇上就一定會晉她的位分呢？」

「她也沒有必然的把握，畢竟謀事在人，成事在天，但希望確實是極大的。妳想想，太后的病一直是皇上最掛心的事，皇上為了能讓太后舒心，甚至同意放出十四爺，讓他去給先帝守陵。在這種情況下，能引得太后展顏歡喜的人，自然會許以重賞。所以她不只如願晉為貴人，還被賜下封號，這份殊榮，可是連舒穆祿氏都沒有的。」

水秀認同地道：「可不是，奴婢剛才看寧貴人，嘴都快氣歪了；還有成嬪娘娘也是，在背著皇上、太后的時候，臉色難看得緊。」
「所以這樣的女子可是一點都不容本宮小覷，哪怕她現在僅僅是一個貴人。」
楊海突然想起之前劉氏來向自家主子示好的事，有些後悔地道：「若當時主子不曾拒絕謙貴人就好了。她如今懷著龍種，若能平安生下，皇上說不定會封她為嬪，有她幫襯著主子，主子也能輕鬆許多。」
凌若卻正色地搖搖頭。「你錯了，即便事情再重演一遍，本宮也依然會拒絕她，因為……她與溫如傾從本質上而言是同一類人，哪怕各自所用的手段不一樣，但到最後卻殊途同歸。」
楊海與水秀均覺得有些不可思議。溫如傾的可怕他們是親眼見過的，卻不知劉氏竟然也是一個這樣可怕的人。
凌若亦在暗自思量。去年入宮的那些秀女中，已有四位貴人，除去舒穆祿氏不說，溫如傾與劉氏均是心機深沉之輩，只剩下一個佟佳氏因少有接觸，尚且看不透稟性如何。
「好了，這件事你們自己心中有數就是了，莫要去外面胡言。另外，去打聽一下溫如傾送給謙貴人的賀禮是什麼。」
兩人依言退下，待得晚間時分，兩人進來稟說已經打聽清楚了，溫如傾送了一尊白玉觀音像。
聽得觀音像三字，凌若眼中的笑意更深了。「你們將本宮要送給謙貴人的禮備好，明日本宮親自送去。」

到了第二日，凌若帶了楊海與水秀往咸福宮行去。她沒有直接去尋劉氏，而是先見了瓜爾佳氏。

瓜爾佳氏打量了凌若一眼，似笑非笑道：「若我沒猜錯，今日妳應該不是特意來尋我的，是為了劉氏？」

凌若坐在椅中，徐徐搖著宮扇道：「姊姊都已經猜到了，看來我想否認也不行。」

瓜爾佳氏聞言，嘆了口氣道：「這種事哪裡還需要猜，從今兒個天剛亮開始，就不斷有人來送禮給劉氏，甭管是派宮人來的，還是親自過來的，少不得要到我這個所謂的主位娘娘這裡來繞一圈，害得我想多睡一會兒也不行，實在不勝其煩。」

凌若微微一笑道：「姊姊現在就覺得煩了，以後可怎麼辦？」

瓜爾佳氏搖頭無語，過了片刻才道：「不過我倒沒想到妳這位正當寵的熹妃娘娘會親自來送禮給她，她可不值得妳巴結。」

「我另有事。」凌若含糊地答了一句，並未曾明說。

瓜爾佳氏也不追問，絮絮與凌若說了幾句話，話題一轉道：「妳與溫姊姊當真是準備生分了嗎？」

聽到這個，凌若面色一沉，生硬地道：「我不想說這些。」

「我知妳不想聽，但還是得說下去。如今皇上命妳與溫姊姊共掌後宮之事，妳們若還這樣誰也不理誰地鬧下去，可是該怎麼主事？」

凌若默然不語，瓜爾佳氏趁機又道：「若兒，我知道妳心中有氣，我何嘗沒有，但咱們終歸相識二十來年，這情分不是說抹去就可以抹去的。再者，妳們鬧成這樣，不是正合了溫如傾的心意嗎？」

過了許久，凌若才緩緩道：「就算是這樣，我也沒辦法。何況咱們不能抹去的情分在惠妃看來根本不值一提。」

瓜爾佳氏也氣溫如言聽信讒言，可到底還是不忍見她跳入火坑。「哪有這種事，溫姊姊不過是一時受了溫如傾的蒙蔽，這才分不出好壞。妳給溫姊姊一點兒時間，她定然會明白誰才是該相信的人。」

「就怕等惠妃明白時，一切已經太晚了。」說到這裡，凌若起身道：「好了，我該去看謙貴人，晚些再來看姊姊。」說罷，不等瓜爾佳氏答應便逕自離去。

這麼多年來，她還是第一次在瓜爾佳氏面前這般無禮，看得瓜爾佳氏連連搖頭。

凌若穿過正殿，來到劉氏所住的長明軒。宮人看到她來，連忙進去通報。

過一會兒，劉氏親自迎出來，滿面惶恐地道：「臣妾參見熹妃娘娘，娘娘萬福金安。」

「謙貴人快快請起。」凌若噙著一縷得體的笑容扶起劉氏，道：「本宮昨日得知謙貴人懷孕後，一直歡喜不已。皇上也好，太后也好，都盼著龍胎許久呢，想不到竟是應在謙貴人身上，之前可是一點兒預兆都沒有。」

劉氏含羞帶怯地道：「莫說娘娘了，就是臣妾自己昨日聽到太醫的話時，都覺得不可思議。臣妾之前一直以為是自己胃不好，才會有所噁心。」

「可是妳也該注意著月信，遲了這麼久都沒傳太醫看看，可真是粗心，虧得胎氣還算穩當，否則本宮看妳怎麼辦。」

面對凌若的輕斥，劉氏垂目低聲道：「娘娘說得是，是臣妾年少不懂事。」

凌若頷首道：「好了，咱們先進去吧，總站在這裡說話也不是回事。」

第八百六十四章　賀禮

劉氏將凌若迎了進去。

在命宮人奉茶後，劉氏道：「勞娘娘親自過來，臣妾實在過意不去，應該是臣妾去給娘娘請安才是。」

「客氣了，妳懷著龍胎，合該好好休養才是。」這般說著，凌若四下打量了一眼，只見鋪著繡有千鳥齊飛錦布的桌上堆著許多東西，綢緞、錦盒、珊瑚，各式各樣皆有。正當中擺著一尊白玉觀音像，想必就是溫如傾送來的那尊。

劉氏循著她目光望去，頓時有些不好意思。「適才幾位娘娘派人送了禮來，還沒來得及收拾，倒讓娘娘見笑了。」

「無事。」這般說了一句，凌若起身走至桌邊，瞧了一圈後，似無意地撫著那尊白玉觀音道：「這尊觀音像，玉質細膩，雕工精細，將觀音的慈悲之態盡皆展現出來，不知是何人所送？」

劉氏一直跟在旁邊，聞言忙道：「回熹妃娘娘的話，是溫貴人派人送來的。」

凌若徐徐一笑道：「溫貴人有心了，玉質通靈，用玉雕刻出來的佛像都帶有靈氣，誠心參拜，必可以保佑謙貴人的孩子平安降生。」這般說著，又撫弄了許久方才收回手，側目對楊海兩人道：「你們將本宮帶來的賀禮給謙貴人。」

「是。」一聲答應過後，楊海與水秀均打開了捧在手中的錦盒，齊聲道：「熹妃娘娘恭賀謙貴人大喜，祝願謙貴人平安誕下龍子。」

這份賀禮當中，玉如意也就罷了，但那套綠玉髓頭面，光是這個玉質便價值萬金，更不要說雕工鑲嵌了。

凌若隨手拿過一支雕成和合二仙的綠玉髓簪子插在劉氏頭上，笑著頷首道：「這套頭面妹妹戴著可真好看。」

在凌若手掌靠近的時候，劉氏聞到一絲好聞卻辨不出是何香氣的氣味。

「娘娘送如此貴重之禮，臣妾如何受得起。」這般說著，她便要拔下簪子，卻被凌若制止。

「哎，已經戴上去的，哪還有取下之理。再說妳如今身懷龍胎，莫說區區一套頭面，就是將整個承乾宮搬空了也不為過。」

劉氏神色越發惶恐。

「娘娘這樣說，可是讓臣妾無地自容了。」

「本宮是實話實說。」凌若笑一笑，又道：「好了，本宮不多打擾妳了，妳好生歇著，有什麼事儘管派人知會本宮，千萬別覺得不好意思，要不然皇上可是會怪本宮沒有照顧好妳。」

劉氏感激不已，欠身道：「多謝娘娘關心，臣妾恭送娘娘。」

直至腳步聲遠去後，劉氏方直起身，不過此時此刻，她眼中已然沒有了任何感激之色，只有沉靜、冷凝。她抬手摘下綠玉髓簪子扔給一旁的貼身宮人海棠，道：「將東西收好，放到庫房中去。」

海棠有些詫異地道：「主子不喜歡這套頭面嗎？奴婢聽說綠玉髓很少見呢，宮裡也不見得有多少。」

劉氏睨了一眼她手中透著幽幽碧光的簪子。「自然喜歡，只是我如今有孕在身，凡事還是小心一些為好。熹妃……」說到這兩個字，劉氏眸光越發深沉。之前自己向其示好投靠，被她拒之門外，而今自己懷了龍種，她卻親自送來這麼名貴的賀禮，這當中的意思，可是值得好好思量。

那廂，海棠會過意來。

「主子是怕熹妃在賀禮中動手腳？她應該沒那麼大的膽子吧？」說著，她還翻看著手裡的簪子，並未發現有什麼異常。

劉氏凝聲道：「不入虎穴又焉得虎子，妳覺得能讓皇上開口許其後宮大權的女人會簡單嗎？」她一揚手道：「不管她動沒動手腳，收起來總是沒錯的。」

「是，奴婢知道了。」海棠將簪子放回錦盒中，待要下去又問：「主子，其他娘娘送來的，也要一併收起嗎？」

「都收著吧，左右我現在也不缺什麼。」話音剛落，劉氏目光忽的接觸到那尊神態慈祥的白玉觀音像，耳邊響起凌若剛才說的話，猶豫了一下道：「仔細檢查一下那尊觀音像，若沒問題，便將它放到我屋中去。」

海棠答應一聲，依言將那尊觀音像單獨放出來，餘下的則全收到庫房中。

凌若出了咸福宮後，並沒有回承乾宮，而是一路走到臨淵池。夏日裡，平靜的池面波光粼粼，流淌著淡淡的金色。

凌若蹲在池邊，將手緩緩伸入池水中，池水帶著一絲暖意，包裹著凌若纖細且散發幽香的手掌，並且將上面微不可見的粉末帶走。

「水秀，本宮是不是變得很可怕？連皇上的孩子都想害。」在水秀替自己拭手的時候，凌若突然這般問著。

水秀仔細拭淨了凌若的手掌，又將絹子放到池中浣了幾下絞乾後，方道：「奴婢知道主子是迫不得已才這麼做，何況您說過謙貴人心機深如溫貴人，那麼她一定會發現觀音像上的麝香粉末，龍胎自然不會有礙。」

凌若仰頭看著一碧如洗的天空道：「希望如此吧。本宮雖不待見劉、溫兩人，卻不想害及無辜，尤其是皇上的孩子。」

從王府到後宮，二十多年的經歷，改變了她許多，但心底仍有那麼一絲良善在，不忍傷害無辜。
楊海亦在一旁勸道：「主子放心吧，一定不會傷害到龍胎的。就算謙貴人沒發現，咱們也可以尋個機會提醒她。眼下，最重要的還是除去溫貴人，以免她繼續在惠妃面前挑撥。」
「也唯有如此了。」這般說著，凌若扶著水秀的手站起身來，剛走了幾步，就意外看到溫如言與溫如傾。

第八百六十五章　相告

凌若與溫如言彼此相見，均是愣了一下，氣氛亦變得尷尬。還是溫如傾先反應過來，屈膝道：「臣妾見過熹妃娘娘，娘娘萬安。」

凌若忍著心中的厭惡，抬手示意她起身，淡淡地道：「溫貴人與惠妃來此賞魚嗎？」

「是。」溫如傾似有些怕她，不敢多話，只是老老實實地回答。

「那妳們慢慢賞，本宮不打擾了。」說罷，凌若便要離去，從頭到尾都沒有理會過溫如言。因為在凌若看來，溫如傾固然可恨，可是罔顧多年情誼，一味相信溫如傾謊言的溫如言更讓她傷心。

見她要走，溫如言心下一急，脫口道：「妹妹不多留一會兒同賞錦鯉嗎？」

凌若腳步一頓，旋即快步離去，冰冷的聲音遠遠傳來：「不必了，本宮怕掃了惠妃的雅興。」

望著凌若遠去的身影，溫如言露出黯然之色。是她親手毀了與凌若的情分和信任，怪不得凌若怨她。她如今別無所求，只盼有朝一日，凌若會明白她的苦衷。

正自想著，身邊傳來溫如傾甜美的聲音：「姊姊，妳是不是又難過了？對不起，都是我不好，若非我，妳與熹妃娘娘也不至於鬧到這個地步。」

溫如言暗吸了一口氣，露出蒼白的笑容。「說這個做什麼，妳是我嫡親妹妹，我信妳是應該的。」

「姊姊真好。」溫如傾親熱地倚著溫如言的胳膊，在她根基未穩之前，她一定要牢牢抓住這個血緣上的姊姊；尤其是溫如言現在還被許以協理六宮之權，更是不可輕視。

溫如言撫著她的髮髻，柔聲道：「只要妳說的是真的，姊姊會永遠對妳好。」

「嗯，姊姊這樣待我，我又怎會騙姊姊。」溫如傾信誓旦旦地說著，見溫如言還是一副鬱結的樣子，搖著她手臂撒嬌道：「好了，姊姊不要不開心了，咱們趕緊餵魚吧，那些錦鯉游過來吃食的樣子可好看了。」

「妳喜歡就好。」溫如言眼中盡是寵溺，從宮人手中取過魚食，讓溫如傾將之一把把撒向池中，引來錦鯉爭相搶食，引得溫如傾拍手嬌笑不止。

待得一袋魚食都餵完後，溫如言忽道：「如傾，妳之後有去過皇后那裡嗎？」

溫如傾心中一跳，有些緊張地道：「姊姊問這個做什麼？」

溫如言睇視著她道：「妳前次不是說要告訴皇后，關於年氏刺殺她的真相，好贏得她的信任嗎？」

「嗯，不過在被熹妃攔住後，我怕姊姊多想，所以一直沒去過。」說到這裡，她小心地覷了溫如傾一眼。「姊姊，妳是不是又疑心我了？」

「莫胡思亂想，都說了會信妳，又怎會再懷疑，若如此，妳豈非白叫我一聲姊姊。」待溫如傾安下心後，她方繼續道：「我只是覺得，既然妳認為這法子可行，便儘管去做。早一日找到皇后做壞事的證據，咱們也好早一日將她從后位上拖下來，省得她繼續害人。」

溫如傾溫順地道：「既是姊姊這麼說了，那我晚些就過去一趟。」

溫如言頷首後又叮嚀：「嗯，在皇后面前妳自己小心著些，莫要露了馬腳，為自己引來麻煩。」

「姊姊放心吧，如傾知道。」隨著這聲答應，這日黃昏時分，溫如傾帶著飄香來到了坤寧宮。

「唷，溫貴人來了，奴才給您請安了。」孫墨遠遠看到溫如傾，連忙上前行禮，臉上掛著滿滿的笑意。

「公公請起。」待孫墨直起身子後，她又道：「皇后娘娘醒著嗎？可方便進去？」

「醒著呢，貴人請進。」孫墨沒有進去通稟，逕自將溫如傾請進去，當然不是他自作主張，而是那拉氏早就吩咐過。

進了內殿，只見那拉氏正倚在床頭就著翡翠的手服藥，經過幾日的休養，原本蒼白的臉龐開始有了幾絲血色，不過瞧著仍是很虛弱。

溫如傾於一室的藥味中垂首拜見。「臣妾見過皇后娘娘，娘娘萬福金安。」

「起來吧。」那拉氏虛弱地說了一聲，隨後推開翡翠手中還剩一大半的藥，道：「太燙了，先放著吧，待涼一些本宮再喝。」

在翡翠將藥放下後，那拉氏搖頭，對斜著身子坐在繡墩上的溫如傾道：「本宮現在可說不上什麼萬福金安，這傷口啊，無時無刻不在疼，尤其是換藥的時候，唉，真是受罪。」連著說這麼多話，似有些累，在換了口氣後方繼續道：「倒是溫貴人今日怎麼這麼空閒來看本宮？」

溫如傾委屈地道：「早在娘娘受傷那夜，臣妾就想來看娘娘了，偏生上了熹妃的當，被她擺了一道，險些就看不到娘娘了。」

那拉氏神色一震，正一正身子道：「哦？竟有這等事？」

「臣妾哪敢騙娘娘。」隨著這句話，溫如傾將當時發生的事細細說了一遍。

當聽得自己之所以會挨上一刀，皆是因為凌若在背後搗鬼時，那拉氏不禁怒從心起，恨恨拍了床榻，冷喝：「熹妃好大的膽，竟敢假借鬼神之名，在背後算計本宮！」

手上動作一大，無疑牽動了傷口，痛得她臉龐微微扭曲。翡翠忙道：「主子仔細傷口，萬一傷口崩開可就麻煩了。」

溫如傾亦在一旁道：「是啊，娘娘不值得為這種人傷了身子。」

「這種人？」那拉氏冷笑道：「如今她手裡可是掌著六宮大權，風光得很呢，以後怕是連本宮都要仰她鼻息。」

溫如傾接過宮人遞來的茶道：「娘娘太抬舉熹妃了。如今是因為娘娘受傷不能理事，皇上這才命她暫攝後宮，待娘娘傷勢好了之後，後宮之事，自然交還娘娘打理，哪裡還輪得到熹妃。所以娘娘實不必為她太過傷神。」

翡翠見那拉氏面色稍緩，趁機勸道：「是啊，主子，熹妃不過是一個跳梁小丑，就算眼下風光，也不過是一時而已，螢火始終不能與皓月爭輝。」

第八百六十六章　各懷鬼胎

「行了，妳們不必說了，本宮心裡有數。且讓她得意幾天，待本宮傷好之後，再與她慢慢算帳。」那拉氏咬牙切齒地說著。向來只有她算計別人的分，這次卻被人算計到頭上來，而且若非溫如傾告密，她至今仍被蒙在鼓裡，只當是年氏憶子成狂，得了失心瘋。

「對了，那熹妃抓到妳要來向本宮告密，妳又是如何脫身的？」看溫如傾氣定神閒的模樣，那拉氏便知她必定設法脫身了。

溫如傾掩嘴一笑道：「那可就得謝謝我那位好姊姊了。原本熹妃與謹嬪是抓著臣妾不放的，可是臣妾與惠妃說，之所以這麼做，都是為了取得皇后娘娘的信任，從而對付您，惠妃相信臣妾，寧可與熹妃她們翻臉也要保住臣妾。」

「看來惠妃真是妳最好的一道護身符。」那拉氏對她的回答並不意外。「據本宮所知，惠妃可不是個愚昧的人，想不到這一次竟會被妳耍得團團轉。溫貴人的本事，可是連本宮都很佩服。」

「娘娘如此盛譽，臣妾受之有愧。」溫如傾低一低頭，又道：「其實惠妃未必看不明白，只是被所謂的親情蒙蔽了雙眼，不願意相信我這個親妹妹會背叛她。」

「惠妃在皇上身邊也有二十幾年了還這麼天真，真是可笑。」那拉氏輕笑一聲，抬眼看著溫如傾，眼眸中掠過一絲流光。「可就是這樣一個天真的人，卻在本宮眼皮子底下活了二十幾年，還生了一個女兒，妳知道這是為什麼嗎？」

「因為臣妾不曾出現，娘娘無從發現她竟還有這樣一個弱點，而且……」溫如傾聲音一頓，似笑非笑地道：「以前有熹妃和謹嬪護著她，這三人結黨營私，牽一髮而動全身，娘娘想要除掉她們自然不易。」

「那麼以後呢？」那拉氏眼中的流光再一次出現，且比剛才熾烈了許多。

溫如傾會意地道：「以後臣妾會幫娘娘將她們連根拔起，讓她們再也不能威脅到娘娘。」

「很好，本宮果然沒有白疼妳。」在這樣滿意的話語中，那拉氏示意翡翠取過已經放涼的藥。

溫如傾見狀，忙起身道：「不如讓臣妾伺候娘娘服藥？」

那拉氏微微點頭，翡翠會意地將藥碗交給溫如傾，後者小心地舀了藥遞到那拉氏嘴邊，看她喝下去。

好不容易將藥喝完，那拉氏皺著眉道：「雖說良藥苦口，這齊太醫開的藥委實也太難喝了些。」

溫如傾用小銀籤子插了一顆蜜餞放到那拉氏嘴裡。「等娘娘傷好了，自然就不用喝了。」

蜜餞入口，苦意總算消退一些，那拉氏展一展眉道：「本宮盼著傷趕緊好，否則再這樣下去，本宮以後吃什麼東西怕都覺著苦。」

「娘娘一定會很快好起來的，到時候您就不必吃這苦藥了。」說到這裡，溫如傾小心地看了那拉氏一眼。「劉常在晉為貴人一事，娘娘可已經知曉了？」

那拉氏拉一拉身上的絲錦薄被，漫然道：「本宮如今雖躺在床上養傷，但耳目還不算閉塞，謙貴人懷了龍種這麼大的事又怎麼會不知道呢？能以貴人之位而得封號，看來皇上對她這一胎很是看中。」

「娘娘說得正是，若讓劉氏生下孩子，不管是阿哥還是公主，皇上怕都會再晉她的位份，到時候，臣妾可就要低她一頭了。」如傾臉色逐漸黯然。

那拉氏豈會不知道她心裡在想什麼，脣角微勾，帶著一絲若有似無的笑意道：「那也得等她生下龍胎再說，現在一切都還是未知數。話又說回來，溫貴人承寵的次數可比她多多了，怎的至今不見動靜？要不然，嬪位可是非妳莫屬了。」

這話正說到溫如傾的痛處，眼皮子一跳，帶著幾分委屈道：「可能是臣妾沒那個福氣，所以才不能為皇上開枝散葉。」

「這種事急不得，興許明朝就有了。不過謙貴人能不聲不響地懷孕，也是她的本事，妳可要多向她學著點，否則真讓她越到妳頭上去了。」

「臣妾知道。」溫如傾在心中暗罵，皇后這話分明是不想動手，暗指讓自己對付劉氏，她便可以坐山觀虎鬥，真是隻不折不扣的老狐狸。

她雖然極力收斂，但還是露了一絲在臉上。那拉氏噙著一縷輕微的笑意，凝聲道：「好了，妳也別在那裡胡思亂想，本宮又沒說不管妳，該怎麼做就怎麼做，本宮自會替妳兜著；妳自己把握好分寸，否則太過了，本宮就是想也保不住妳。」

聽到那拉氏這話，溫如傾在定心的同時也升起忌憚。自己剛才不過流露出那麼一絲情緒，便被皇后發現了，這份洞悉力真是令人害怕。

「臣妾知道該怎麼辦，請娘娘放心。」這般應了一句，溫如傾又試探著道：「娘娘，那熹妃那邊……」

那拉氏思忖片刻道：「以妳現在的情況去動她，無疑是死路一條，一切等本宮傷好了再說；不過妳可以在惠妃那邊多用用心，若能挑得她與熹妃翻臉為敵，便是立了一樁大功。而且……」那拉氏臉上浮起一絲殘忍的微笑。「讓她們姊妹自相殘殺，妳不覺得很過癮嗎？」

溫如傾明白她的意思，卻顯得很為難。「上一次惠妃信了臣妾，與熹妃鬧翻，臣妾看她已經頗為傷神，幾次都想與熹妃重修舊好，是熹妃始終不給她好臉色，這才一直僵著。想讓她與熹妃敵對，怕是不容易。」

那拉氏不以為意地道：「只是不容易而已，並非不可能。妳那麼聰明，本宮相信一定可以尋出一個好辦法，始終惠妃最相信、親近的那個人是妳，妳可千萬別浪費了這個優勢。」不等溫如傾再說，她已是道：「只要妳能做到，本宮必替妳在皇上面前美言，許妳一個嬪位。到時候，哪怕劉氏真的晉了嬪位，也不過與妳平分秋色而已。」

第八百六十七章 正八品

溫如傾連忙起身，謝恩道：「臣妾定會盡力為之，不讓皇后娘娘失望。」

「很好！」那拉氏微一點頭，忽的眉眼染上幾分笑意，盈盈道：「話說回來，本宮還沒有謝妳的救命之恩呢。若非妳潑了年氏一臉茶水，本宮如今已經沒命與妳在這裡說話。」轉而對翡翠道：「妳代本宮給溫貴人磕個頭，謝她的救命之恩。」

翡翠答應一聲，剛要跪，溫如傾忙不迭地扶起她道：「千萬使不得，臣妾救娘娘乃是理所應當之事，如何敢領娘娘謝意。哪怕是翡翠姑姑代娘娘磕頭，臣妾也是萬萬領受不起的，還請娘娘收回成命，莫要折煞了臣妾。」

那拉氏見她說得誠懇，不再勉強，命翡翠退下後，道：「不管怎樣，妳這份恩情本宮都記在心裡了，以後必定設法還妳。」

「娘娘言重了，臣妾當時根本沒想那麼多，只下意識覺得不能讓年氏害了娘娘性命。其實真正要說救了娘娘的人，該是娘娘身邊的公公才是，若非他拉住年氏，受了傷都沒鬆手，娘娘就真的危險了。」
那拉氏自然知道她在說誰，笑一笑道：「好了，本宮有些累了，妳先退下吧。」
溫如傾知趣地道：「那臣妾明日再來服侍皇后娘娘服藥。」
待其退下後，那拉氏嗤然一笑道：「惠妃有這麼一個妹妹，真是可悲，不過也怪她自己愚蠢，被小了二十多歲的溫如傾玩弄於股掌之上。」
翡翠在一旁道：「主子真的想扶溫貴人上位嗎？恕奴婢直言，溫貴人雖眼下看起來對主子忠心，但她心思太多，並不像慧貴人那麼好控制，留她在身邊，恐怕會對主子不利。」
「這樣狼子野心的人，妳以為本宮真的會信任她嗎？她將本宮視作青雲直上的階梯，本宮何嘗不是視她為離間鈕祜祿氏與溫氏之間的棋子，等到棋子沒用的時候，自然就可捨棄。」那拉氏說得理所當然，並不覺得有一絲不對。
宮裡從來只有兩類人，執棋者或是棋子，溫如傾只配做一個棋子。
那拉氏歇了一會兒後，想起一件事來，對一直沒說話的三福道：「去將小寧子喚進來，本宮有話與他說。」
等了半晌始終不見三福答應或有所動作，那拉氏微皺了眉，又喚了幾聲，方見三福如夢初醒地道：「啊？主子您有何吩咐？」
那拉氏不悅地道：「這兩日本宮總見你心神不定，究竟是怎麼一回事？」
三福忙垂低了身道：「回主子的話，許是因為這幾日沒睡好，所以有些走神。」

請主子恕罪，奴才以後不會了。」

「罷了，去將小寧子叫進來吧。」

聽得那拉氏吩咐，三福趕緊退出去，過了片刻，領著小寧子進來。

在小寧子請安的時候，那拉氏注意到他纏在手上的紗布，道：「你手上的傷怎麼樣了，可還要緊？」

小寧子激動地道：「謝主子關心，奴才些許小傷早已經沒事了，只是傷口還沒結痂，怕嚇到主子，這才繼續以紗布覆之。」

那拉氏饒有興趣地看著他道：「你當時膽子倒很大，受了傷竟然還敢攔在本宮前面。本宮剛才說溫貴人救了本宮一命，但其實你也救了本宮一命。本宮向來賞罰分明，說吧，你想要什麼，凡這坤寧宮有的，本宮都賞給你。」

小寧子立時跪下去，正色地道：「奴才雖然沒讀過什麼書，但也知道忠字怎麼寫。您是奴才的主子，奴才保護主子是理所當然之事，如何敢受主子賞。」

對於他這個回答，那拉氏頗有些意外。「當真不要嗎？只要你開口，不論是金銀，還是其他貴重的東西，本宮都可以賞你。」

小寧子抬頭，言詞懇切地道：「謝主子厚愛，但是奴才真的不敢領受。主子若真想賞奴才，就請讓奴才一輩子都留在主子身邊伺候吧。」

他自然不是真的不想要賞賜，只是區區金銀，他還不放在眼中，他要的是另一樣東西，一樣比金銀貴重百倍的東西。

「你這奴才。」那拉氏對小寧子的話頗為受用，思索了一下道：「雖然你不要，但本宮還是要賞你。這樣吧，本宮賞你一個與孫墨一樣的八品太監。」

「奴才謝主子恩典，主子千歲千歲千千歲！」小寧子大喜過望，忙不迭地磕頭謝恩。

他之前百般推辭，為的就是這樣東西！品級往往代表著權勢，太監同樣如此，就好像皇上跟前的四喜，他如今就是太監當中的頭一份榮耀，許多朝廷命官見了他都要尊稱一聲喜公公。

他千方百計，不惜耗盡錢財，受盡皮肉之苦，跟在那拉氏身邊，為的就是藉助她皇后的身分，來實現自己出人頭地的夢想。

終有一日，他要別人像對待四喜一樣，尊稱他一聲寧公公。至於金銀，呵，只要有了權勢，這等東西，還不是招手即來，要多少有多少。

那拉氏對小寧子的封賞，讓三福本就不怎麼樣的心情變得更差。

他看得出小寧子的野心遠遠不是一個八品太監可以滿足的，小寧子瞄準的應該是自己屁股下的位置。只是這是主子親自開口許的，他又哪敢反對什麼，還得在一旁陪笑臉。

那拉氏打了一個哈欠道：「行了，你們都退下吧，本宮乏了。」

眾人各自行了一禮後，躬身退下。

到了外面，翡翠示意三福跟她一道走，在到了一個無人處時，方道：「你最近是怎麼了，總是心不在焉的，你可知這樣下去，主子早晚會對你不滿，特別是還有一個小寧子在。你明知道那是一個有野心的人，只怕他此刻正覬覦著你的位置呢。」

三福悶著頭不說話，翡翠看著他這副模樣，心裡一陣來氣，加重了語氣道：「怎麼了，連我也不能說嗎？若是這樣的話，那你以後都別來與我說。」

見她轉身欲走，三福忙拉住她道：「翡翠，我……我不是這個意思，我只是不知該怎麼說才好。」

第八百六十八章　私語

翡翠心中一軟，放緩了語氣道：「我並不是逼你說，只是你現在的樣子實在令我很擔心。還有你也聽到了主子對他很賞識，連八品頂戴都賞了，你要是再不用點心，主子對你會越來越不滿，到時候，你底下的位置早晚會被他奪去。」

聽到這裡，三福長嘆一聲道：「妳說的這些我何嘗不知，只是這幾日，我一直在想，若當時溫貴人或小寧子沒救主子，如今會是怎樣的情景？會不會主子已經死了，而咱們兩個也不用這樣陪盡小心與笑臉。」

翡翠被這樣大逆不道的話嚇了一跳，趕緊捂住他的嘴道：「你瘋了，這話要是被人聽去，傳到主子耳中，你非得掉腦袋不可。」

三福拉下她的手道：「我就是因為知道，所以才不知該如何開口。翡翠，妳知道我當時在救主子的時候，為什麼沒完全擋住她，而讓年氏有機可乘嗎？」

翡翠目光一陣閃爍，遲疑地道：「你該不會要告訴我，你是故意的吧？為的就是……」後面的話讓她舌頭打結，不敢說下去。

「是。」三福用力扯下垂落在眼前的樹葉。「翡翠，妳不知道，那一刻，我真的盼著主子就這樣死了算了，妳我就不用整日擔驚受怕。還有，即便依舊不能結為菜戶，可至少不用這樣刻意保持著距離。」

翡翠被他這番大逆不道的話驚得半晌說不出話來，只愣愣地看著三福，不知過了多久，一絲嘆息從她嘴裡逸出，隨後，手指輕輕撫上三福的臉頰。

「把這些事忘了吧，以後就不要再想起，更不要提起。主子活著，好端端的活著，而咱們要做的，就是伺候好她；只有這麼做，咱們兩個才能活，也才能好。」

三福認真地看著她，帶著些許不忍道：「我倒是算了，就怕妳受委屈。」

翡翠輕輕一笑道：「我伺候主子那麼多年，對她的脾性不說瞭若指掌，卻也差不多了，不會有事的。再說了，就算我真受了委屈，不是還有你安慰我嗎？除非你待我的好都是假的。」

「這怎麼可能。」三福被她說得輕笑了一下，隨後又道：「對了，上次我送妳的那兩顆北海黑珍珠帶在身上了嗎？」

「怎麼了，你想要回去嗎？」這般說著，翡翠將手伸進衣領中，將一條紅繩攥出來，在繩子的下面繫著兩顆散發著孔雀綠色澤的珠子。「我怕放在房中會被人看到，所以拿繩子繫了掛在脖子上，有衣領遮著，人家也看不到，你要的話還你。」說著她便要將繩子解下來。

三福忙阻止道：「都說是送給妳了，哪有再收回去的理，我不過是想到了，所以隨口問問，妳這樣掛著挺好看的，以後都不要摘了。」

「隨你吧。」翡翠說了一句，隨手將珠子塞回去。「好了，你先回去吧，莫要讓人看到咱們兩個在一起。」

三福剛要答應，就聽到不遠處的一棵樹後傳來響動，緊接著似乎看到人影閃了一下，眼中立時出現警惕之色。

示意翡翠不要出聲後，他躡手躡腳走過去，想要看看誰躲在樹後面，可是到了那邊，卻發現樹後空無一人，只有一根被踩成兩截的樹枝，想來剛才那聲響動就是因為踩斷了樹枝才發出來的。

翡翠等了一會兒，放心不下，快步走過來道：「怎麼樣，看到人了嗎？」

「沒有，想必剛才已經走了。」三福沉沉說著，心裡是止不住的擔憂。不論是他與翡翠的關係，還是他剛才說的那些話，一旦傳出去，後果都不堪設想，而且最怕的就是有人拿著這事到主子面前搬弄是非。

這樣的擔心也出現在翡翠心裡，急得快哭出來了。「糟了，萬一傳出去，你跟我兩人都不用做人了，三福，這可怎麼辦是好？」

三福咬一咬牙道：「沒事的，空口無憑，只要我們抵死不認，對方就耍不出什麼花樣來。」

翡翠還是放心不下。「真的沒事嗎？而且我怕來人是……小寧子，剛才他跟咱們一道出來的，我拉你來這裡的時候，他也沒走遠。」

三福心亂如麻，但看到翡翠焦急的模樣，還是安慰道：「剛才我看那個身影，應該不是小寧子，妳別自己嚇自己了。走吧，妳先回去，記得鎮定一些，千萬不要露了馬腳，尤其是在主子面前。」

這一日在忐忑與緊張中過去，不過令三福與翡翠稍稍安慰的是，並沒有關於他們的隻言片語傳出，小寧子也表現的與平常一般，沒有什麼異常。

夜間，那拉氏在刷牙洗臉過後待要歇下，忽的於昏暗燭光下看到有一個人影站在鮫紗帷帳外。

「誰在外頭？」她試探著喊了一聲。

人影動了一下，緊接著鮫紗帷帳被掀開，人影走進來叩首道：「奴才小寧子叩見主子。」

「是你？」那拉氏感到奇怪地瞥了一眼跪在地上的小寧子。「你不去睡覺，跑到本宮這裡做什麼，還悄無聲息地站在外頭，難不成是扮鬼嚇本宮嗎？」

小寧子趕緊惶恐地道：「奴才不敢！」停了一會兒他又低低道：「奴才只是不放心主子，所以才守在外頭，以免有不懷好意的人加害主子。」

那拉氏詫異地看著他，隨後又有些失笑道：「你這說的是什麼話，年氏都已經被關至冷宮中，她就算想行刺本宮也不可能。再說，這會兒坤寧宮的宮門都已經關了，外人根本進不來。」

小寧子沉默片刻，方才低低道：「就怕想要害主子的不是外人。」

那拉氏聽著不對勁，支著手臂意欲坐起來，同時肅聲問：「你這是何意？難道這坤寧宮中還有人想要對本宮不利？」這般說著，她自己都覺得不可能。

第八百六十九章　告密

小寧子趕緊膝行上前，跪在踏板上扶那拉氏坐起，嘴上則道：「奴才並沒有什麼意思，只是覺得小心一些好。再說，有奴才守在主子帳外，主子睡著也安心一些。」

那拉氏覺得他話中有話，卻沒有立即追問，而是道：「去把燈都點燃。」

「是。」小寧子拿了火摺子，將剛剛熄滅的燭火再次一一點燃，待其重新跪下時，內殿已經燈火通明，猶如白晝。

「把話給本宮說清楚，究竟宮裡有誰想害本宮，若再不說，本宮就當你是那個人，直接拖出去亂棍打死。」那拉氏聲音平靜得像一潭死水，沒有任何起伏。

小寧子嚇得趕緊磕頭。「主子饒命，奴才不是不說，實在是不敢說啊！」

「講！」

這個字從那拉氏嘴裡吐出的時候，似乎還帶著霜雪寒意，嚇得小寧子縮了縮脖子，不敢再隱瞞，一五一十道：「之前奴才受主子封賞出去後，看到師父與翡翠姑姑拉拉扯扯，行蹤可疑，奴才一時好奇之下就跟了上去，不曾想竟讓奴才聽到一件聳人聽聞的事。」

見他停下了話語，那拉氏皺一皺眉，催促道：「繼續說下去。」

「是。」小寧子似乎真的很害怕，整個人都在顫抖。「奴才聽到師父說那日年氏行刺主子的時候，他是故意不完全擋住主子，讓年氏有機可乘，因為他想要主子死，這樣他們就不必對主子卑躬屈膝，陪盡小心謹慎。」

這些話落在那拉氏耳中，簡直就與驚雷無異，她不顧身上一直隱隱作痛的傷口，傾了身子，死死盯住小寧子，厲聲道：「這些話真是三福說的？」

小寧子伏地垂淚，痛聲道：「奴才知道主子不會相信，奴才當時聽到時，也是懷疑自己聽岔了，可這一切真是從師父口中說出來的。奴才怎麼也沒想到，他竟會有這樣毒辣的心腸，想要置主子於死地。」

那拉氏陷入了長久的沉思中，她自然不會因為小寧子的一面之詞就懷疑跟了自己二十多年的三福；可是細細回想起來，年氏行刺那日，三福擋在自己身前的動作確實十分勉強，明明可以全擋住的，他卻留了許多空隙，要不是溫如傾關鍵時刻潑了一杯茶，她早已沒命坐在這裡聽小寧子說話。

只是三福他為什麼要背叛自己？他與翡翠一樣都是打從府裡就跟著自己的，且這些年來自己並不曾薄待他，連坤寧宮的首領太監都讓他當了，還有什麼好不滿意的。

有時候自己雖責罰他，但都是他犯錯在先，又或者是為了作戲，要說重罰卻是一次都沒有。

「啟稟主子，還有一件事……」

小寧子的聲音將那拉氏從沉思中拉回來，振一振精神道：「還有什麼？」

小寧子越發猶豫不決，好一會兒才咬牙道：「師父與翡翠姑姑有私情，奴才看到師父將前次主子賞的兩顆北海黑珍珠送給了翡翠姑姑，她就戴在脖子上。」

這件事比剛才那件更令那拉氏震驚，宮裡是不許太監與宮女對食的，三福他們竟敢如此大膽，做出有違倫常的事？

因為宮規不許，所以這種事特別遭忌諱，一旦被有心人拿來作文章，不說有私情的兩人會受罰，就是他們的主子也會受到牽連。所以，這也是她最不喜的事。

不等那拉氏說話，小寧子已經連連磕頭，哀聲道：「主子，師父與翡翠姑姑想必是因為宮中寂寞才在一起的，求您千萬不要責罰他們。」

那拉氏的身子緩緩往後靠，待背部接觸到墊子後，方冷言道：「一句寂寞便可以漠視宮規了嗎？本宮倒想問問，他們眼中可還有本宮這個主子嗎？」

見小寧子要開口，她抬手道：「好了，此事與你無關，你不必再替他們求著。」稍一思索後又道：「傳翡翠來見本宮。」

「是。」小寧子心中暗喜。今日對他來說，可算是雙喜臨門，不只掙了一個八品頂戴，還發現了這麼大的兩個祕密。之前做了這麼多，就是為了順理成章說出這些事，且又不會讓主子覺得他是在刻意針對。

小寧子去敲門的時候，翡翠剛剛上床，聽到敲門聲趕緊披衣來開門，看到站在外頭的小寧子時，愣了一下，過了一會兒才道：「這麼晚了，你尋我還有事嗎？」

小寧子皮笑肉不笑地道：「奴才哪敢打擾姑姑，是主子命奴才來傳姑姑前去問話。」

翡翠感到奇怪地道：「問話？這個時候問什麼話？」

「這個奴才可不知道，姑姑您去了就清楚了。」

小寧子臉上的笑意令翡翠瘆得慌，猛然想起黃昏時分在樹後的那個人影，難不成真是小寧子？若是這樣，那此刻主子傳她問話，必定凶多吉少。

小寧子催促道：「姑姑若沒什麼事，咱們就走吧，可不好讓主子久等。」

翡翠心思飛轉，在小寧子略有些不耐煩的眼神中，道：「慢著，我有些內急，等我去方便一下，免得待會兒在主子面前出醜。」

「這個……」小寧子眼珠子轉了一下，聽出翡翠話中的推脫之意，遂道：「姑姑還是忍耐一下吧，主子那頭可一直等著姑姑呢。」

他越是這樣，翡翠越是知道事情不妙，當下沉了臉道：「人有三急，你倒是忍一下給我看看。小寧子，我知你得主子賞識剛升了正八品太監，可是想在我面前擺譜，你還遠遠不夠資格。」
雖知翡翠很快就會倒大楣，但這個時候，小寧子還是不敢過於放肆，帶著一絲委屈道：「奴才哪敢，只是怕去晚了，主子那邊不好交代。」
「主子向來是講理的人，有何好難交代的，若是主子問起，我自會回答。」扔下這句話，她將門「砰」的一關，把小寧子晾在外面。
小寧子摸摸差點被門板撞到的鼻子，神色獰厲地哼道：「就讓妳再得意一會兒，等去了主子面前，我看妳怎麼哭！」

第八百七十章　報信

如此等待了一盞茶工夫後，翡翠終於開了門，小寧子待要走，卻聽得翡翠又道：「我想起來前幾日你拿去給福公公的被褥還沒還我，如今天氣漸冷，我自己那床不夠暖和，得去福公公那裡拿回來。」

「明日奴才替您去要回來。」等了那麼久，小寧子已經頗為耐煩了，連帶著口氣也不大好。

翡翠自然聽得出來，但這一回她卻出奇的強硬。「不行，我剛才已經覺得冷了，你明天拿來，今兒個指不定我就受寒了。左右福公公的住處就在旁邊，過去一下也礙不了多少時間。」

「姑姑與福公公何時變得如此見外了？」小寧子輕聲嘀咕了一句，見翡翠拉長了臉，勉強答應道：「那好吧，還請姑姑快些。」

小寧子跟著翡翠來到三福的住處，彼時，屋頂因為上次大雨大風而造成的破漏已經修補好，三福亦回了自己屋中。

在敲了一陣子門後，三福睡眼惺忪地出來開門，看到翡翠跟小寧子一道站在外頭，面露奇怪之色。「有什麼事？」

不等小寧子開口，翡翠已上前道：「前幾日你從我屋中拿走的被褥還有在用嗎？我還等著用呢。」

「這個……」三福一下子沒反應過來，好一會兒才道：「倒是沒再用了，只是妳現在就要拿回去嗎？」

翡翠當即道：「你先放好，待我見過主子後再過來拿。」在轉身離去時，趁小寧子沒看見，背在身後的手往三福站的地方一扔，一個不起眼的小紙團掉落在三福腳邊。

三福不動聲色地站在那裡，待兩人走遠後，方才飛快地撿起紙團進了屋。以他對翡翠的了解，是絕不會為了一團被褥專門跑過來的，想必，是另有原因。

三福坐在剛剛點燃的燈燭下展開紙團，只見上面用潦草的字跡寫著：小寧子命我連夜去見主子，極有可能聽到咱們的話並告訴主子。不論是你我私情還是你那話都犯了大忌，只怕我此去凶多吉少。我已不可避，但你卻可逃，趕緊離開坤寧宮，千萬不要被帶到主子面前，也不要管我。善自珍重，保住性命！

在紙團的最後，有一滴暈染開來的水跡，可以想見翡翠在寫這段話的時候，心情必是十分難過。

翡翠！三福驟然捏緊手裡的紙，最害怕的事終於還是發生了，小寧子！這個該死的雜種，嘴裡一口一個師父叫得親熱，背地裡出賣起來卻毫不含糊。

不行！他不能讓翡翠一個人去面對危險，更不能看著翡翠送死！

三福想要衝出去，可是臨到門口時卻生生忍住了。就算他現在去又能如何，不過是讓主子提早對他發難罷了；何況翡翠冒險來告知他，為的無非就是紙上那八個字：善自珍重，保住性命。

性命……在這種情況下，翡翠第一個想到的是他，是他這條命啊！

三福大悲，低頭又將紙條展開重新看了一遍，心中越發難過。翡翠一心想保住他的性命，所以讓他離開坤寧宮，可是離開後他又能逃到哪裡去？左右都是後宮之中，只要主子一聲令下，立刻就可以將他抓回來。在這紅牆黃瓦的紫禁城中，根本沒有他的藏身之地。

他死了不打緊，可翡翠卻是絕不能死的，他一定要救翡翠，一定要救她！

三福緊張地思索對策，最後卻頹然地發現一旦主子決定的事，他根本什麼都阻止不了，至於哀乞求饒，那更是痴心妄想。這些年來，主子的手段一日比一日狠厲，真可謂是順者昌，逆者亡。

不管怎麼看，他與翡翠，根本沒有一絲生機，哪怕他們在主子身邊伺候了二、三十年也同樣如此。

翡翠跟著小寧子來到內殿後，看到那拉氏閉目坐在床頭，強自定了心神，屈膝行禮。「奴婢給主子請安，不知主子連夜喚奴婢前來，有何吩咐。」

那拉氏微微睜開眼睛，示意翡翠近前，待其依言上前跪在踏板上後，那拉氏緩緩撫著她的臉道：「翡翠，妳今年多大了，來本宮身邊又有多少年了？」

那拉氏並沒有戴護甲，但她手指觸到翡翠肌膚時，卻猶如冰冷的護甲一般，尋不出一絲暖意。翡翠忍著臉上的不適，小心道：「回主子的話，奴婢今年四十有三，跟在主子身邊伺候恰好是三十年了。」

「這麼說來，妳十三歲便在本宮身邊伺候了？」在翡翠點頭後，她又道：「好快，一轉眼三十年過去了，本宮與妳都是四十餘歲的人了。就算長壽百年，也不過區區三個三十年，而本宮自問並沒有那樣長壽的福氣。」

翡翠聞言忙搖頭：「不會的，主子乃是天下之母，必定福澤無窮。」

「是嗎？那妳倒是說說，這些年來本宮待妳如何？」那拉氏手指慢慢從翡翠的臉頰一直滑落到雪白的脖頸，在對方還沒有反應過來之前，小指輕輕一挑，準確無誤地將一條紅繩從衣領挑了出來，隨之帶出來的，還有兩顆散發著幽幽光澤的黑珍珠。

看到這兩顆黑珍珠，翡翠頓時叫苦不迭。慘了，她怎麼忘了把這東西摘下來，若小寧子真的告密了，那這兩顆黑珍珠不就成了她與三福私通的鐵證嗎！

那拉氏似沒認出這兩顆珠子來，只是徐徐道：「為什麼不回答本宮的話，可是本宮待妳不好？」

翡翠一下子回過神來，連連搖頭道：「沒有，主子待奴婢恩重如山，奴婢縱粉身碎骨亦難報萬一。」

那拉氏微微一笑，然下一刻，手指驟然收緊，細細的紅繩在翡翠脖子上勒出一條深深的溝來。「既是如此，那妳和三福為什麼要聯合起來背叛本宮？說！」

脖子被勒，翡翠頓時呼吸不暢，又不敢掙扎，只能勉強道：「奴婢與三福向來對主子忠心耿耿，怎敢背叛主子！」

第八百七十一章　置於死地

「不敢？那本宮賞他的珍珠為何會戴在妳脖子上？」那拉氏臉上的笑意越發深了，但同樣的也越發陰冷了，手上的勁道亦更重了幾分。哪怕因為使勁而牽動了傷口，她也沒有絲毫鬆手的意思。

紅繩不住地收緊，令翡翠整張臉漲得猶如鴿子血一般，喉嚨裡發出不成調的聲音。翡翠從沒有像此刻這般感覺死亡離自己如此之近，她會死在這裡嗎？罷了，早猜到會有這麼一日，她只希望三福可以逃過此劫。

就在這個時候，繃到極限的紅繩終於斷了，加諸在翡翠脖子上的壓力亦隨之消失，令得翡翠撿回一條命來。她癱在地上捂著刺痛的脖子不住喘氣，從不知道，原來呼吸是一件如此奢侈的事。

不等她緩過勁來，那拉氏已經狠狠將串著紅繩的珠子摜在翡翠面前，厲聲道：

「說！這到底是怎麼一回事！」

一直站在旁邊的小寧子忙道：「主子仔細傷口，千萬不要太過動氣，否則傷口崩開可就麻煩了。」

翡翠忍著脖子上的痛楚，跪下磕頭道：「奴婢該死！求主子恕罪，奴婢……」

那拉氏根本不理會小寧子，只一味盯著翡翠道：「別盡整這些沒用的，說，究竟是從什麼時候開始，妳與三福有了私情。」

事到如今，翡翠不敢再隱瞞，戰戰兢兢地道：「回主子的話，是……是從入宮之後開始的。」

這個回答有些出乎那拉氏的意料，她本以為翡翠與三福在潛邸時就有了私情，不想卻是入宮之後才有的。

意外過後，她臉上泛起一絲諷笑。「妳這興致倒是跟別人不一樣，正常男子不喜歡，偏生喜歡一個太監。不過……妳不知道對食在宮中是犯忌的事嗎？尤其是在本宮這裡。本宮早就叮囑過，可你們還要來犯忌，可見眼中早已沒了本宮。」

翡翠聽出話她中的冷意，連忙磕頭道：「奴婢知道自己罪該萬死，可是奴婢與三福並不想結為對食，只是想互相照應一些罷了。」

「好一句互相照應！」那拉氏冷笑不止。「若非他相中了妳，又怎會將這兩顆價值百金的黑珍珠送給妳，翡翠，妳真將本宮當成傻子不成？」

翡翠嚇得低頭不敢言，可是如此並不能平息那拉氏心中的怒火，反而越加熾盛，在所有人反應過來前，狠狠一巴掌甩在翡翠臉上。「賤人，明明背叛了本宮還不承認！」
翡翠忍著痛道：「主子明鑑，奴婢與三福，一直都是發乎情，止於禮，從未做過半點逾越宮規禮制的事，更不要說背叛主子，就算借奴婢天大的膽子也是萬萬不敢的，望主子千萬不要聽信小人之言。」
小寧子自然知道她是在指自己，輕哼一聲，面帶不屑。
「是嗎？這麼說來，倒是本宮錯怪妳了？」那拉氏漫然說著，正當翡翠以為她相信自己的時候，聲音驟然轉為冷凜：「那年氏行刺時，三福故意要置本宮於死地的事呢？」
果然是知道了……翡翠在心裡暗嘆一聲，面上惶恐地道：「啟稟主子，奴婢敢替三福擔保，絕沒有此事。他當時一直攔在主子跟前，又怎會有置主子於死地的想法？」
小寧子細聲道：「姑姑，明人面前不說暗話，師父這些話是我親耳聽到的，絕無虛假，妳又何必再否認呢！」
翡翠心中暗恨，面上卻憤然道：「小寧子，我與你無怨無仇，三福更是你師父，你怎可以這樣血口噴人，小心遭天打雷劈！」
小寧子眉毛一豎，冷聲道：「姑姑，該小心天打雷劈的人是妳，主子面前，我可是半句謊話都沒有，倒是姑姑妳滿嘴謊言。」
翡翠待要再說，那拉氏已是道：「哪個謊話，哪個真言，本宮心裡有數。」低頭，盯著自己繪得精緻無瑕的指甲，緩緩道：「翡翠，妳太讓本宮失望了。看來，妳我三十年的主僕情分已是到頭了。」

聽到這句話，翡翠整個人劇烈地抖了一下，她很清楚那拉氏這句話的意思，分明是要判她與三福的死刑。雖然早料到會是這樣的結局，甚至剛才親身經歷過死亡的恐怖，可聽到時依然會怕得不能自抑。

淚水滑落臉頰，但翡翠沒有求饒，因為在來之前，她就已經明白，這一次凶多吉少。

三十年的伺候，令她很清楚那拉氏日漸冷酷的性子，那拉氏決定的事從來不會更改，更不會因為幾句求饒就動搖，否則她也不會偷偷去給三福報信了。

若非要說什麼讓她意外，便是那拉氏在說這句話時的冷漠，沒有一絲感情，彷彿只是在定一個不相干的人死活，絲毫沒有因為朝夕相伴而有任何不捨。

想到自己伺候了這樣一個人三十年，翡翠只覺心寒無比。

那拉氏吩咐小寧子去將三福帶來，翡翠的心因為這句話而高高懸起，不住在心中祈禱三福千萬不要被找到，否則單憑他那些誅心之語，那拉氏就饒不了他。

在度日如年的等待中，翡翠終於聽到身後有腳步聲響起，她迫不及待地回頭，當看到只有小寧子一人時，神色驟然一鬆，同時一口憋了許久的濁氣緩緩吐出。

小寧子神色焦急地打了個千兒道：「主子，奴才去三福屋中，發現他沒有在，摸了摸被子，尚是暖的。」

「奇怪，這麼晚了他會去哪裡？」那拉氏正疑惑時，小寧子湊到她耳邊說了句話，那拉氏目光驟然移到翡翠身上，擰眉道：「是不是妳偷偷給他報信了？」

翡翠低著頭道：「奴婢當時來的時候，根本不知主子召見是為何事，又如何給三福報信。」

第八百七十二章　連夜

「真當本宮不清楚妳那幾根肚腸？」那拉氏能重用翡翠這麼多年，對她的能力自然清楚無疑，翡翠事先猜到自己連夜召見她的用意並不是不可能的事。

「妳以為三福可以逃出本宮的手掌嗎？」她對小寧子道：「傳本宮命令下去，仔細搜查坤寧宮，就是掘地三尺也要把三福給本宮找出來！」

「嗻！」小寧子剛要下去，忽的想起一事來，收住腳步道：「主子，萬一三福逃出了坤寧宮，那不管咱們怎麼搜都是找不到的。」

「哼，他生是本宮的人，死了也是本宮的鬼，這輩子都休想逃出本宮的手掌！」說及此，那拉氏冷冷盯著翡翠。「妳當讓三福事先逃走，避開本宮的傳召，就能保他一命嗎？簡直就是痴心妄想。沒有本宮的手諭，他就算插翅也難以飛出這紫禁城。等本宮把他抓到後，一定讓妳好生與他敘舊，做一對同命鴛鴦。」

在翡翠被帶下去後，小寧子亦回來稟報，在問了守門的太監後，果然得知三福不久之前訛稱皇后有事交代他去辦，騙人開了宮門。
「給本宮去找！活要見人，死要見屍！」那拉氏眼中有著深切的恨意。三福與翡翠均是她最信賴的心腹，偏偏這兩個人背叛了她，實在令她恨到極處；尤其是三福，她恨不得將其剝皮抽筋。
小寧子猶豫了一下道：「主子，恕奴才直言，眼下已是二更時分，若貿然去各宮各院搜查，恐怕會驚了諸位娘娘，一旦問起也不好回答。依奴才愚見，不如等天亮後再說。左右三福也飛不出這後宮禁苑，早晚都能找到的。」
那拉氏剛才也是在氣頭上，什麼也沒想便叫小寧子去找，如今回想起來，自然也覺得有失妥當，揮手道：「罷了，那就等明日再說。」
「嗻！」小寧子答應一聲，見那拉氏面露倦容，殷勤地道：「主子勞累一天了，奴才扶您睡下吧。太醫交代過，這段時間您可不能熬夜，否則傷口會很難痊癒。」
那拉氏點一點頭，就著小寧子的手躺下後，又道：「以前這坤寧宮大大小小的事都是由三福和翡翠打理，如今他們對本宮不忠，自然不能再管事。自明日起，暫時由你與孫墨一道打理，仔細著些，別出了岔子。」
小寧子心中一喜，忙跪在床前謝恩。雖說現在只是暫時打理，但他相信很快就會變成正式的，除了他，還有誰更適合坤寧宮首領太監這位置？
就在那拉氏睡去後，承乾宮的宮門卻是被人敲得咚咚響，驚醒了正在簷下打盹的小鄭子，他揉一揉眼睛，起身去開門。

宮門的響動一直沒停過，又急又響。小鄭子心下納悶，這個時候會是誰來，還敲得這麼急？

「來了來了，別敲了。」小鄭子一邊說著一邊加快腳步，好不容易跑到宮門處拉開門閂，卻是看到了三福。

怎麼會是他？難不成皇后娘娘又想對自家主子不利？這般想著，小鄭子越發小心，陪笑道：「喲，福公公，您怎麼這時候過來了，可是有什麼事？」

「我來找熹妃娘娘，她在嗎？」三福面色出奇的白。

小鄭子為難地道：「可是不巧，娘娘已經睡下了，若福公公沒什麼急事的話，還是等明日再來吧。」

三福哪裡等得到明日，胡謅道：「皇后娘娘有幾句重要的話，命我轉告熹妃娘娘，還請你替我通傳一聲，請熹妃娘娘務必見我一面。」

聽得是皇后的吩咐，小鄭子不敢怠慢，忙道：「既如此，就請福公公在此稍候，待我進去稟明主子。」

三福雖焦急萬分，卻也曉得這是規矩，而且這還是他搬出那拉氏的結果，否則非得等上一夜不可。

其實凌若並未歇下，正在與水秀他們幾個說話，聽到小鄭子的稟報，頗為奇怪。那拉氏自受傷後就一直在養病，怎麼這個時候讓三福來見自己？

不過人既然來了，趕走是不可能的。凌若命水秀將內殿的燈都點亮後，道：「去傳他進來吧。」

「嗻！」小鄭子依言退下，不一會兒領了三福進來。

未等小鄭子回話，三福已跪下去道：「奴才三福給熹妃娘娘請安，娘娘萬福！」

三福突然行了這麼大的禮，可是讓凌若吃驚不小，忙道：「福公公這是做什麼，快快請起。小鄭子，給福公公看座。」

三福婉拒道：「謝娘娘厚待，不過奴才跪著回話就是了。」

他這恭謹過頭的態度讓凌若好生不解。「福公公漏夜奉皇后娘娘懿旨前來，究竟所為何事？」

三福不說話，只是拿眼角覷著水秀等人，凌若明白他的意思，揮手示意眾人退下，隨後道：「福公公現在可以說了嗎？」

她話音剛落，就詫異地看到三福落下淚，訝然道：「福公公你這是……」

不等她說完，三福已經哽咽地磕頭道：「熹妃娘娘，求您大慈大悲，救救奴才與翡翠吧！」

「救你跟翡翠？」凌若聽著越發糊塗了。「福公公，你不是奉皇后娘娘懿旨前來嗎？怎的又讓本宮救你與翡翠姑姑？」

三福磕頭泣聲道：「根本沒有什麼懿旨，是奴才假借皇后娘娘之命求見娘娘，而且今夜來此也是奴才偷跑出來的，皇后娘娘根本不知情。」

第八百七十三章 豁出一切

不等凌若發問，三福已經如實道：「不敢隱瞞娘娘，奴才本不願入宮，但曾經與奴才一道在府裡伺候皇后的小廝二元，因為不願入宮被皇后派人殺了，還斬斷了他的子孫根燒成灰燼，奴才為了保住性命，只能被迫入宮成為太監。」

「既是成了太監，自然也不敢再奢望娶妻生子，只是在宮裡的幾年，奴才與翡翠互生好感，有心想要結為菜戶，無奈宮規所限，再加上皇后御下甚嚴，所以只私下交好，不敢讓人知曉。奴才與翡翠沒有別的心思，只是想著在宮裡互相有個照應，病了、累了的時候，有人問候一聲或者端碗藥而已。」

凌若微微頷首。

這樣的事在宮中不是沒有，宮裡固然禁止太監與宮女對食，但宮規是一回事，人心又是另一回事；再加上宮中數千宮女、太監，豈能人人守住本心，不被外因影響。

所以這對食的事，私底下其實是有的，只是各宮各院睜一隻眼、閉一隻眼罷了，只要底下人別過分就行了。

不過也有一些主子對此事特別的反感，不許底下人有一絲一毫的私情，譬如那拉氏。

三福抹了把臉上的淚，接下去道：「不瞞娘娘，跟在皇后娘娘身邊的日子並不好過，自從世子死了，娘娘的性子就一日比一日狠厲無情，奴才與翡翠經常擔驚受怕。」

聽到這裡，凌若緩緩開口：「你們既害怕，卻又不敢脫離皇后，怕遭到與二元一樣的下場，是嗎？」

「是，皇后絕對不會放過任何一個敢於背叛、逃離她的人。」說到這裡，三福有一絲猶豫，不過很快的又下定決心，和盤托出：「之前年氏刺殺皇后的時候，奴才曾有那麼一瞬間希望年氏殺了皇后，這樣奴才與翡翠就不用受制於人，可惜被溫貴人的一盞茶給救了。」

「這一切，皇后原本是不知道的，可是今日奴才在與翡翠說話時，說到了這些，偏生不小心被人聽了去。」

聽到這裡，凌若已經大致明白三福求救的意思，低頭看著鞋尖上栩栩如生的紫丁香，道：「你是怕這些話傳到皇后耳中，她不會放過你們？可就算如此，你來求本宮又有什麼用，你們是皇后的奴才，本宮只不過是一個妃子，又怎能插手管皇后宮中的事，福公公可是求錯了人。」

「不，是已經傳到皇后耳中了，奴才是偷偷逃出來的。」這般說著，三福將翡翠交給他的紙條呈給凌若，悲聲道：「熹妃娘娘，奴才知道以前跟著皇后娘娘做了許多對不起您的事，可是除了您，奴才已經不知道該去求誰了。熹妃娘娘，您如今掌著後宮大權，只要您開口，皇后娘娘定然會給您面子，求您大慈大悲，救翡翠一命吧！她被皇后娘娘帶去，定然是凶多吉少。」

「本宮為什麼要救翡翠？」凌若問。

三福對此並不感意外，後宮不是善人堂，沒有人會不計後果地去幫人或是做好事，想要得到什麼，就必須付出什麼。

這一點他在來之前就已經想明白了，是以咬牙道：「只要娘娘肯救翡翠，不論您要奴才做什麼，奴才都遵令而為。哪怕是要去行刺皇后！」

生死攸關之際，翡翠想著他，他又何嘗不是。

三福很清楚，求那拉氏是沒用的，那拉氏絕對不會放過他們兩人，更不要說還有一個小寧子在旁邊扇風點火。所以，他想了很久之後，終於決定來找熹妃。

年氏已失勢，眼下，後宮之中，能稍稍與皇后抗衡的，也唯有剛得了後宮大權的熹妃。

可是想要說動熹妃救翡翠，絕不是件輕易的事，他必須付出足夠讓熹妃心動的條件；而現在，他唯一有的便只有這條性命，為了救翡翠，他願意豁出性命去。

凌若指一指他，正色道：「哎，可不許胡說，本宮什麼時候說過要行刺皇后，你可千萬別陷本宮於不義。」

三福不曾想自己說了這麼多，凌若還是這個態度，不禁有些發急。「奴才是誠心來求娘娘，娘娘何必又多加遮掩。皇后有多恨娘娘，不需要奴才說，娘娘心裡也有數。只要皇后活著一日，她就一日不會放過娘娘。」

凌若笑而不語，這態度看得三福越發緊張，盯著她道：「娘娘，您究竟要奴才做什麼，只管吩咐就是，奴才一定替您辦好，只求您——」

「本宮沒有什麼要你做的。」凌若毫不留情地打斷他的話，起身，漠然看著那張沒有血色的臉。「本宮還是尋不出救翡翠的理由。」

三福頓時慌了神，爬上前幾步想要去拉凌若的衣角，又害怕惹她不喜，只能巴巴地仰頭，苦苦哀求道：「不，一定有的，娘娘，您再仔細想想，不論您要奴才做什麼都可以，殺人、下毒，只要是您吩咐的，奴才都會去做，而且保證不會連累到娘娘。只求您救翡翠，她不該死啊！」

「就算她真的不該死，可是皇后要她死，便沒有辦法。」說罷，凌若饒有興趣地看了三福一眼。「你為什麼只求本宮救翡翠，而不提自己呢？難道你不怕死？」

三福苦笑一聲道：「世間能有幾人不怕死，只是相比較而言，奴才更不想翡翠死。這宮裡，只有她是真心地心疼奴才。」

「所以你為了她可以連命也不要？」凌若點頭，嘖嘖道：「想不到你三福也是一個有情有義的人，倒是本宮小覷了。」

三福不敢接話，只眼巴巴地看著凌若，眨眼間又有淚流下，看得凌若一陣搖頭。「好了，別流你那點兒馬尿了。小鄭子。」

隨著她的話，小鄭子踮著腳走進來，恭敬地道：「主子有何吩咐？」

凌若擡一擡錦衣道：「你今兒個守夜，屋子左右都空著，就讓三福去你那裡睡，你帶他過去吧。」

第八百七十四章　安排

小鄭子聽到這麼一句話，好半天才反應過來，趕緊低頭答應，不過心裡依然忍不住犯嘀咕。好端端的做什麼要讓三福睡在他房裡？而且三福可是坤寧宮的人，哪有留在承乾宮過夜的道理，真是奇怪。

三福不明白凌若這是何意，若不想理會他，何必要安排住處給他？可若說理會，她又一直沒答應救翡翠。

事關翡翠性命，他不敢有一絲冒險，連連磕頭道：「娘娘，求您發發慈悲救一救翡翠吧！奴才不論今生還是來世，都願意給娘娘做牛做馬。」

「本宮救不了翡翠。」凌若說出一句令三福渾身冰涼的話來，不過下一刻，她又道：「能救翡翠的只有皇上，所以，一切等明日再說。」

三福感覺渾身漸漸泛起暖意，之後更有無盡的歡喜自心底升起，激動地道：「娘娘這是答應救翡翠了？」

「盡力而為吧，本宮不敢保證能有幾分把握，且前提是翡翠能熬過今晚。」只是這樣的一句話已經令三福大喜過望，他不住磕頭謝恩，眼淚更是止不住地流出。

待其退下後，凌若將水秀與楊海幾人喚進來，這幾個都是她最信任的心腹。她將三福的事仔細說了一遍，聽完後，水月第一個道：「主子真的要救翡翠？」

凌若不答反問：「妳覺得不妥？」

水月邊想邊道：「也說不上不妥，只是奴婢怕這又是皇后設下的圈套。哪怕就算不是，三福他們是皇后的人，主子您去干涉，怕是不大好。」

楊海搖頭道：「我倒不這麼認為，若三福所說的話都是真，那主子就可以利用這次機會，讓三福效忠主子。三福跟在皇后身邊多年，對皇后底細知之甚深，只要用得好，未必不能給皇后一下狠擊。」

「楊公公，你該不會真想讓三福去行刺皇后吧？」水月不以為然地道：「且不說三福會不會真的這樣做，單就說皇后那邊，她既已對三福起疑，又怎麼會給他行刺的機會？像年氏那樣的事，可一不可再；三福若去了，只怕刀還沒拔出來，就已經讓人制住了。總之奴婢覺得不管真假，主子都不該理會他們這樁事，免得捲進是非之中。」

楊海不同意她的話。「妳的意思是想讓主子明哲保身，不理會閒事？可是這宮裡就算妳不尋事，事同樣會尋上妳，三福今夜來尋主子就是如此。翡翠與三福兩人，一個是掌事姑姑，一個是首領太監，向來是皇后的左臂右膀，論能力是絕對有的。現在皇后要自斷臂膀，主子何不收為己用？而且經此一事，他們對皇后的絕情肯定心懷恨意，只要善加利用，絕對是兩枚好棋子。」

聽著他們各自的觀點，凌若目光一轉，落在水秀身上。「妳為何不說話？」

水秀斟酌了一下道：「奴婢覺得楊海與水月說的各有道理，若非讓奴婢選一個，奴婢還是同意楊海的話。不入虎穴，焉得虎子。主子這麼多年來，面對皇后一直處於劣勢，不只是因為皇后算計精密、步步為營，也因為有三福與翡翠幫著她。若能收了這兩人，不說今後如何，只是眼下便能讓皇后吃好大一個虧，而且也有利於主子在宮中的聲望。」

「一旦您藉此事將皇后壓了下去，那麼就算將來皇后傷好了，收回後宮之權，也不得不讓您幾分；甚至於跟以前的年氏一樣，與皇后共理後宮諸事，不讓少了年氏掣肘的皇后一人獨大。另外還有一點……」

見她收住聲音，凌若挑一挑眉道：「為何不說下去？」

水秀稍稍猶豫了一下道：「奴婢私以為，三福肯為翡翠連命也不要，不管他以前幫著皇后做過多少錯事，總算還是個有情有義之人，若是任由他與翡翠這麼死了，未免有些可憐。」

凌若微微點頭。「妳說得甚是在理，皇后確是需要壓一壓，否則由著她坐大，本宮在宮裡的日子可是越發難過了。」

水月有幾分懷疑。「皇上以後真的會讓主子與皇后共理後宮嗎？」畢竟凌若不是年氏，沒有傲人的家世，要以正三品嬪妃之身協理後宮，實在不是一件簡單的事。

「為何不會？」楊海反問她：「皇上現在讓主子掌管後宮之事，就是有意在歷練主子，否則惠妃資歷、年歲都比主子長，為何皇上只讓惠妃協理？只要主子在這段時間做得足夠好，且又能夠讓皇上覺得皇后在行事、為人上有所欠缺，那麼這後宮大權就不會旁落。」說罷，他瞥了被說得默不作聲的水月一眼，轉向凌若道：「主子，不知奴才說得可對？」

凌若微微一笑道：「你都已經猜到本宮的心思，何必再明知故問呢？好了，下去吧，皇上四更便會起身準備上朝，所以你們幾個只能睡到三更。」

「奴才遵命。」

幾人皆知趣地沒有問下去，待要退下，凌若忽的又道：「你們去將莫兒叫進來。」

莫兒進來後，猶帶著幾分睡意，屈一屈膝道：「主子您喚奴婢？」

凌若憐惜地道：「是，本宮有事吩咐妳去做。」話音一頓，隨即道：「本宮記得妳與皇上身邊的喜公公關係不錯是嗎？常有往來？」她不常約束底下人，卻不意味著她不清楚底下人的動向，相反的，清楚得很。

莫兒一臉莫名其妙，暗想主子大晚上的將她叫進來，就是為了問這個？這般想著，嘴上卻道：「回主子的話，奴婢與喜公公頗為投緣，所以有時候會往來。」說到這裡，她有些擔心地道：「主子，可是有什麼不妥？」

「本宮不過是隨便問問，妳不必擔心。」凌若思索了一下道：「那妳可知道喜公公對菜戶一事怎麼看？或者他有沒有中意的宮女？」

不知為何，聽到這句話，莫兒心中浮起一陣詭異的不舒服，就像是有什麼喜歡的東西被人搶走一般。

第八百七十五章　想法

莫兒搖搖頭，趕緊將這個不舒的感覺驅逐掉，隨即認真思索著凌若的話，道：「喜公公對菜戶一事似乎不怎麼反對。對了，上次年氏身邊的芷蘭為了離開翊坤宮，曾主動說要給喜公公做菜戶，可是喜公公拒絕了。他跟奴婢說，芷蘭那人稟性不好，做不得菜戶。」

凌若眸光微亮，欣然道：「既如此，妳現在立刻去找一趟喜公公。」凌若招手示意她近前，在她耳邊一陣輕語。

睡意在莫兒眼中徹底退去，取而代之的是無比驚訝，脫口道：「主子，這……喜公公他會答應幫忙嗎？」

「所以才要妳去說，以妳與喜公公的關係，他很有可能會答應，而且這對他自己也沒什麼損失，不過是幫著說幾句好話罷了。」

莫兒自不敢不從，拍了拍臉頰，讓自己多幾分精神，道：「那奴婢這就過去。」

在目送莫兒離開後，凌若走到燭臺前。燈罩中的燭火有些發暗，她取下繪有嫦娥奔月圖的燈罩，自髮間拔了一根金簪子想要剔亮燭火，然簪子剛碰到燭火，原本烏黑蜷曲的燭芯就「啪」的爆開，迸濺出好大一朵燈花，然後燭焰驟然亮了起來，比原先有過之而無不及。

凌若將簪子插回髮間，望著呼呼往上竄的燭焰微微一笑。突然來了這麼一個好兆頭，看樣子，她待會兒要做的事，應該不會有什麼問題。

等了約莫半個時辰，莫兒帶著一身夏末夜間的輕寒回來，她朝凌若屈一屈膝道：「主子，喜公公答應了會幫忙，只是能否勸得皇上網開一面，就不敢保證了，畢竟皇上對於此事向來……不太贊成。」

不太贊成，是婉轉的說法。其實四喜與她說的時候，是說皇上向來反對此事，而皇后從來都順著皇上，不許宮人私相授受，更不要說幫著說情了，所以使得本朝從未有像先帝在世那樣，特許恩賜結為菜戶的事情。要讓皇上改變心意，實在很難。

莫兒覷了凌若一眼，小聲問：「主子，您要替誰求這個恩典啊？」

三福來找凌若的事情莫兒並不曉得，剛才因為凌若急著讓她去。

凌若走到銅鏡前，端詳著自己一夜未睡的容顏，輕聲道：「本宮若說是替三福與翡翠求這個恩典，妳怎麼看？」

「他們？」這次莫兒當真是一頭霧水了。這兩人都是皇后身邊的人，不管是否有私情，都輪不到主子來管。「奴婢不明白。」

「等會兒妳陪本宮一道去見了皇上就明白了。」這般說著，見時間尚早，凌若乾脆道：「妳若不睏，便坐下陪本宮說說話。否則這般乾坐著，本宮真怕自己會睡著了。」

「嗯。」莫兒乖巧地答應，將帶著睏意的哈欠小心藏在嘴裡。「主子想說什麼？」

凌若一下子也尋不出什麼話來，思索片刻，忽的笑道：「不若就說妳吧，莫兒。妳在本宮身邊也有些日子，可曾想過將來出宮後，要做什麼？」

「出宮？」莫兒搖頭道：「奴婢沒想過這個，一直跟在主子身邊伺候不就好了嗎？左右奴婢在宮外也沒有什麼親人。」

凌若輕輕一笑道：「就算妳父母不在了，妳卻可以嫁人生子，如此不就又有親人了嗎？總跟在本宮身邊，豈不是耽擱了大好年華。像水秀還有水月她們，就被本宮耽擱了，如今成了老姑娘。」

雖說她們幾個都是自願留在凌若身邊，但每每想起此事，凌若都覺得有些內疚。

試問哪個女子不想嫁人生子，待到年老時，與夫君一道含飴弄孫？然水秀等人為了她身邊能有幾個可信之人，好在宮裡走得安穩些，卻自願放棄這些。

莫兒畢竟還是一個十幾歲的姑娘，說到嫁人之事有些臉紅羞澀，低頭撫弄著衣角道：「奴婢在京城舉目無親，又是乞兒出身，誰會願意娶奴婢。」

「乞兒與否那都是過去的事了，妳如今是本宮身邊的人，莫說尋常女子，就是小門小戶的閨閣碧玉都比不得妳。」凌若糾正了一句，輕笑道：「妳若真有這心思，本宮便替妳尋一個，否則等到二十五歲年滿出宮時，可是尋不到好的了。」

莫兒的臉更紅了，似要燒起來一般，迭聲道：「主子您別取笑我了。」

「男婚女嫁是再正常不過的事，本宮哪裡是取笑。」在說這話的時候，凌若眼底有一絲莫兒未曾察覺的隱憂。

宮裡步步驚心，誰也不能保證，自己可以這麼笑下去；而一旦自己出事，首當其衝的，就是身邊這些人，若能事先安排出路，不失為一件好事。

莫兒絞著手指，許久才低聲道：「可是奴婢不想出宮，再說對方是個什麼樣的人也不知道，萬一不好，豈非要後悔。要真讓奴婢說，倒不如尋一個認識的人，這樣更可靠一些。」

凌若為難地道：「認識的人，這可是有點難了。這宮裡除了宮女，可就只剩下太監了。雖說還有侍衛，但侍衛一向是不許入內苑的，根本說不上了解。」

不知為何，莫兒腦海中突然冒出四喜來，脫口道：「那……那乾脆就太監得了，至少還知根知柢，可靠一些。」

凌若輕斥道：「妳這丫頭，胡說什麼，太監再好那也是淨過身的人，不可能像個真正的男人一樣，與妳生兒育女。」

莫兒抬起頭，認真地道：「就算沒有兒女，卻可以陪著一道看日出、日落，共度難過，有什麼不好。三福跟翡翠不就是這樣嗎？主子剛才還說要幫他們呢。」

凌若耐著性子道：「他們都是有年紀的人了，對於許多事情都看淡了，再加上皇后是絕對不會允許翡翠出宮的，這才互生情愫。妳的情況與他們不一樣，怎可一概而論。」

第八百七十六章　求見

「可奴婢覺得這樣也挺好，太監固然身有殘疾，可他們卻會一心一意，不至於像其他男人那樣朝三暮四。」

莫兒的固執令凌若感到奇怪，心中一動道：「莫兒，妳與本宮說實話，是否有了喜歡的人？」

「沒有！」莫兒想也不想就搖頭，可是四喜的模樣卻在腦海中揮之不去，令她糾結不已。

這個答案並不能令凌若滿意，依舊一臉狐疑地看著她。莫兒回答得這麼快，分明是言不由衷，只是，那人會是誰呢？

盯著不敢抬頭的莫兒，凌若腦海中忽的一道靈光閃現，在其消逝前，被她緊緊抓住，脫口道：「難道是喜公公？」

莫兒本就糾結不已，再聽得凌若一語道破，頓時不知如何是好，連手腳該往哪裡放都不知道。

她這樣子，更讓凌若確信自己剛才的懷疑，一時竟不知該說什麼好。

莫兒萬分不自在地站了半天，始終不見凌若說話，有些忐忑地道：「主子，奴婢……」

不等她說下去，凌若已經抬手道：「妳不必說了，本宮心裡有數。倒是本宮忽視了，明知妳與喜公公走得近，卻一直不曾留心。」

莫兒急急道：「不是的，其實在主子問奴婢之前，奴婢自己也不知道，只覺得喜公公人很好，與他在一起覺得很舒服。」

「那喜公公呢？他又是怎麼想的？」說實話，哪怕宮裡不禁對食，凌若也不願身邊的人嫁給太監做一個菜戶。不管那太監心地如何好，地位如何高，始終是太監，好好一個女子嫁了他，終歸是委屈。

莫兒茫然地搖頭道：「奴婢不知道。」她連自己心思都沒摸明白，又怎麼摸得明四喜的心思。

「莫兒，妳真的想嫁給四喜嗎，不會後悔？哪怕一輩子留在宮裡，無法像真正的夫妻那樣也沒關係？」凌若問得很認真，畢竟關係到莫兒一輩子的幸福。

這一次，莫兒思考了許久，方道：「以後的事，奴婢不敢斷言，但此刻，若非要嫁人，奴婢寧願嫁給喜公公，至少……他是一個好人。」

「妳這丫頭。」凌若搖搖頭，沒有再說話，心裡卻是加了一樁事。

在這樣的等待中，時間緩緩滑過。剛剛到三更，外頭便響起叩門聲，只聽楊海在外頭道：「主子，咱們該過去了。」

「走吧。」凌若展一展袖子，將戴著赤金鏨花護甲的左手搭在莫兒臂上，施施然往外走去。

楊海等人早已候在那裡，水秀手裡還執著一盞氣死風燈。凌若環視了畢恭畢敬的幾人一眼，道：「水月留在此處候命吧，其餘幾個隨我一道去養心殿。水月，妳告訴三福，他若想救翡翠，就好生待在屋中，不許踏出承乾宮一步，否則不說翡翠，就是他自己也小命難保。」

「是，奴婢遵命。」

水月答應一聲，待要退下，凌若忽的想起一事來，道：「叫小鄭子不用守夜了，去坤寧宮外頭守著，一有什麼情況立刻來稟告。」

待水月一一應聲後，凌若方帶著眾人，一路引燈往養心殿去。

三更時分，正是天色最黑的時候，若無宮燈照明，根本辨不清前面的路。一行人走得極慢，待到養心殿外時，已過三更過半。

見凌若停下腳步，楊海躬身道：「主子，可要奴才去通報？」

凌若遙遙看了隱藏在夜色中的養心殿一眼，淡淡道：「不必了，咱們就在這裡等一會兒吧。水秀，妳把燈熄了，別讓人瞧見。」

熄燈後，周遭一下子暗了下來，夏蟲的鳴叫更是將諸人的呼吸聲都掩蓋了下去，若非湊到極近，絕對發現不了此處還站著幾人。

如今雖已是夏末，但蚊子不減反多，一直在幾人耳邊嗡嗡作響，揮走又飛來，一個不小心便被叮出一個大包，癢得人忍不住去撓。

凌若脖子上亦被咬出兩個包，水秀見狀道：「主子，要不奴婢去拿驅蚊的藥來。」

凌若看了一下夜色道：「不必了，時辰就快到了，再說妳這樣來回也易被人發現。」

水秀依言退下。又等了一會兒後，終於看到養心殿亮了燈火。凌若整一整衣衫，命水秀重新點亮氣死風燈，往養心殿行去。

「什麼人？」在離養心殿還有十數丈路的時候，守在外頭的宮人發現了引路的宮燈，執燈張望，待見是凌若時，忙不迭打千行禮。

凌若微微點頭，道：「皇上起身了嗎？」

宮人恭謹地回道：「回熹妃娘娘的話，皇上已經傳了喜公公與蘇公公進去，料想是起身了。娘娘可是要進去？」

夜色中，凌若微一勾脣道：「是，你進去通傳，就說本宮求見。」

宮人答應一聲，快步入內，不消多時便奔出來，用比剛才更恭謹的態度道：「皇上有旨，請熹妃娘娘入內。」

凌若輕「嗯」一聲，越過他跨入養心殿。到了內殿，只見帷簾已經掀起，四喜正在服侍胤禛更衣，蘇培盛則端著雕有雙龍戲珠圖案的銅盆垂首站在一旁。

看到凌若進來，胤禛伸出手，含笑道：「怎麼天不亮就過來了？睡不著嗎？」

在瞧見凌若時，四喜手中動作一滯，旋即若無其事地繼續替胤禛更衣。

凌若上前，將手放入他掌中。「是啊，沒什麼睡意，又想起皇上這個時候差不多要準備上朝了，所以過來伺候皇上。省得以後皇上說起來，說臣妾貪睡，不服侍皇上晨起。」

「哎，朕可沒說過這話，妳莫要冤枉朕。」這般說著，胤禛臉上卻盡是笑意，緊一緊掌中的柔荑，道：「這一次便罷了，以後可不許這時候過來。外頭天都未亮，萬一磕了可是不好。」

「臣妾哪有那麼沒用。」這般說著，凌若極為自然地接過四喜手中的事，替胤禛換上繡有九條金龍、十二章紋的朝服。在繫扣子的時候，她忽道：「昨日弘曆問起臣妾一句話，臣妾不知如何回答，想向皇上請教，不知皇上肯否賜教？」

第八百七十七章　圈子

「哦？」胤禛頗為驚訝地看著凌若。「朕的熹妃向來才氣過人，竟然也有回答不了的問題啊，那朕倒是要聽聽弘曆究竟問了什麼刁鑽古怪的問題，將他的額娘也給難倒了。」

凌若被他說得掩嘴輕笑。「皇上這樣取笑臣妾，可是要讓臣妾無地自容嗎？」

「朕說的都是實話。好了，妳說吧，朕洗耳恭聽。」這般說著，他自己將剩下的扣子扣起。

另一邊的蘇培盛見狀，連忙端著銅盆走到胤禛跟前，步行之間，盆中的水紋絲不晃，可見他手裡的力道極穩。

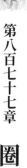

凌若微一低頭，輕吟道：「人心，私欲，故危殆。道心，天理，故精微。滅私欲則天理明。」

聽得她這句話，本已彎腰準備淨臉的胤禛動作一頓，直起身道：「朕記得這話是出自宋時的《二程遺書》吧？」

凌若微微欠道：「是，正是程顥與程頤兩人。正是這兩人，才有了後來朱子的理學，謂之曰：存天理滅人欲。」

胤禛頷首道：「嗯，朱子曾說，聖人千言萬語，皆是教人存天理，滅人欲；學者須是革盡人欲，復盡天理，方始為學。這並不難理解，若兒何以會被難倒？還有弘曆他讀了十幾年的書，難道連這些道理都還需要問人嗎？」說到後面，他已經是微微不悅。

凌若自是聽出來了，忙道：「字面上的意思，弘曆自是理解，只是細思起來，卻覺得有所不妥。臣妾本以為他是胡言，可是細聽之後，覺得有幾分道理。」

「妳且說給朕聽聽。」胤禛來了幾分興趣，略一淨臉，接過宮人端來的茶坐在椅中，等著凌若說下去。

凌若按捺著心中的緊張，斟酌道：「人始一生下來，便帶著各式各樣的欲望。小時，是飽腹之慾；稍大一些，是玩耍之欲；等再大一些便更多了，譬如口舌，譬如享逸，又譬如情竇初開時的情慾。這一切都是人的成長中正常生成的欲望，從而使得他們有了各式各樣的追求，也隨之踏上了各樣的路，有好有壞，有善有惡。可是若依著朱子所言，去掉所有人欲，那麼豈非連飽腹之慾也沒有了？嬰兒不知吃奶，稚子不懂玩耍，大人庸庸碌碌，無所為之，那麼這世上也就變得一片死氣沉沉，何來興盛昌隆一說。」

站在胤禛身後的四喜眼皮一跳，不動聲色地笑道：「娘娘這話說得可是有些瘆人。可真成這樣了，那還叫什麼人啊，比那陰曹地府好不了多少。」

胤禛沒想到凌若會說出這麼一番話來，細聽了後道：「若兒這話有些過於偏頗了，朱子之說，並非這樣絕對，而是讓人盡量屏去心中雜念與貪欲。貪欲越少，境界自然越高，如此一來，他便能守真專一，不以私欲而活。所以，這與妳所謂的飽腹、玩耍等欲並不相悖逆。」

他話音剛落，凌若便接下去道：「可是飽腹到最後會變成口舌，玩耍到後面亦會成為玩樂。欲，本就是時時刻刻變化的，若要滅人欲，那麼該從根上就掐滅，否則終有一日會變成貪欲或私欲，到時候就無法滅除了。」

聽到這裡，胤禛已經漸漸回過味來，低頭看著在淡黃色茶湯中載沉載浮的茶葉，徐徐道：「熹妃，這些話當真是弘曆說的嗎？還是妳繞著圈子另有話說。」

當胤禛正色喚「熹妃」二字時，便代表他心中已經開始不喜，凌若跟在他身邊這麼多年，豈會聽不出。她貝齒輕咬下唇，跪下道：「請皇上恕臣妾欺君之罪！」

胤禛瞥了她一眼，用茶盞撥著浮在上面的茶沫子道：「說吧，到底是怎麼一回事，朕可不相信你會無緣無故跑來與朕辯理學，且還是挑這麼一個時候。」

凌若低頭道：「臣妾不敢再隱瞞皇上，前半夜，坤寧宮的三福突然跑到臣妾宮中，喊著臣妾救命。」

三福？胤禛奇怪，放下茶盞道：「他跑到妳宮中做什麼？」

「臣妾當時也覺得很奇怪，一問之下，方知原來三福與翡翠日久生情，互有好感，有意相互依靠，但因為宮裡的規矩，他們不敢挑明，只是暗暗地交好。豈料這件事被人發現，告到皇后娘娘面前，惹得皇后娘娘鳳顏大怒，傳了翡翠問話。」

「因知道皇后娘娘處事向來公正無私，並不會因為是自己宮裡的人而有所包庇，所以三福心中害怕，漏夜來到臣妾宮中求救。雖然三福犯錯在先，但他與翡翠並無苟且，一切皆發乎情、止乎於禮，臣妾心中不忍，所以答應他來向皇上求情，希望皇后可以寬恕他們兩人。」

凌若一口氣將在心中思索許久的話統統說出來，至於三福盼皇后死，以及皇后要除他們的事均沒有說。一來，這些話不利於救他們性命；二來，空口無憑，即便說了，胤禛也未必會相信。

胤禛擰眉看著凌若，沒有說話，手指輕輕敲著案桌。按著宮裡的規矩，一旦發現宮人私相授受，輕則杖責一百，重則即刻杖殺，是絕無寬容餘地的。好一會兒，他方凝聲道：「若兒，妳該知曉宮裡的規矩，而且三福與翡翠是皇后身邊的人，妳不該插手。」

「皇上所言，臣妾心下明白，只是三福說得實在可憐，臣妾不忍拒絕他哀求。再者，他們兩人雖是奴才，卻也是兩條活生生的性命，在宮中為奴為婢，伺候主子已經很可憐了；而今不過是想病時有人端碗藥，累時有人問一聲罷了，又怎忍心苛責呢？再者，男女之間相互喜歡，本就是天經地義的事情。」凌若神色懇切地道：

「若人連一絲欲望都沒有了，那麼人也就不為之人了，甚至連畜生亦不如。」

初時尚好，待聽到後面時，胤禛眸光微沉，敲指的動作亦重了幾分。「別人可以，但三福不行，他是太監，豈可以喜歡人。」

凌若搖首道：「皇上，恕臣妾說句實話，沒有人生來便是太監，他們或是家中遭罪，被沒入宮中為太監，或是家貧無法撫養而送入宮中，既可得一個棲身飽肚之處，又可以賺幾兩銀子貼補家用。那一刀固然讓他們成了太監，不再能像正常人一樣生兒育女，可並不意味著將他們所有的感情都斬斷了，他們依然有喜怒哀樂，依然有悲歡苦楚，同樣的，也依然有著喜歡人的能力……」

第八百七十八章　逾越

「夠了，熹妃！」胤禛打斷凌若的話。「這些話已經越過妳的本分，不管因為什麼樣的理由，既然入了宮，就得守宮裡的規矩。既然他們明知故犯，那麼就該承受隨之而來的後果。若人人犯了規而不用罰，那麼還要規矩何用，還要國法何用？還是熹妃覺得妳比國法、宮規更尊？」

胤禛素來反對宮人有私情，再加上本朝歷來遵循理學，對於凌若的那番話自然覺得萬分刺耳。

「臣妾萬萬不敢有此想法。」凌若惶恐地道：「只是臣妾覺得法理不外乎人情，皇上又與先帝一樣，是個有德寬仁的明君，這才斗膽為三福求情。而當年，先帝爺曾法外施恩，賜一對宦官與宮女對食，一時傳為佳話，而宮人也感念先帝爺仁德之恩。」

其實那對菜戶結局是不好的，但那是康熙在世時，唯一賜過的一對，她將之抬出來，至少可以說菜戶一事在本朝是有例可循，算不得太過破例。

正在這個時候，殿中忽的響起一個低啜聲，引得眾人循聲看去，卻是四喜，只見他自暗自垂淚，一旁的蘇培盛正愕然看著他。

驚訝之餘，胤禛問：「四喜，你哭什麼？」

四喜趕緊跑到胤禛跟前跪下，抹著淚道：「回皇上的話，奴才聽著熹妃娘娘那席話，一時忍不住落下淚來。」

胤禛眼眸微瞇，對宮人端上來的早膳置之不理。「你覺得熹妃言之在理？」

四喜聞言，連忙磕頭道：「奴才不敢，老祖宗定下的規矩是絕對不會有錯的，只是奴才聽著聽著，不由得想起奴才師父來。」

胤禛見他扯到已經離宮的李德全，不由得道：「李德全怎麼了，朕不是已經恩准他出宮頤養天年了嗎？」說到此處，聲音驟然一厲道：「是不是內務府那些人趁他不在朕跟前，就剋扣月銀？」

四喜連忙道：「回皇上的話，內務府並不曾剋扣，師父也不缺銀子花。只是奴才上次去探望師父的時候，看到他一人在那裡長吁短嘆，好奇之餘便問了一下，得知師父原來是覺得老來寂寞，雖不缺吃穿，卻孤零零一人，連一個能說話解悶的人都沒有，再大的宅子，再多的銀子，也不知給誰住、給誰用才好。」

蘇培盛在旁邊聽著感到一陣納悶，他也常去看師父，怎麼就一點兒不知道這事呢？而且他也不覺得師父寂寞，整日不是逗鳥便是去外頭逛逛，自得其樂得很。

聽得是這麼一回事，胤禛臉色微緩。「他若是覺得寂寞，你們買幾個丫鬟伺候他就是，這樣有人陪著說話也不至於悶。」

「奴才早就買了幾個丫鬟給師父，可是除了日常起居，師父並不願與她們多說，畢竟師父在宮裡當了一輩子差，許多事都不便於向外人說，只能爛在肚中。所以師父與奴才嘆言說，若當初他有膽子求先帝爺，將中意的宮女賜給他做菜戶，那麼現在老來就有個伴了，不至於只能看浮雲變化、日升月落；有時候連病了，也沒人關心一下。至於買來的丫鬟，只會伺候他喝藥，旁的一句也不懂得說。」

說到這裡，四喜又抹了一下淚，哀聲道：「奴才每每想起師父這個樣子都覺得萬分可憐，剛才聽得熹妃娘娘體恤下人的話，一時忍不住，這才啜泣了起來，還請皇上恕奴才驚駕之罪。」

聽他這一番真情流露的言語，胤禛心中的不悅少了許多，但仍道：「就算如此，你也不至於哭出來，何時變得這樣沒用了。」

四喜磕了個頭道：「不瞞皇上說，奴才有幸在皇上身邊伺候，蒙皇上厚待，從不曾受什麼委屈。可許多與奴才一樣的太監，一邊做著繁重的活計，一邊還要被上頭的太監苛責，稍有一點兒差池，便免不了要受皮肉之苦。而他們受罪時，連個擦藥、餵飯的人也沒有，傷輕的還能自己撐著下地討個飯吃，傷重的就只能在床上躺著，沒人理會。有幾個傷重的，就是因為沒飯吃而活活餓死。」

這樣的事在宮裡固然有，卻是極罕見的例子。畢竟那些太監皆是多人睡在一間通鋪中，有人受傷不能動彈，自然會有其他太監幫襯著弄點兒飯給他吃，頂多問他索要些銀子就是了。

四喜故意往嚴重了說，就是想勾起胤禛的同情心。

他是打從胤禛登基就跟著李德全在其身邊伺候的，論起資歷來，比蘇培盛還老上幾分。何況他向來機靈，善於察言觀色，對於胤禛頗有幾分了解。

他曉得皇上看著比先帝爺嚴厲，但其內心仍不失善良，否則也不會對十四爺一忍再忍，也不會雖明知太后偏袒十四爺，乃至對自己誤會重重，依然善待太后。

若非有這樣的認識，莫兒來找他時，哪怕他心裡不反對菜戶，甚至是同情三福與翡翠，也絕對不敢答應幫熹妃的，畢竟這種事一個不好就會掉腦袋。

在四喜話音落下後，養心殿一直處於沉寂之中，唯有遠從西洋而來的自鳴鐘發出「滴答、滴答」的輕響。

胤禛閉目許久，古井無波的面容看不出他的情緒。

凌若緊張得手心出汗，今日之事，她是冒了很大風險的，一旦不能說服胤禛，那麼三福兩人保不住姑且不說，她自己也會因插手管坤寧宮的事，在胤禛心裡留下一個越權的印象。

哪怕她執掌後宮大權，也改變不了只是一介嬪妃的事實。

歷朝歷代，除了像明朝萬貴妃那樣將皇帝玩弄於股掌之中的人外，又有哪個嬪妃敢管皇后的事。

在凌若近乎煎熬的等待中，胤禛終於睜開了眼眸，道：「三福現在何處？」

凌若趕緊道：「回皇上的話，臣妾見他不敢回坤寧宮，便讓他留在臣妾宮中，可要現在召他來？」

胤禛抬手道：「朕還要上朝，沒那麼多時間見他。」如此頓了一會兒，又有些神色複雜地道：「若兒，妳可知自己今日逾越在前，欺君在後？」

第八百七十九章　天理人欲

聽得胤禛改了稱呼，凌若心中一鬆，雖然胤禛指出她所犯的錯，但想必不會重罰。「臣妾知錯，請皇上責罰。」

胤禛微微點頭，道：「姑念妳是出於善意，朕不重罰妳，回去後謄抄《金剛經》三遍，以示懲戒。」

凌若剛剛鬆弛下去的心，因這一句話再次繃了起來。她自己是無礙，可是三福那邊，胤禛卻沒有明言，忍不住道：「皇上，還請您賜三福與翡翠一個恩典，闔宮上下定然會感念皇上仁德。」

胤禛起身，撫著腕上的佛珠一嘆，道：「孟子曾曰：養心莫善於寡欲。他們既不願安安分分做奴才該做的事，就該受罰，三福他們的事就交由皇后自己去處理吧。天理……與人欲始終是不能並存的，若放縱了人欲，那麼天理就會被壓制，朕不能做這樣的事。」

凌若一聽，心中頓時為之大急，既是顧惜兩條性命，也是不願再助長那拉氏氣焰。何況若能收歸了三福兩人，對她來說是一個極好的助力，實在不願輕言放棄。在緊張地思索了一下後，她仰頭，一字一句道：「皇上，天理、人欲從來都是並存的，若滅了人欲，那麼天理也就不復存在了。」

「熹妃！」胤禛的聲音帶上警告的意味。

凌若聽出來了，卻仍是接下去道：「天理、人欲其實只在一念之間，只要人能克制住自己無謂的欲望，那麼他身上就存在著天理。昔日孔聖人一生奔波，難道他就沒私嗎？不，臣妾恰恰認為他同樣存著私心，奔波列國，無非是為一個官字。可孔聖人的私欲是為了天下百姓，所以，這既是欲也是理，並不能一棒子將之打死，認為凡人欲者皆是該扼殺。」

本已準備去用膳的胤禛聽得這話，停住腳步，低頭迎著凌若坦然的目光，好一會兒方不帶感情地道：「妳將三福他們兩個奴才拿來與孔聖人相提並論，不覺得過於荒謬了嗎？」

孔子是天下儒學的代表，有著至高無上的地位，就連皇帝都要拜孔子，以示尊崇儒學。

「臣妾不敢，只是臣妾記得孔聖人曾曰：三人行，必有我師焉，擇其善者而從之，其不善而改之。」凌若抑制住心底的緊張，在胤禛的逼視下從容道：「也就是說，在孔聖人心中，世人都是平等的，並無高低貴賤之分，不過是身分不同罷了，或為主子或為奴才，然歸根結柢，都是人。」

這些話已經越出了凌若該說的底線，然已經說到這分上，斷無再回頭之理，她繼續道：「既然孔聖人的欲成了一樁好事，那麼，皇上為何一意認定三福與翡翠的欲便是壞事呢？而且臣妾相信，皇上乃是心懷仁慈的有德明君，善待天下百姓，否則皇上當初也不會廢除賤籍，讓那些樂戶可以讀書科考，不必再一世卑賤。」

不等胤禛說話，她長長磕下頭去，任由錦衣在身後鋪展如天邊朝霞。「所以臣妾再一次斗膽，請皇上網開一面，放三福與翡翠這兩個皇上的子民一條生路，闔宮上下必將感念皇上恩德，為皇上祈福於天。」

四喜在一旁咬咬牙，也跟著磕下頭去。「求皇上網開一面，放三福與翡翠一條生路。」

在他之後，水秀等人亦跪了下去，隨後是其他宮人。片刻工夫，除了胤禛與蘇培盛之外，其餘人都跪在地上。

看著這一幕，胤禛默不作聲。剛才凌若那些話，著實有些打動他。天理、人欲，看似對立，其實相依相持，若真要滅人欲，那麼人將不人，國亦將不國。

凌若靜靜等候著胤禛開口，能說的、不能說的，她都已經說了，所以這一次胤禛若依然堅持宮規，不恕三福兩人的話，她將不再有任何辦法。

這一次，胤禛思索許久，直至天邊漸露出一絲曙光時，方才道：「罷了，起來吧。」

「皇上……」凌若緊張地凝視他，生怕聽到自己最害怕的答案。

胤禛啞然失笑，伸手拉起她道：「瞧妳這樣，倒是比皇后還要關心這兩人的生死，既如此，倒不如讓他們做妳的宮人得了。」

凌若心中大喜，胤禛雖不曾挑明，但意思已是再明白不過，他終歸還是鬆口了，願意留三福兩人一條性命。這般想著，她頓時有了心思開玩笑：「若皇上願意將這兩人送給臣妾，臣妾當然求之不得，只怕皇后娘娘不捨。」

看著那雙染笑的眼眸，胤禛搖頭，然拉著凌若的手卻沒有鬆開。「朕隨口一說，妳倒是當了真。若真想要，妳自己向皇后討要去。」這般說著，睇視凌若一眼道：「不過妳也是，之前替涵煙求情，這次又替三福求情，倒像是求情上了癮，就不怕朕再像上次那樣罰妳嗎？」

凌若極是肯定地道：「靜悅公主與三福不同，當時皇上是迫於無奈，才令公主遠嫁，但在皇上心中，其實是不願的。可是三福生死只在皇上一念之間，以皇上的仁慈，一定會放他們一條生路。」

「妳啊，真是什麼話都讓妳說盡了。」胤禛搖搖頭，沒有接下去，而是拉著她來到桌前。「來，陪朕一道用早膳。說起來，朕平常都是一人用，難得今日有妳相陪。」

凌若坐在胤禛身側，笑道：「皇上若喜歡，臣妾往後天天來陪您用早膳。」

「就因為朕今日答應了妳的請求？」胤禛親手舀了一碗小米粥放至凌若面前。

凌若掩嘴一笑道：「臣妾可不是那種人，皇上莫要冤枉臣妾。臣妾不過是看皇上每日天不亮就要起身上朝，辛苦得很，才想要來陪陪皇上。」

好話人人都會說，可不知為何，從凌若嘴裡說出來就讓胤禛覺得很舒服，輕笑道：「還是算了，朕要上朝沒辦法，妳卻是可以多睡一會兒，否則白日裡可要沒精神了。」

第八百八十章　喧譁

凌若知道胤禛是關心自己，心裡淌過涓涓暖流，笑意亦越發明媚。

在一道用過早膳後，胤禛道：「晚些妳去一趟皇后宮裡，就說是朕的意思，恕了三福與翡翠的罪，晚些朕再親自下旨，正式賜他們為菜戶。」說到這裡，他又一陣搖頭，帶著幾分無奈道：「朕本是最反對菜戶的，想不到竟有一日破了例。」

聽得胤禛這般說，凌若心中大定，忙起身垂首道：「謝皇上恩典。」

她話音剛落，便聽得四喜亦滿面笑容地道：「奴才代三福與翡翠謝過皇上大恩，皇上萬歲萬歲萬萬歲。」

胤禛心情甚好，聽得他這話，虛虛踢了一腳，笑罵道：「你這奴才，謝恩倒是謝得快，又不是賜你，你笑個什麼勁。」

彼時，正好殿門開了，一道輕風吹拂在諸人身上，帶著一絲晨間的涼爽。凌若捋一捋耳邊的碎髮，似無意地道：「難不成喜公公心底也有了喜歡的人，若真這樣，趁著皇上現在心情好，趕緊求一求，指不定便成了。」
站在後面的莫兒臉龐一紅，趕緊低下頭。她猜到了主子這麼說的用意，既是有心替她試喜公公，也是想趁機求個恩典，過了這次，往後可不知有沒有機會了。
莫兒既害怕又期待，偷偷抬起眼待要看四喜，卻突然感覺到兩道冰冷的目光落在身上，一望之下發現竟是蘇培盛，令莫兒甚是不解。
四喜被凌若說得一窘，當即道：「娘娘別取笑奴才了，奴才只一門心思伺候皇上，哪有喜歡什麼人。」
其實在那一刻，四喜腦海裡浮現出莫兒的影子，只是被他強行壓下去。他清楚自己閹人一個，何必去拖累好好的一個姑娘？再說莫兒不見得就喜歡他。
而他的話，令莫兒心中一涼，旋即升起深深的失望。喜公公對她果然沒什麼心思，是她自作多情了。
凌若往莫兒的方向瞥了一眼，見她黯然低頭，心中頗為憐惜，只是在胤禛面前卻不好說什麼，依舊帶了笑道：「喜公公這樣說，宮裡可是會有很多人失望的。」
四喜越發窘迫，連連擺手道：「娘娘您別取笑奴才了。奴才……奴才……」
「好了，熹妃不過與你開個玩笑罷了。」這般說著，胤禛長身而起。「好了，朕該去上朝了，妳也回去吧。」
「是。」凌若溫順地答應，在目送胤禛帶著四喜與蘇培盛離開內殿後，她亦帶著宮人回承乾宮。她要先安撫三福，以免他焦急之下節外生枝，然後才好去坤寧宮要人。

凌若等人剛走到承乾宮外頭，便聽得宮門處有吵鬧聲。奇怪，這一大清早的，何人這麼大膽在此喧譁？這般想著，凌若停下腳步，她不走，後面的人自然也駐足不動，只仔細看著宮門那裡的情況。

在宮門外喧譁的不是別人，正是小寧子。昨夜三福逃出坤寧宮，好不容易熬到天亮，想要再立一功的小寧子自然迫不及待地挨宮挨院查了起來。

在到承乾宮之前，他已經問了好幾個宮院，都說不曾見到三福。待到了承乾宮，水月同樣回答說沒看見，但小寧子發現水月目光有些閃爍，頓時起了疑心，非要進去看一眼，水月自然不肯，兩邊都不肯退讓，自然就起了爭執。

「寧公公，你雖是皇后娘娘身邊的人，但也不能這樣滿不講理，我家主子好歹是正三品皇妃，如今更受皇上旨意掌管六宮之事，主子所居的宮殿豈是你說搜就能搜的。」水月擋在小寧子面前不讓。

小寧子皮笑肉不笑地道：「瞧水月姑娘這話說的，咱家何時說要搜宮了，不過是想進去給熹妃娘娘問個安罷了，難道連這也不許？」水月越不讓他進去，他就越懷疑。細細想一下，這宮裡，有膽子與皇后作對收留三福的，也就熹妃她們幾個了。

水月一時挑不出他這話的毛病，只能硬邦邦地來一句：「主子不在，寧公公可以回去了。」

不在？小寧子愣了一下，下意識地道：「去哪裡了？」

水月學著他皮笑肉不笑的樣子。「寧公公不覺得自己這話逾越了嗎？娘娘去哪裡，難道還得跟您報備啊？怕是連身為大內總管的喜公公都不敢這樣過問娘娘的行蹤吧。」

「咱家也是關心娘娘，妳說這天剛亮的，娘娘不在屋中睡覺，卻是跑去外面，是何道理？」這般說著，小寧子又道：「咱家既是來了，那就去裡面等著吧，待娘娘回來了再給她請安。」

他這般說著，就要越過水月往裡走。水月頓時急紅了眼，趕緊讓一旁的小鄭子幾個擋住。「寧公公，你要等就在外頭等，這樣不由分說地往裡闖算是怎麼一回事！」

小寧子越發肯定三福就藏在裡頭，眼皮一抬，陰陽怪氣地道：「水月姑娘這樣緊張做什麼，難不成裡面有什麼見不得人的事或人？」

他話音剛落，身後突然傳來一聲冷哼。

「大膽！」

水月聽得這個聲音，頓時放下心中大石，趕緊與小鄭子幾人一道上前行禮。

「奴婢給主子請安，主子萬福。」

小寧子心裡咯登一下。該死的，熹妃怎麼偏巧這時候出現了，再晚一些，指不定他就能先一步進裡面去搜查三福了。

不管心中怎麼不願，小寧子還是不得不轉過身來，陪著笑臉道：「奴才給熹妃娘娘請安，娘娘萬福。」

凌若絳唇微勾，帶著一絲若有似無的笑，眸光卻落在小寧子頂戴上的那一顆珠子。「看這頂戴，寧公公已蒙皇后娘娘賞識，升為八品品秩，實在是可喜可賀。」

第八百八十一章 發現

小寧子微露得色，垂首道：「承蒙皇后娘娘看中，奴才受之有愧。」

他話剛落，凌若已淡然道：「受之有愧嗎？不見得吧，本宮看寧公公剛升了品秩，便來本宮這裡擺威風，訓得水月他們幾個連大氣也不敢喘，真真是不錯呢！」

小寧子從這番話中聽出了機鋒，連忙將身子低垂幾分，帶著些許惶恐道：「娘娘千萬不要誤會，就算借奴才幾個膽子，也不敢對您有一絲不敬，更不要說擺威風三字。」

「是嗎？」凌若嗤然一笑。她當然清楚宮裡見人說人話、見鬼說鬼話的習慣，若非自己正當寵，小寧子如今已給自己臉色看了，哪還會這麼恭謹。她也不深究下去，微微側頭，對扶著自己手的楊海道：「走吧。」

「嗻！」楊海答應一塊，扶著凌若往正殿走去，其餘宮人皆緊隨其後。這一路過去，竟是沒人理會小寧子，將他晾在那裡，進也不是，退也不是。

跟小寧子一道來的小太監道：「寧公公，咱們要不回去吧？」

「回去做什麼？」被凌若這般無視，小寧子心中不快，這語氣自然也好不到哪裡去。「承乾宮都沒進就回去，到時主子問起怎麼回答？」

小太監縮了一下肩膀，為難地道：「可是您看熹妃那樣子，分明是有意給寧公公您難堪，就算您去說了，她也不會讓您搜宮的，倒不如如實稟告主子，請她為咱們做主。」

小寧子自然明白，又不甘心就這樣空手而歸，思考後還是咬牙跟上去。

彼時，凌若已經在正殿中坐定，捧著宮人端上來的香茗徐徐飲著，看到小寧子進來，茶盞後的嘴角露出一絲笑意。

皇后身邊的這個小太監，以前她還真沒怎麼注意，可偏就是這樣一個不起眼的人，將三福逼得走投無路，翡翠生死未知，真真是好本事。

這般想著，她卻沒有正眼看小寧子，而是將茶盞往水秀手中一遞，道：「告訴茶房的人，下次再泡花茶，在裡面放幾顆枸杞。」

水秀道：「奴婢上次看到枸杞不多了，得讓內務府再送一些過來。」

「嗯，記得要是寧夏那邊貢上來，其他地方的，本宮瞧著都不算頂好。」

水秀仔細聽完後道：「是，奴婢記下了，晚些就過去內務府。」

見凌若一直不理會自己，小寧子又氣又怒，卻不能發作，只能故意抬高了聲音道：「奴才給熹妃娘娘請安。」

這句話總算是將凌若的目光拉回來了，故作驚訝地道：「咦，寧公公還在這裡嗎？本宮還道你已經回去了呢，還有何事？」

小寧子勉強一笑道：「不敢隱瞞熹妃娘娘，昨夜裡福公公不見了，奴才遍尋不著，想問娘娘一聲，不知是否見過他，他又是否來過？」

凌若黛眉一挑，道：「寧公公這話好生奇怪，三福是皇后娘娘宮裡的奴才，他不見了，你自去尋就是了，問本宮做什麼，難道本宮還能把他藏起來不成？」

小寧子低聲道：「奴才不敢，只是尋了許多地方都不見蹤影，所以斗膽問娘娘一聲。」

凌若笑而不答，倒是旁邊的水秀道：「寧公公這話可是蹊蹺了，福公公他就算不見了，那也是有事去辦，待他辦完事自然會回去，你那麼著急尋他做什麼？」

小寧子也在暗自揣測，究竟熹妃知不知道三福與翡翠私通一事，若是知道，她不該會包庇才是，否則豈非自找麻煩？若是這樣，那他倒是可以將事情透露一點兒，萬一三福真在她這裡，就可以迫她交出來；再說這件事肯定是瞞不住的，畢竟處置的可是皇后身邊最得力的兩人，私情一事早晚得捅出來。

這般斟酌了一番後，他裝出痛心疾首的樣子道：「不敢隱瞞娘娘，福公公他一時糊塗與翡翠姑姑有了私情，被皇后娘娘發現後，心下害怕，便連夜逃出坤寧宮。如今皇后娘娘正在氣頭上，命奴才將福公公帶回去處置。」

「竟有這等事？」凌若一臉驚訝，口中更是道：「福公公膽子可真是大，明知宮裡不許宮人私結菜戶，竟還明知故犯，怪不得要逃。只是如今皇后娘娘正在養傷，若因此事震怒加重了傷勢，可如何是好？」

看她這副樣子，小寧子不禁心裡犯嘀咕。難道熹妃真沒有收留三福？

只聽凌若道：「不行，本宮得去瞧瞧，讓皇后娘娘保重鳳體，不要太過生氣。」

小寧子一聽，連忙攔住她道：「娘娘，皇后娘娘傷勢未癒，怕是不便見外人。」熹妃向來與自家主子處處對著幹，她這個時候過去，保準不會有什麼好事，再說主子也沒心情見她。

凌若盯著攔在自己面前的那隻手，冷然道：「本宮與皇后娘娘尚在府裡時便交好，二十幾年情同姊妹，豈可說是外人。讓開！」

「這個，娘娘……」

小寧子還待要說，凌若已經沉下臉道：「不要讓本宮再說第二遍。」

小寧子終是不敢與凌若正面起衝突，猶豫了一下後縮回手，跟著她一道出正殿。在踏過門檻的時候，他看到旁邊有人影閃了一下，瞧著有些像是三福，頓時來了精神。難道三福真躲在這裡？

「主子。」看到人影閃過的不只小寧子，還有楊海，而且從他這個角度看過去，甚至能看到三福此刻正躲在一扇門後，趕緊提醒凌若。

凌若微微點頭，卻沒有任何動作，任由小寧子故作不經意地往三福的藏身處走去。

第八百八十二章　發難

小寧子悄悄地往旁邊走，一邊走一邊看前面的凌若，發現她沒有察覺自己的動作，心下微定，在走到疑似三福藏身的地方時，瞬間加快動作，將虛掩的門猛地一拉，果然在門後發現了三福。

見三福想逃，他趕緊一把拉住人，同時嘴裡道：「你果然在這裡！」

看到小寧子，三福恨得眼裡幾乎要噴出火來。若不是這個小人，他與翡翠怎會落得現在這個下場！

找到三福下落，令小寧子大喜過望，死死拉著他道：「三福，你別再負隅頑抗了，快隨我回去見主子！」

他話音剛落，眼前便突然多了一隻拳頭，緊接著左眼傳來劇烈的疼痛。他捂著眼睛，怒道：「你……你敢打我！」

「我不只打你，還要殺了你！」三福知道自己被小寧子找到，必然躲不過，與其乖乖回去送死，倒不若在臨死前殺了這個小人，以消心頭之恨。

接觸到三福憤恨的目光，小寧子意識到他不是開玩笑，頓時犯起了怵，一邊後退一邊道：「你……你別亂來啊，傷了我對你沒什麼好處！」

「可是不傷你對我同樣沒好處！」扔下這句話，三福不再與他廢話，帶著猙獰的恨意衝過去。

他身材與小寧子差不多，真打起來不知誰贏誰輸，但小寧子此刻完全沒有與三福對抗的勇氣，不住後退，同時對後面那個站著不動的小太監吼：「愣著做什麼，還不替我抓住他！」

「是。」小太監如夢初醒，雖然心裡也害怕，卻不得不衝上去，冒著挨打的危險攔住三福。

小寧子趁機退開，直至遠離了形同發瘋的三福，才微微鬆了口氣。

凌若假裝現在才發現後面的異樣，回過頭來，輕「咦」一聲道：「你們這是在做什麼？」

聽到她的聲音，小寧子氣不打一處來，哼哼著道：「娘娘剛才不是說沒見過三福嗎？怎的他卻在娘娘這裡？」

「本宮一早便出去散步了，確實不曾見過他。」說罷，她環視眾人一眼，肅聲道：「你們幾個可知是怎麼一回事？」

幾人互相對望一眼，安兒忽的跪下來，惶恐地道：「求主子恕罪，是奴婢不好。剛才主子出去之後，奴婢看到福公公在外頭張望，又說有人在追他，希望奴婢讓他躲一躲，奴婢見他實在可憐，便自作主張將他藏起來，之後寧公公便凶神惡煞似地上來要人，奴婢一時害怕，不敢說出來。」

凌若心知肚明，故意斥道：「妳好大的膽子，竟然敢私藏皇后娘娘的人，就不怕皇后娘娘怪責嗎？」

安兒趕緊道：「奴婢不是故意的，求主子替奴婢向皇后娘娘求情。」

「妳這丫頭！」凌若再斥了一句，對冷眼旁觀的小寧子道：「寧公公，此事當真是一場誤會，本宮若是知道三福在這裡，早就將他交給你了，又怎會包庇他？是安兒不懂事，晚些本宮自會罰他。」

小寧子哪裡會看不出他們是在演戲給他看，但皇后不在，只憑他一人根本不能與熹妃對抗，只得忍了這口氣道：「既是一場誤會，那奴才也不說什麼，只是三福此人，奴才必得帶回，給皇后娘娘一個交代，另外整件事奴才都會如實稟告皇后娘娘。」

「這是自然。」凌若笑一笑道：「稟告的事就不勞寧公公，左右本宮也要過去，就一併統統說了吧。」

小寧子在心裡哼一聲，對死死攔著三福的小太監道：「走，把他給咱家帶回去，小心些，別讓他再跑了。」

一聽說要回坤寧宮，三福手上突然發力，將小太監摜倒在地，然後朝小寧子死命地衝去，猶如一頭發怒的公牛，心裡只有一個念頭：就算死，也一定要拉上小寧子墊背，絕不讓這個害了自己與翡翠的小人好過！

「你！你別過來！」小寧子捂著劇痛的眼眶趕緊逃離，兩人一前一後，在院中繞著圈子，猶如戲耍的猴子。

小寧子跑了幾圈，開始有些氣喘，見凌若站在那裡一言不發，氣息不勻地道：「熹妃娘娘，您就這樣看著三福放肆嗎？」

凌若把玩著指間的蝴蝶碧璽戒指，沒有說話，直至三福追上小寧子並將其按在地上好一頓狠揍後，方淡淡道：「好了，三福，你若將他打死了，皇后面前可是不好交代。」

三福雙目紅得似要滴下血來。「左右都是死路一條，還有什麼好交代的！」他見凌若一直沒有就他與翡翠的事說過話，只道是她救不了，乾脆將心一橫，生出與小寧子同歸於盡的想法。

「誰告訴你會死的？」

這幾個字落在三福耳中，猶如落雷炸響，手上動作一緩，抬起頭盯著凌若道：「娘娘，您說什麼？」

小寧子趁機從地上爬起來，一瘸一拐地跑開，唯恐三福再動手，眼裡充滿深切的懼與恨。

凌若笑一笑道：「皇后娘娘宅心仁厚，你與翡翠姑姑又伺候她多年，怎會連一條生路都不給你們？」

因為凌若這句話，剛剛升起的希望再次化為虛無，三福痛苦地抱著頭，低低呻吟道：「她不會的，不會饒了我跟翡翠的，就像以前的二元一樣，也伺候了她好些年，還不是說殺就殺。」

凌若緩步走到痛苦又害怕的三福面前，眸光異常明亮，輕聲道：「你不信她，難道連本宮也不信嗎？」

三福抬起頭，茫然地看著凌若，不知該說什麼才好。

水秀輕扯了一下他的袖子道：「聽主子的話，主子一定不會讓你跟翡翠姑姑吃虧的，相信我。」因為小寧子就在旁邊，養心殿的事她不好直說，只隱晦地提醒。

三福看看她又看看凌若，好一會兒，眼中的狠勁終於退去，就勢跪下，低聲道：「奴才聽熹妃娘娘吩咐。」

第八百八十三章　同去

凌若滿意地移開目光，對始終一臉戒備的小寧子道：「好了，寧公公，咱們走吧。」

小寧子答應一聲，亦步亦趨地跟在凌若身邊往外走去，眼睛不時偷覷三福，唯恐他再次發難。

在走到坤寧宮門口時，三福忽的停住腳步，神色甚是複雜，而雙腳正在不住打顫。

如今這扇門對他來說無異於鬼門關，這一進去，也許就再沒有機會走出來了。可是翡翠在裡面，不論怎樣，他都要進去，不能同生，便同死。

「害怕嗎？」

不知什麼時候，凌若來到他身邊，好聽的聲音如浮雲一般落在他耳中。

「害怕。」這般答了一句，三福又道：「明明已經知道會這樣，但還是忍不住害怕，奴才是不是很沒用？」

凌若輕輕搖頭，望著近在咫尺的宮殿道：「害怕死亡乃是人之常情，何來無用一說；再說你能夠承認自己害怕，已經是極大的勇氣，不過本宮不會讓你死。三福，你相信本宮嗎？」

三福轉頭，認真地看著凌若姣好優美的側臉，彷彿才剛認識她，腦海裡不知怎的，想起許多年前，她因為驟失愛女，情緒無法控制，從而得罪皇上而被發配去別院時的情景。

那時自己受主子之命，命她在離府前除去身上所有簪環，不許留一絲一毫在身。當時的熹妃，必然恨死了自己；而當時的自己，也對落難的熹妃充滿不屑，認為她已經死到臨頭。

那時的自己恐怕作夢也想不到，有朝一日，竟然會被主子逼得走投無路，從而來求熹妃救命，世事當真難料得緊。

見三福久久未答，凌若側過頭道：「怎麼，不相信嗎？」

「不！」在說出這個字時，三福聲音異常的肯定，甚至連他自己都覺得匪夷所思。「奴才相信娘娘。」

笑意出現在那雙明亮的眼眸中，令人移不開目光，只聽她道：「既是相信，那就進去吧。」

隨著這句話的落下，凌若領著諸人踏過門檻，進到坤寧宮中。到了裡面，只見那拉氏正閉目椅在床頭，平靜的神色下不知在想些什麼。

在一絲微不可見的笑意中，凌若斂袖欠身。「臣妾參見皇后娘娘，娘娘萬福金安。」

那拉氏緩緩睜開雙眼，抬目道：「熹妃今日怎麼得空過來？」

凌若不卑不亢地道：「臣妾一直想來看娘娘，又怕擾了娘娘養傷，所以才拖到現在，還望娘娘不要見怪。」

「妳能來看本宮就是有心了，本宮又怎會見怪。」這般說著，她瞥一眼身旁的侍女道：「惜春，給熹妃看坐。」

「咦？怎麼不見翡翠姑姑，往日裡總見她在娘娘身邊伺候。」

對於凌若的問題，那拉氏只淡淡道：「熹妃何時對本宮身邊的人這麼在意了？」目光一轉，落在低著頭的三福身上，冷意頓時染上眼眸，令人不寒而慄。

哪怕三福低著頭也能感覺到那股冷意，頭下意識地垂得更低，唯有凌若依舊是若無其事的樣子。

小寧子一瞅得空，趕緊哭喪著臉上前道：「奴才給主子請安，主子吉祥。」

「你這是怎麼了？」那拉氏直到現在才看到小寧子的模樣，鼻青臉腫，髮辮凌亂，明顯一副被人打過的樣子。

只是小寧子是她的人，哪個又敢動他？

小寧子就等著這句話呢，趕緊道：「回主子的話，奴才剛才去打聽三福的去向，到了承乾宮外，熹妃娘娘明明收留了三福，卻故意說不知道，後來被奴才發現了，她就放任三福將奴才一頓好打，奴才這一臉的傷就是被他打出來的。」

他故意隱了安兒那段話不說，因為他感覺那不過是一場戲，熹妃根本就是有意收留三福，安兒不過是頂罪的人。

要不是他那麼湊巧發現了三福，安兒根本不會站出來。

「竟有這等事？」那拉氏眸光一厲，望著凌若道：「熹妃，三福是本宮宮裡的人，他犯了錯逃跑，妳不來告訴本宮便罷了，竟還私下收留，是何道理？」

凌若在椅中一欠身，也不替自己辯解，只道：「娘娘恕罪，此事另有誤會；另外臣妾想多嘴問一句，三福究竟犯了何錯，竟然害怕得要逃離坤寧宮？」

那拉氏放在錦被上的手微微收緊，這麼多年來，她還是頭一次嘗到被身邊人背叛的滋味，痛徹心扉，也讓她恨至心扉，難以抑制。

不過，那拉氏終究是城府極深之人，片刻已經恢復自若，手也鬆了開來。

「熹妃何時變得對本宮身邊人的事這麼關心，這可不像妳素日的為人。」

凌若笑笑道：「娘娘位居中宮，一舉一動皆引天下人關注，臣妾又向來仰慕娘娘，自然好奇心也大一些，倒是讓娘娘見笑了。不過……」她拖長了聲音道：「若是三福所犯之事不便明言的話，娘娘權當臣妾未問就是了。」

「沒什麼不好明言的，三福與翡翠妄動私情，觸犯宮規，本宮拿他們兩個問罪。」那拉氏本就沒準備瞞下這事，只是要她親口說出，始終有些羞恥。想她御下向來嚴厲，不許底下人犯一丁點兒錯誤，可最倚重的兩人竟然齊齊背叛她。

凌若微一頷首道：「這般說來，倒是真該罰。」在那拉氏微眯的眼眸中，她對三福道：「如今你主子要拿你問罪，你可有話要說？」

三福在一旁聽得悲從中來，動情便是犯宮規，這樣的宮規與酷刑何異？但真正令他傷心的是那拉氏的態度，沒有一絲情面，甚至沒有一絲不捨。

這般想著，他「撲通」一聲跪倒，淚流滿面地朝那拉氏磕頭。

「主子，是奴才引誘翡翠的，不關翡翠的事，您要罰就罰奴才吧！千錯萬錯都是奴才的錯，求您放過翡翠。她對主子向來忠心耿耿，從無一絲背叛之意。」

第八百八十四章 頂撞

那拉氏一想起三福的誅心之語，便怒上心頭，冷然道：「該怎麼做，不用你教本宮，還不趕緊給本宮滾過來。」三福身子一顫，卻沒有動。那拉氏見他竟敢不聽自己的話，更加生氣，再次道：「怎麼，你現在連本宮的話也不聽了？」

「奴才不敢。」這樣說著，三福卻始終沒有過去，反而抬眼覷著始終表現得閒適淡定的凌若。

這動作被那拉氏看在眼裡，帶著一絲厲色道：「三福，你這是在做什麼！」

這個時候，凌若終於開口了，噙著一縷淡淡的笑意道：「娘娘何必這般生氣呢？沒得氣壞了身子，可不值得。尤其娘娘如今身上還有傷，更是不可動氣。」

那拉氏一心想要處置三福，可是凌若在這裡，又不好當著她的面處理；再者，她可不信凌若會這麼好心過來請安，分明是存心來看笑話，當下道：「熹妃來給本宮請安，本宮甚是欣慰，如今本宮要處置宮人犯規一事，就不留熹妃久坐了，待暇時再與熹妃敘話。」

這話看似客氣，其實卻是在趕人，然凌若卻未有動作，反而道：「不瞞娘娘，其實臣妾今日來，除了給娘娘請安之外，還想跟娘娘討個恩典。」說到後面，她目光在三福身上打了個轉，意思不言而喻。

那拉氏面色一寒，涼聲道：「熹妃若是想替三福求情，本宮勸熹妃還是免開這個尊口。有功當賞，有錯自然也該罰；再者，三福區區一介宮人，也擔不起熹妃的求情。」為免凌若再糾纏下去，她直接道：「惜春，送熹妃出去。」

惜春一直以同情的目光看著三福。三福跟翡翠的事，她是知道的，也曾勸過他們分開，以免被主子發現。可惜兩人情意已生，又豈是說分開就能分開的。

「熹妃娘娘請。」看著示意自己離開的惜春，凌若不以為意地笑笑，依舊坐在椅中。「娘娘為何不願聽臣妾說幾句呢？」

那拉氏是打定主意逼她離開，毫不留情地道：「他們是本宮的人，該怎麼處置，本宮自有定論，不勞熹妃費心；再者，本宮相信，熹妃也不願旁人對妳底下的人指手畫腳吧。」

三福緊張地看著凌若，她一旦走了，那麼他與翡翠必無活命的可能，一切希望都寄託在此了！

凌若逕自道：「剛才皇后娘娘說有功當賞，有錯該罰。倒是讓臣妾想起一事來，三福跟翡翠有私情是罪，那麼他們勤勤懇懇伺候娘娘三十年的功勞又該怎麼賞呢？只是一個正六品的太監與一個正六品的宮女嗎？這怕是不夠吧。」

見她一直不肯離去，那拉氏越加心煩，強忍了怒意道：「本宮的事尚且輪不到熹妃過問，還請熹妃速速離去。」

凌若低一低頭道：「請娘娘恕罪，臣妾確不該過問，只是來之前，臣妾答應了三福會幫他們求情，不願失信於人。所以……」抬頭，嘴角蘊著一抹令那拉氏厭惡的笑意。「還請娘娘網開一面，恕他們無罪。」

「大膽！」那拉氏終於遏制不住，怒喝出聲：「熹妃，妳雖如今暫攝六宮之權，但別忘了本宮才是皇后！本宮的事何時輪到妳過問。他們兩人身犯宮規，妳眼下要本宮恕他們無罪，言下之意就是不將宮規放在眼中了？」

「臣妾豈敢。只是法理不外乎人情，娘娘向來心懷慈悲，為何輪到身邊人時，就這般嚴厲了呢？三福與翡翠不過是情不自禁，說不上什麼十惡不赦，娘娘恕了他們，不僅不是放縱，相反的，還能在宮中傳為美談。」從始至終，凌若都是淡然自若的，不像那拉氏那樣怒意難遏。

「熹妃！」那拉氏聲音漸漸低了下去，帶著一絲危險的氣息道：「妳若現在離去，本宮可以當作什麼事都沒發生過，否則莫怪本宮不念多年的姊妹情誼。」

「情誼？」聽到這兩個字，凌若第一反應就是想笑，搖頭道：「娘娘又何必如此固執呢？他們始終跟隨娘娘幾十年了，沒有功勞也有苦勞……」

「夠了！」那拉氏忍不住打斷她的話，眸光冰冷地道：「熹妃，本宮命妳立刻離開坤寧宮，否則便以擅闖而論。」
在她嚴厲的話語下，凌若終於站起身來，就在惜春鬆了一口氣的同時，只聽她道：「娘娘要臣妾離開，臣妾自然不敢不遵，只是臣妾不能眼睜睜地看著他們去死。佛家有云，救人一命，勝造七級浮屠，所以，臣妾要帶他們一起走。」
最後這句話深深地觸到那拉氏的底限，若非看凌若神色正常，她幾乎要以為凌若瘋了。
鈕祜祿氏居然如此膽大妄為，插手管坤寧宮之事，還當面頂撞自己，簡直比昔日的年氏還要過分。難不成她真以為暫攝了六宮之權，就是後宮第一人了嗎？
那拉氏臉色變得極為難看，咬牙道：「熹妃，妳不要太過分！」
「皇后面前，豈有臣妾過分的資格。」這般說著，凌若卻是再次一笑，極為肯定地道：「但是臣妾今日一定要帶三福與翡翠走，還請娘娘將翡翠帶出來。否則，翡翠萬一死了，三福可是會很傷心的。」
水秀等人在旁邊靜靜地站著。他們不明白，主子為何始終不提皇上已經應允賜三福與翡翠菜戶一事？只要這話一說出來，皇后是絕對不敢再說半個「不」字的。不過他們相信，主子這麼做，定然有自己的道理。
「好！很好！」那拉氏從牙關中迸出這三個字，用力一拍床榻道：「看熹妃這樣，是已經不將本宮放在眼中了。」

第八百八十五章 以下犯上

這樣大的動作牽動了傷口，令那拉氏整張臉變得有些扭曲，小寧子見狀，趕緊道：「主子別動氣，熹妃這樣放肆，以下犯下，不守妃子本分，理應治罪。」

小寧子的話無疑與那拉氏如今的心境不謀而合，忍著痛意，一字一句道：「不錯，理應治罪！」

三福曉得那拉氏已經動了真怒，連帶著積壓在心底多年的恨意也被勾出來。這麼多年來，她還是第一次表現得這般明顯。

他擔心不已，緊張地抬起頭。「娘娘……」

凌若回給他一個安心的眼神，口中則道：「臣妾來此，只為救人，並無他意，臣妾不知皇后所謂的以下犯上、不守妃子本分是指什麼？」

小寧子扯著尖細的嗓音道：「熹妃，妳不必再狡賴，妳對皇后娘娘不尊且僭越插手坤寧宮之事，這裡每一個人都看得清清楚楚。論罪，實乃不可恕。」

「你才罪不可恕！」凌若剛才還一片淡然的神色驟然化為凌厲，指著小寧子道：「本宮乃是皇上親封的正三品皇妃，賜有金冊、金印；而你，不過區區一個奴才，居然敢論本宮的罪，簡直就是放肆！」

驟然被這麼一頓厲喝，且還是句句誅心，小寧子不由得慌了神，好半天才回過神來，嘴硬道：「奴才是……代皇后娘娘言語，熹妃休要強加奴才之罪，陷害忠良！」

凌若冷哼一聲，眼神越發盛氣凌人，帶著不怒自威之色，令小寧子不敢直視。「皇后娘娘傷的是胸口而不是嘴巴，需要你這個奴才代言嗎？還是說你覺得自己的話就是皇后娘娘的話？」

這一頂接一頂扣下來的大帽子，讓小寧子害怕不已，趕緊跪在那拉氏跟前辯解道：「主子，奴才不是這個意思，您別聽熹妃胡說。」

「本宮知道。」那拉氏眸中的凌厲比凌若有過之而無不及，眼睛一眨不眨地盯著凌若，錦被已經讓她抓得變形。「熹妃娘娘好大的威風，都耍到坤寧宮來了。只是坤寧宮並不是妳可以放肆的地方，本宮也不是妳可以無視的人。」說罷，她掀開錦被，在惜春驚詫的目光中，慢慢站了起來。

「主子小心！」惜春想上去扶她，卻被她推開，只能看著她一步步走到凌若身前。

那拉氏用一種令人心顫的聲音道：「熹妃，妳會後悔今日的狂妄，本宮保證！」

看著那張因為憤怒、生氣、厭惡而扭曲的病容，凌若微微一笑道：「是嗎？那且瞧著吧，看看臣妾是否真的會後悔。」

「來人！將熹妃帶下去，關入慎刑司，待本宮稟過皇上後再做定論！」她是真的生氣了，連凌若今日過於反常的態度也沒有注意。

隨著那拉氏的話，好幾個小太監走了進來，就在他們一擁而上準備將凌若帶下去的時候，後者眸中精光一閃，厲聲道：「本宮奉聖命暫攝六宮之事，你們誰敢對本宮不敬！」

這一聲怒喝頓時將他們嚇住了，面面相覷，不知該進還是退。

那拉氏氣得渾身發抖，她都不記得自己多久沒有像現在這樣生氣了，簡直就是五內俱焚。

凌若似沒看到她的怒意，只是雲淡風輕地道：「娘娘，臣妾不過是說了幾句實話，您又何必動氣呢？您可知女人一旦氣多了，便會很容易老，尤其……」她帶著意味深長的笑容道：「尤其是像您這樣已經上了年紀、將近半百的人。」

聽著她諷刺自己年華老去，那拉氏眼中亮起如火的恨意，眉梢亦帶上刀鋒般的寒意，令人望之生畏。然凌若卻與剛才一樣，不在意地回望著，眼裡甚至沒有一絲漣漪。

在這樣的對視中，那拉氏一字一句道：「帶她下去，否則你們幾人自己去慎刑司領罰！」

「嗻！」在這樣的威逼下，小太監們嚥了口唾沫，忍著對凌若的懼意上前，其中一個低聲道：「熹妃娘娘，得罪了。」

水秀與楊海幾人見勢不對，連忙擋在凌若面前，警惕地道：「你們想做什麼，不許對娘娘無禮！」

凌若抬手道：「無妨，他們也不過是奉命行事，無須為難，本宮自去就是了。」聽得這話，最擔心的莫過於三福，眼巴巴地看著凌若。如果熹妃去了慎刑司，那他與翡翠就什麼生路也沒了。難道繞了一大圈，最終還是難逃一死嗎？

凌若感覺到他充滿恐懼的目光，又對那拉氏道：「娘娘既要稟告皇上，那不如將三福他們的事也一道稟了吧，以免有人說娘娘濫用私刑，苛待宮人；一旦傳揚出去，於娘娘面上也不好看，對嗎？」

「那個人恐怕就是熹妃妳吧？」那拉氏捂著傷口，強迫自己筆直地站著，用只有彼此才能聽到的聲音一字一句道：「妳以為皇上會因為妳而饒了三福與翡翠嗎？不可能，皇上向來最討厭宮人之間有私情，他們是絕對不會有活路的。而妳……也會為妳今日的猖狂付出代價。」

「也許吧。」在淺淡的笑容中，凌若只說了這麼一句便隨幾個太監離開了，隨她同來的宮人也一道被帶去慎刑司，只有三福留下來，低頭跪在地上。

「咳咳！」在凌若走得不見人影後，那拉氏劇烈地咳了起來，同時身子也不支地晃著。

小寧子趕緊上前扶住她。「主子當心，別傷了身子，奴才扶您回去躺著。」

「本宮沒事！」那拉氏止了咳嗽並未立即回到床上，而是走到三福面前，落在三福身上的眸光猶如三九天裡的冰霜，沒有任何溫度。在三福不由自主的顫慄中，她緩緩道：「三福，這麼些年來，本宮自問待你不薄，賞銀恩賜，都是宮人裡的頭一份，可是你竟然想要本宮死！」

十指緊緊扣著金磚細密的縫隙，三福背上出了一層又一層的冷汗，輕薄的衣衫早就溼透了，他用力地磕頭，哀求道：「主子待奴才恩重如山，是奴才忘恩負義，是奴才該死，奴才任憑主子處置，只是翡翠是無辜的，求主子饒她一命。」

第八百八十六章　怨恨

那拉氏沒有血色的雙唇微微一彎，勾起一抹冷酷如霜的笑。

「什麼時候，你有了與本宮討價還價的資格？」在三福的無言中，她又道：「翡翠明知你對本宮有背叛之意，卻隱瞞不報，還與你行苟且之事，只憑這兩條，本宮就沒有怨她的理由。更不要說她還給你通風報信，使你有機會逃出坤寧宮。」

「不，一切都是奴才的錯，與翡翠無關！求主子念在她伺候主子三十年，一直忠心勤懇的分上，饒她一命吧！奴才願受五馬分屍之刑，以還對主子的背叛。」三福咬著牙，說出對自己殘忍至極的話來。

「五馬分屍？看不出你對翡翠還真有些情義啊，不過不可能！」那拉氏緊緊握著雙手，厲聲道：「從你們背叛本宮的那一刻起，就已經是死人了，哪個都休想活。放心，本宮會如願賜你五馬分屍。至於翡翠，本宮也要她受盡苦楚而死。而這……就是你們背叛本宮的下場！」

那拉氏的毒辣令三福絕望，悲憤地道：「主子為何要這麼絕情狠心，連條生路都不願留給奴才們！」

他話音未落，小寧子已經一巴掌甩在他臉上，尖聲斥道：「你大膽，竟然敢這麼對主子說話！」

看到小寧子，三福咬牙切齒地道：「你這個卑鄙小人，都是你在背後搞鬼，剛才我真應該殺了你！」

小寧子暗恨不已，剛才被三福打傷的地方更是痛了幾分。

經過今日之事，他與三福已是不死不休，絕不能讓三福逃脫了性命。

這般想著，小寧子轉頭對一言不發的那拉氏道：「主子，您看他至今仍無悔意，實在是罪無可恕！」

「不錯！」那拉氏冷冷吐出兩個字來，隨即道：「三福，你背叛本宮在先，之後你更去求熹妃那個賤人，該死！」

她已經決定了，等胤禛下朝之後，便去一趟養心殿，一則是為了鈕祜祿氏以下犯下，對自己不敬一事；二則也是為了三福與翡翠的事。

他們私自交往，觸犯宮規，雖自己有權直接處置，但為免鈕祜祿氏到時候在胤禛面前顛倒黑白，為自己帶來麻煩，她還是先行稟告胤禛得好。

在那拉氏轉身時，身後突然傳來三福憤慨的聲音——

「若不是主子絕情，非要置奴才與翡翠於死地，奴才又怎麼會走投無路去求熹妃！」

那拉氏驟然回頭，多年來，三福尚是第一次這般大聲地對自己說話，簡直就是不知死活。

「照你這麼說，一切倒是本宮的錯了？」

三福緩緩站起身來，目光從仰視漸漸變成平視，一字一句道：「主子沒錯，確實是奴才們觸犯了宮規，做了對不起主子的事，但主子需要趕盡殺絕嗎？這麼多年來，奴才們為您做了那麼多事，難道就不能以功抵過嗎？」

三福的無禮令那拉氏欲加堅定了必殺的決心，凝聲道：「功是功，過是過，功過豈能相抵；再者你們哪個辦好了差，本宮不曾賞過東西？現在又提起這事，簡直就是笑話。」

三福知道自己今日難逃一死，乾脆把心一橫，將一直憋在胸中的話說出來。「那麼奴才失去的子孫根呢？主子又拿什麼來賞賜補償？」

那拉氏未料到他會說出這句話來，微微愣了一下，旋即道：「當初是你自己甘願入宮伺候本宮的——」

她話未說完，三福已經揮手大聲道：「誰會心甘情願去做太監！我是怕自己不答應會落得與二元一樣的下場。一直以來，妳根本就沒有將我們當人看，只是視我們為可以任意差遣的工具，所以不許我們有自己的想法，不許我們喜歡任何人，也不許我們離開，因為我們知道妳太多的祕密！」

從沒有一個宮人敢這樣對那拉氏說話，當三福近乎發洩地將這段話說出後，整個坤寧宮都靜了下來，包括小寧子也被嚇到了。

那拉氏回過神來，緩緩點頭道：「所以你巴望著本宮死？」

到了這個時候，三福已經沒有任何顧忌，左右不過是一死，倒不如在死前說個痛快，省得做了鬼還要憋屈。

「是！只有妳死了，我與翡翠才可以安安心心地度日，哪怕要去伺候別的主子，至少不需要整日擔驚受怕，時刻擔心自己會性命不保。」

那拉氏盯著他，眼裡閃爍著令人害怕的冷意，許久，她上前，抬手緩緩撫著三福的臉頰，半透明的尖利指甲在他臉頰上劃出數道血痕。「既是這麼害怕，當初又為何要跟在本宮身邊？」

這句話，讓三福露出痛苦之色。「因為從前的皇后娘娘不是這樣的，她溫慈、善良，處處替人考慮，與現在判若兩人。」

那拉氏微一點頭，收回手道：「你也說了是從前，從前之事向來是不值得追憶的，再說本宮更喜歡眼下的自己。」

「主子！」三福「撲通」一聲跪在那拉氏面前，一字一句道：「您醒一醒吧，不要再繼續錯下去了，舉頭三尺有神明，您做錯的，終有一日會一一還報在您身上。」

「混帳，居然敢說本宮錯！」那拉氏揚手，待要一掌摑下去，忽又收回手且輕笑了起來，俯身在三福耳邊徐徐道：「若真有神明的話，本宮的弘暉就不會死，那不過是自欺欺人的話，本宮一定會是笑到最後的那個人。只可惜，你永遠看不到了。」再次一笑，她直身來，對小寧子道：「把他押下去，待本宮稟過皇上再做處置，暫時讓他多活一會兒。」

「妳會遭報應的，一定會！」

在被押下去的時候，三福不住地叫嚷著這句話，那拉氏對此充耳不聞。一個將死之人，在乎這麼多做什麼？

第八百八十七章　蘇培盛

從坤寧宮到肩輿停放處，短短一段路，那拉氏走得出了一身冷汗。原本身子就虛，剛才又動了好幾次氣，更加不堪，但仍強撐著登上肩輿，往養心殿行去。

養心殿剛剛下朝，四喜將朝堂上所收奏摺呈至御案上，隨後躬身退了出去。他剛跨出門檻便被人一把拉住，定睛一看，卻是一臉嚴肅的蘇培盛，當下有些奇怪地道：「怎麼了？」

蘇培盛一言不發，待將他拉到一個無人的地方後，方道：「你老實告訴我，之前是怎麼一回事？」隨即又補充道：「別想著隨便拿話蒙我，師父那裡我也常去，什麼老來寂寞，什麼長吁短嘆，我可從沒見過，至於說想求先帝爺賜菜戶的事更是壓根沒有，你是不是在騙皇上？」

四喜有些無奈地看著他，搖頭道：「我就知道瞞不過你。」蘇培盛與他是一個師父教出來的，又在一起相處了十幾年，論對彼此的了解，無出其右者，所以剛才的話，他可以瞞過任何人，卻唯獨瞞不過蘇培盛。

「別說這些有的沒的，趕緊說，究竟是怎麼一回事，你是不是有意在幫熹妃？」說到後面，蘇培盛神色越發嚴肅，一雙眼睛更是盯著四喜不放。

四喜左右瞥了一眼，確定無人後方道：「不瞞你說，之前熹妃娘娘曾讓莫兒來尋過我，說她想成全三福與翡翠，讓他們做一對名正言順的夫妻，所以請我在皇上面前為之說情。我想這是件好事，便答應了她，你看現在不是很圓滿嗎？」

蘇培盛可不像他這樣想，反而一臉驚容地喝道：「你瘋了是不是？竟然敢欺騙皇上！幸好這次皇上沒有深究下去，也沒有派人去盤問師父，你這樣等於是行走在懸崖邊，一個不好就會失足掉下去的。」

四喜不以為然地道：「這只是件小事，皇上豈會這般興師動眾，你想太多了。」

「我想多了？」蘇培盛氣道：「若不是念在你我同在師父門下，我才懶得管你呢。你現在犯的可是欺君之罪啊，此罪可大可小，若往嚴重了論，那便是殺頭之罪，你膽子可真是夠大的。」

四喜亦知蘇培盛是為自己好，既感動又為難地道：「可熹妃娘娘她……」

蘇培盛沒好氣地道：「她又怎麼了，咱們的主子是皇上，該忠心的人也是皇上，再說皇上向來不喜歡咱們與後宮娘娘走得過近，若讓皇上知道你今日的事，非得砍了你腦袋不可。」

四喜雖知他關心自己，但對這話並不認同。「照你這麼說，難道就眼睜睜看著三福他們死？說到底，他們也是兩個可憐人，咱們既有能力就幫一把唄，權當是為自己積福。」

「我怕你不是積福，而是送死！」蘇培盛白了他一眼道：「三福跟翡翠的死活與咱們有何關係？他們犯了錯，受罰也是應該的，要你去可憐嗎？還有啊，你也別以為熹妃娘娘就真是個心善的，她幫三福他們肯定有自己的目的，要不然怎麼會冒著得罪皇后的風險成全三福兩人呢？至於你，不過是被她拿來利用的棋子。」

四喜搖搖頭道：「就算真是這樣，那至少也救了兩條命，是一樁好事。至於我，棋子就棋子吧。」

蘇培盛見自己說了半天他還是這個態度，頓時氣不打一處來。「我說你這人是傻了還是瘋了，居然甘心被人利用，究竟是熹妃給了你什麼好處，還是……」他突然停下話，改而用一種怪異的目光看著四喜。

四喜等了一會兒始終不見他說下去，遂道：「怎麼了，有話就說吧，這樣看著，倒讓我覺得不自在。」

蘇培盛低頭想了一會兒，沉聲道：「你與我說實話，你是不是喜歡上莫兒那丫頭了？」

這話頓時將四喜嚇了一跳，忙不迭地道：「你胡說什麼，哪有這回事。」

蘇培盛一臉狐疑地道：「我看你這段時間與莫兒一直走得很近，而你又處處幫著熹妃。」

四喜嗤笑道：「我幫著熹妃就是喜歡莫兒了？你這什麼聯想？真是可笑。我不過是覺得熹妃這人不錯，所以才幫她說幾句，與莫兒根本沒有絲毫關係。」

見他說得肯定，蘇培盛不由得信了幾分，口氣一緩道：「這樣最好。我可與你說，別看皇上這次答應了三福跟翡翠，可不代表從此就允許宮人結為菜戶了，這種事情可一而不可再。再者，你也看到熹妃隨口提你時皇上的態度了，根本不問，只將其當成一個玩笑。」

四喜心裡泛起難言的傷懷，他始終沒那個福分，不過也無所謂了，本就沒奢望什麼。這般想著，他臉上浮起一絲笑意。「行了，你說的我都知道，最多我答應你，往後與莫兒保持距離就是了。」

「不只是莫兒，還有熹妃。」蘇培盛慎重地道：「你若還當我是兄弟，就聽我的話，跟後宮那些人離得遠遠的。別看著她們一個個都是弱不禁風的女子，其實手段多著呢，若走得近了，小心自己連怎麼死的都不知道。」

四喜知道他是為自己好，但仍是忍不住道：「熹妃不是這樣的人。」

蘇培盛睨了他一眼，道：「不是這樣的人又是哪樣？你啊，別太天真了，這宮裡頭的主子娘娘，沒一個是簡單的，而且又與朝堂有著千絲萬縷的關係，不是咱們這種人能摻和的，還是有多遠離多遠得好。你要是不聽我的話，依舊摻和在裡面，萬一有什麼事，別怪我沒提醒你。」

四喜玩笑道：「我要是有事，這大內總管的位置不正好可以讓你替上嗎？我瞧著你比我還要合適。」

蘇培盛輕哼一聲道：「你要是願意，我自然沒意見，不過你要是蠢得自尋死路，可別想我為你流下一滴眼淚。」

當初李德全離開時，向胤禛舉薦四喜接替他的位置，蘇培盛不是沒有意見，覺得論能力，自己比四喜有過之而無不及；不過他與四喜終歸是十幾年兄弟，雖然位置讓四喜占了有些不甘，但還不至於為了一個位置弄得兄弟兩人你死我活，否則他也不會與四喜說那麼多。

蘇培盛明白，他們身為奴才，本就位置低下，若再為一點利益而互相爭鬥，那就真的半點出頭的希望都沒有了。

第八百八十八章　哭訴

「你啊！」四喜曉得蘇培盛是個嘴硬心軟的，拍拍他的肩膀道：「行了，我心裡有數。」

他待要回養心殿門口候著，忽的看到一頂肩輿過來，肩輿頂上的華蓋用的是金黃色。

難道是皇后來了，可是皇后不是在坤寧宮養傷嗎？怎會到這裡來？

這個猜測在肩輿漸近時得到了證實，坐在上面的，可不正是一臉病容的那拉氏嗎？看清了來人，兩人不敢怠慢，趕緊迎上去打千。

「奴才們給皇后娘娘請安，娘娘萬福金安。」

「起來吧。」那拉氏有氣無力地說著。「皇上在裡頭嗎？」

「回娘娘的話，皇上在裡面批閱奏摺呢，可要奴才給您去通稟一聲？」這會兒工夫，蘇培盛已經想到了那拉氏帶傷來此的原因，暗暗盯了四喜一眼，後者則是低著頭不說話。

惜春走上來道：「煩請蘇公公進去通稟一聲，就說皇后娘娘求見。」

「嗻！」蘇培盛答應一聲，倒退數步後方才轉身進殿。

四喜同樣猜到了皇后來此的用意，只是他有些不明白，皇上都已經親自開口恕了三福二人，皇后還來此做什麼呢？難道她不服，想讓皇上收回成命？這個念頭剛一閃過，便覺得有些不可能。他印象中，皇后向來都是順著皇上的，多年來未有背逆。

蘇培盛進去沒一會兒，兩邊殿門便齊齊打開，一個身著明黃色衣衫的男子走了出來，除卻胤禛之外，又有誰可以擁有這獨一無二的明黃色。

他快步來到肩輿前，面帶憂心地對著正扶著小寧子的手準備走下來的那拉氏道：「妳怎麼現在過來了，傷勢未好，萬一牽動了傷口可怎麼是好？」一邊說著，一邊就勢牽過那拉氏的手。

那拉氏有些受寵若驚地道：「臣妾沒事，再說一直躺在床上實在氣悶，倒不若出來走走，就怕擾了皇上。」

「妳我多年夫妻，說這麼見外的話做什麼。」胤禛搖搖頭，親自扶了她進養心殿，待其坐定後，對隨同進來的四喜道：「去，給皇后沏一盞杏仁茶來。」

不等四喜下去，原本坐著的那拉氏順著椅子跪下，哽咽道：「請皇上為臣妾做主！」她一跪下，小寧子等人自不敢再站了，各自垂頭跪下。

胤禛微微一驚，忙道：「皇后妳這是做什麼，快快起來。」
那拉氏執意不起，抬起頭含淚道：「皇上，熹妃仗著自己得寵，咆哮坤寧宮，根本不將臣妾放在眼中，還擅自插手干涉臣妾宮中之事。臣妾氣不過訓了她幾句，沒想到她卻反過來訓斥臣妾，臣妾實在拿她無法，所以只能來請皇上做主。」
面對那拉氏的控訴，胤禛只覺得不可思議，脫口道：「熹妃怎會無緣無故跑到妳宮中放肆？再者，她也不是這樣的人啊！」
那拉氏知道胤禛寵信凌若，必然不會輕易相信，垂淚道：「臣妾若有一句虛言，就讓臣妾身上的傷一世不好！」
胤禛劍眉一皺，不悅地道：「說這種話做什麼。好了，到底是什麼事，妳且起來慢慢說與朕聽，若真是熹妃不是，朕必然懲戒她。」他固然寵愛凌若，但並不代表就會縱容凌若放肆。
「是。」那拉氏沒有再執意跪地，扶著惜春的手重新落座，含淚道：「不敢隱瞞皇上，臣妾宮裡的三福與翡翠罔顧宮規，暗通款曲，被臣妾發現後，三福因懼怕受懲而逃走了，臣妾自昨夜起，就一直派人在尋他。」
說完這些，那拉氏藉著拭淚的動作偷覷了胤禛一眼，發現他面色平靜如常，並未有任何驚訝或生氣之色，頓覺奇怪不已。
胤禛向來不喜宮人私通，怎的聽到後卻跟沒事人一般？
不等她細思，胤禛已經道：「繼續說下去，後來怎麼了？」

那拉氏答應一聲，暫時將疑慮拋開，續道：「今兒個一早，熹妃來給臣妾請安，臣妾心裡甚是高興，本想與熹妃好好說道，豈料她剛說了幾句，便突然說要臣妾成全三福與翡翠。臣妾當時覺得奇怪，就問她怎麼知道此事，熹妃才說出原來昨夜三福去了她宮中躲藏，並且隨後將三福也叫了進來。」

「三福與翡翠觸犯宮規，按律當杖責至死，熹妃視宮規為無物，臣妾又怎能與她一般，當即拒絕了她的要求，並讓熹妃將三福留下。豈料熹妃不只不肯，還出言不遜，說臣妾不過是名義上的皇后罷了，實際上根本什麼都不是，而她如今掌著六宮大權，該怎麼處置，應由她說了算。」說到後面，那拉氏悲憤不已。「臣妾本想息事寧人，不與她過多計較，豈料她越發放肆，竟然當著臣妾的面責罰臣妾宮人，全然不將臣妾放在眼中。」

不等那拉氏說話，小寧子已經適時地跪下，涕淚縱橫地道：「皇上，奴才見熹妃娘娘對皇后娘娘無禮，一時忍不住說了幾句，不想熹妃娘娘一怒之下，將奴才打成這樣。」

惜春一直低著頭，小寧子身上的傷從何而來，她是清楚的，根本不關熹妃的事，但明擺著這是主子的意思，她又怎敢多言，只能由著他們顛倒黑白。

對於小寧子的栽贓，那拉氏默然不語。既然能夠讓鈕祜祿氏的罪名更重一些，她又何樂而不為呢？

胤禛一直未曾作聲，直至他們都說完了，方才淡淡地道：「事情真是這樣子嗎？」

那拉氏抹著臉上的淚道：「皇上面前，怎容臣妾說半句虛言。」

隨著她這句話落下，胤禛剛才還溫和的神色驟然冷了下來，冷哼道：「虛言沒有，謊言倒是一大堆。皇后，妳這個樣子，可真是讓朕意外。」

「皇上？」那拉氏愕然望著胤禛，不解他這話的意思，臉頰上猶掛著淚珠。

熹妃傳 第二部第六冊

作　　者／解語
執 行 長／陳君平
榮譽發行人／黃鎮隆
協　　理／洪琇菁
總 編 輯／呂尚燁
執行編輯／陳昭燕
美術監製／沙雲佩
美術編輯／陳又荻
國際版權／黃令歡、梁名儀
文字校對／朱瑩倫
內文排版／謝青秀

國家圖書館出版品預行編目資料

熹妃傳．第二部／解語作．-- 1 版．-- 臺北市：城邦文化事業股份有限公司尖端出版：英屬蓋曼群島商家庭傳媒股份有限公司城邦分公司尖端出版發行，2023.1-
冊；　公分

ISBN 978-626-338-995-3（第 6 冊：平裝）

857.7　　111018988

出版／城邦文化事業股份有限公司　尖端出版
台北市 104 中山區民生東路二段 141 號 10 樓
電話：（02）2500-7600　傳真：（02）2500-2683
讀者服務信箱：7novels@mail2.spp.com.tw
發行／英屬蓋曼群島商家庭傳媒股份有限公司城邦分公司　尖端出版
台北市 104 中山區民生東路二段 141 號 10 樓
電話：（02）2500-7600　傳真：（02）2500-1979
劃撥專線：（03）312-4212
戶名：英屬蓋曼群島商家庭傳媒（股）公司城邦分公司
劃撥帳號：50003021
※ 劃撥金額未滿 500 元，請加付掛號郵資 50 元
法律顧問／王子文律師　元禾法律事務所　台北市羅斯福路三段 37 號 15 樓

台灣地區總經銷／中彰投以北（含宜花東）　楨彥有限公司
電話：（02）8919-3369　　傳真：（02）8914-5524
雲嘉以南　威信圖書有限公司
（嘉義公司）電話：（05）233-3852　　傳真：（05）233-3863
（高雄公司）電話：（07）373-0079　　傳真：（07）373-0087
馬新地區總經銷／城邦（馬新）出版集團 Cite（M）Sdn Bhd
電話：603-9057-8822　　傳真：603-9057-6622
E-mail：cite@cite.com.my
香港地區總經銷／城邦（香港）出版集團 Cite（H.K.）Publishing Group Limited
電話：852-2508-6231　　傳真：852-2578-9337
E-mail：hkcite@biznetvigator.com

版　次／ 2023 年 1 月 1 版 1 刷

版權聲明
本書原名為《熹妃傳》，作者：解語。
本著作物中文繁體版通過成都天鳶文化傳播有限公司代理，經著作權人授予城邦文化事業股份有限公司尖端出版獨家發行，非經書面同意，不得以任何形式，任意重製轉載。

版權所有．侵權必究
本書若有破損或缺頁，請寄回本公司更換